지　성　인　의

결　　혼

DIE INTELLEKTUELLE EHE: Der Plan vom Leben als Paar
by Hannelore Schlaffer

지 성 인 의 결 혼

한넬로레 슐라퍼 | 김선형 옮김

남 들 과 는 다 른 결 혼 을 꿈 꾼 사 람 들

문예
중앙

차례

일러두기_ 본문의 주는 옮긴이 주입니다. 원주는 따로 표기하였습니다.

프
롤
로
그

새 로 운

커 플 의   등 장

지성인의 결혼은 '하나의 생각'에서 태어나고,

그것에 의해 지속되며, 바로 그것 때문에

흔들리지 않고 유지될 것을 기대할 수 있는 관계이다.

결국 '지성인의 결혼'이란 하나의 약속된 관계이며,

바로 그렇기 때문에 '지성적인'이라는 타이틀을

당당하게 주장할 수 있는 것이다.

자유결혼

테오도어 폰타네[1]는 『라둘테라(*L'Adultera*, 간통한 여자)』(1882)에서 기혼자의 외도를 다루었다. 그리고 불륜을 주제로 한 당대의 소설에서는 기대할 수 없던 뜻밖의 결말, 즉 해피엔딩으로 이야기를 마무리 지었다. 여주인공 멜라니는 사업가인 판 데어 슈트라텐과 결혼한 여자이다. 남편의 낙천적인 성격에 도리어 섬세한 마음을 다치기만 하던 멜라니는 바그너 애호가이자 부유한 유태인 집안의 아들인 에베네처 루벤과 사랑에 빠지게 된다. 두 사람

---

[1] 테오도어 폰타네(Theodor Fontane, 1819~1898): 독일 소설가. 신문기자로도 활동했다. 주요 저서로 『폭풍 앞에서(*Vor dem Sturm*)』와 『에피 브리스트(*Effi Briest*)』 등이 있다.

의 금지된 사랑이 시작되고 얼마 안되어 루벤의 집이 파산한다. 두 사람은 서로의 감정에 충실하기로 하고, 사교계에서 따돌림당할 위험도 감수한다. 주변 사람들은 그들의 스캔들을 실컷 즐긴다. 그러고는 얼마 지나지 않아 그 두 사람의 사랑을 단죄했던 섣부른 도덕적 판단을 취소한다. 멜라니와 루벤의 사랑은 두 사람의 공동 작업을 이끌어내는 에너지로 인정받게 되고, 지인들도 그들에 대한 이야기를 부러움 섞어 하게 된다.

"사람들은 다시 그들에게 마음을 쏟게 되었고, 사회적으로 인정하게 되었다. 매사를 못마땅해하는 사람들조차도 이 멋진 커플과 화해하게 되었다. '그토록 행복하고 불평이라는 걸 모르고 서로를 사랑하는, 야무진' 커플. 그렇다, 그토록 서로를 사랑하는! 날벼락이라도 내린 것 같았다. 그들의 사랑이 애초엔 사람들의 질투와 의구심만 불러일으키더니, 이제 분위기가 완전히 정반대로 뒤바뀐 것이다."

폰타네는 사람들의 생각이 이와 같이 바뀌어가는 과정을 보여주면서, 사랑과 불륜이라는 꿈같은 세계에 대한 독자들의 판타지를 불러일으켰다. ─그가 12년 후에 출간하게 되는 소설 『에피 브리스트(*Effi Briest*)』도 다시 한 번 그런 판타지 속에서 결말을 맺을 수도 있었을 것이다.─폰타네가 이 소설에서 중점을 둔 것은 사회적 삶의 가장 새로운 변모, 즉 결혼의 혁명이다. 『라둘테라』의 2부에서 멜라니는 사업가의 아내이기를 포기하고, 파산한 남자의 동반자가 되어 생계를 스스로 책임져야 하는 입장이 된다. 이 지점에서 소설은 빤한 선전선동 팸플릿처럼 되어버리고 만다. 독자들이 『라둘테라』에 『에피 브리스트』만큼 열광하지 않았던 이유가 아마도 거기 있을 것이다.

말하자면 '자유결혼'—이것은 그 소설이 쓰였을 당시 이전까지는 '내연'이라는 딱지 아래 경멸받았던 관계에 대한 공공연한 표현이 되었는데—으로 맺어진 이 두 사람, 멜라니와 루벤에 대한 폰타네의 옹호는 당시 어떤 관계에 대한 실험이 이루어지고 있었음을 증명하는 것이었다. 그것은 19세기 중반 그 사회의 주변인 그룹에 속하는 사람들에 의해 시작되어 20세기로 들어설 즈음에는 오래된 전통에 얽매인 채 그런 관계에 대해 냉소적인 시선만 보냈던 시민계급 층에서도 점점 많은 수의 커플들에 의해 시도되었다.

그와 같은 근대의 기획들 가운데 '지성인의 결혼'도 있다. 이 '결혼'에 지성적이라는 수식어를 붙이는 이유는 파트너 중 한쪽 혹은 두 사람 모두가 지적인 활동에 종사하기 때문은 아니다. 파트너 선택과 동거 형식이 개성적이고 합리적인 이유를 댈 수 있는 구상을 따르기 때문에 그렇게 부르는 것이다. 즉 지성인의 결혼은 '하나의 생각'에서 태어나고, 그것에 의해 지속되며, 바로 그것 때문에 흔들리지 않고 유지될 것을 기대할 수 있는 관계이다. 결국 '지성인의 결혼'이란 하나의 약속된 관계이며, 바로 그렇기 때문에 '지성적인'이라는 타이틀을 당당하게 주장할 수 있는 것이다.

'지성인의 결혼'이라는 개념은 파트너 관계의 혁신에 대한 토론에서는 좀처럼 입에 오르지 않는다. 그것은 이 책에서 '하나의 관습'이 어떤 문제가 될 수 있는지를 보여주기 위해 도입되었다. 그리고 이제부터 바로 '이 관습'의 전제조건들이 민법 혹은 형법의 자의(字義)를 떠난 언어로 이야기될 것이다. '지성인의 결혼'이 근거하는 것은 '하나의 착상'이지 법률이 아니다. 그것에 지속성을 부여하는 것은 제도가 아니라, 마음의 결정이다.

그럼에도 불구하고 오늘날 동거 혹은 생활공동체라는 실용적인 개념으로 이해되는 관계들이, 이와 같은 실험이 초기 단계일 때는 모두 '결혼'이라는 말로 표현되었다. 파트너와의 동거를 선택했던 사람들이 결혼을 부정하는 것에서 동거의 정당성을 찾으려 했던 것은 아니다. 그들의 시계(視界)는 여전히 전통적인 결혼에 머물러 있었다. 그들은 전통적인 제도라는 울타리가 인간에게 보장해준다고 흔히 말하는 것들, 예컨대 믿음, 사랑, 상호이해, 공동의 관심사, 개인적인 충족과 자아실현, 그리고 이모든 것들이 지속되는 것, 그런 것으로 지성적인 결혼생활을 이해하려고 했다.

전통적인 결혼생활에서 받아들인, 이와 같은 여러 까다로운 조건들은 '지성인의 결혼'을 또 다른 유사-관습적 양상인 리베르티나주²와 구분 짓는다. 귀족 집안의 바람둥이 혹은 시민계급 출신의 불륜남들이 여자들과 즐기는 하룻밤의 환락은 관계의 바람직한 지속에 모순되는 것이다. 육체적 쾌락이 그 개념이 지닌 진지함과 상충하듯이. 하지만 지성인의 결혼이 전통적인 결혼을 완전히 부인하지는 않았듯이, 리베르티나주를 부정하는 것도 성적인 쾌락을 완전히 포기하지는 않는 선 안에서만 이루어진다. 지성인의 결혼이 리베르티나주로부터 받아들인 첫 번째 계명이 바로 성관계에서 충족감을 누리라는 것이고, 가장 성공적으로 실천한 것은 모든 파트너의 성적인 자유를 인정한 것이다.

성관계는 전통적인 결혼생활에서 가장 핵심적인 문제였지만 언제나 침묵에 에워싸여 있었다. 사람들이 여럿 모인 자리에서 그에 대한 이야기를 입 밖에 꺼낸다는 것 자체가 어떤 도발 행위로 받아들여졌다. 결혼제도의 개혁과는 별개로 유럽 전체를 휘감았던 성해방 운동은 '지성인의 결혼'에 있어서는 반드시 앞서 필요했던 도전이었다. 그러한 움직임을 통해 남녀관계의 지속이라는 것이 '법적으로 보장된 당연한 것'에서 '마음먹기에 달린 어떤 것'으로 변화되었다. 커플이라면 당연히 지켜야 하는 것으로 여겨졌던 정절도 이제는 두 사람이 결정하기에 달린 문제가 되는 것이다. 마찬가지로 성적인 '문란함'에도 불구하고 '서로에게 성실한 사이로 남기'를 결심할 수도 있다. 어쨌든 섹슈얼리티는 남녀관계의 지속성을 가늠하는 시험대가 된다.

2 리베르티나주(libertinage): 자유 사상,
성적 방종을 뜻한다.

'지성인의 결혼'이 기존의 관습들, 말하자면 전통적인 결혼생활이라든가 리베르티나주로부터 매우 대립되는 가치들을 차용한 탓에 이 운동의 주인공들은 서로 화해할 수 없는 것들을 화해시켜야 하는 짐을 떠안게 되었다. 여기 두 인간이 만나 하나의 결합이 생긴다. 그 결합 안에는 사랑의 지속에 대한 약속과 정절을 지키지 않아도 되는 자유가 쌍을 이루고 있고, 관심사를 나눌 수 있는 친구들을 두 사람이 같이 만나는 경우와 각자 별도의 교우관계를 맺는 경우가 공존한다. 한번 합의했던 것들이 종종 깨어지고, 다시 합의된다. 상대에 대한 개인적인 호감과 또 다른 파트너에 대한 열정이 그 안에서 타협해야 한다. 간단히 말해, 이 결합에서는 개개 파트너의 자의식이 바위처럼 굳건해야 하며, 서로에 대한 신뢰가 절대적이어야 하고, 그 결합이 깨질 수 없다는 흔들리지 않는 믿음이 필요하다.

이러한 조건을 유토피아적이라고 보지 않는다면, 그것은 교만한 생각일 것이다. 모든 혁명적 이념과 마찬가지로 현대적인 결혼의 이념 역시 산더미 같은 드라마와 비극을 조장했다. 그런 드라마와 비극들 속에는 그 혁명적인 계명들을 완벽하게 따르려 하고, 그것을 인간의 능력에 끼워 맞추려 하는 지고의 의지가 드러난다. 비록 지성적인 커플들이 실험했던 삶의 형식들이 단지 부분적으로만 가능하다는 것이 증명되었지만, 그들은 그러한 삶을 실현해보려고 시도하는 가운데 체득한 깨달음들로 사회적인 현실을 변화시켰다. 이 선구자들의 실험이 남녀 동거의 새로운 형식을 불러왔으며, 그것이 오늘날 서구에서는 보편화되고 다양하게 일반화된 관계들로 나타나고 있다.

결혼의 지성화 작업은—결혼을 포기하는 것이 더 낫지 않은가, 라는 생각에까지 도달하게 하는데—근대를 만들어낸 예술적인 프로젝트, 삶에 밀착된 프로젝트의 일부이다. 당대에 폭풍 같은 분노를 일으켰던 아방가르드 예술이 이제 수많은 관람객들을 끌어들이게 된 것처럼, '자유연애'와 '내연관계'도 백 년 후에 이르러서는 당연한 일이 되었다.

'지성인의 결혼'에 있어서 혁명적인 이념은, 선행되었던 몇몇 실험들을 논외로 치면, 1880년부터 1920년 사이에 대부분 완성되고 검토되었다. 소규모이지만 말발이 센 지성인—작가, 예술가, 학자—그룹들이 이념을 형성하는 데 기여했다. 그렇기에 이 프로젝트를 이끈 주인공들의 사회적 위상 때문에라도 '지성적인'이라는 수식어를 충분히 붙일 만하다. 그들은 책을 출판하거나 토론을 벌이거나 대중매체에 등장해 주류에서 벗어난 삶의 태도를 도발적으로 보여주었고, 사생활에서는 그들의 파트너와 맺고 있는 관계 속에서 끝날 것 같지 않은 싸움을 벌이면서 영원히 견고할 것처럼 보이던 전통적인 삶의 방식과 결별했다.

파혼이나 이혼을 하는 사람이 거의 없을 만큼 드물었던 시대에, 결혼에 대한 열정적인 토론이 이루어졌던 이유 중 하나는, 아마도 시민계급의 결혼제도에 대한 공격에 뒤따르는 내재적 문명비판의 관점 때문이었을 것이다. 합리적 이성에 의해 규정되는 세계, 예컨대 경제학이나 공학의 세계와 같은, 그런 세계가 지니는 추상성에 반해, 결혼이라는 형식은 개인적인 행복에 우선권을 두고 있다. 그러니까 법률이나 관습이 아닌, '개인적인 행복'이 결혼을 하는 이유가 된다는 것이다.

오늘날까지도 이 행복에의 약속은 이어지고 있다. 이혼이 증가하고 있는 현상이야말로 '둘이 만드는 공동체'에 대한 희망이 사라지지 않았음을 보여주고 있는 셈이다. 20세기의 여러 위기와 전쟁이 끝난 뒤 1960년대에 일어났던 학생운동은 지성적인, 그러면서 에로틱하고 관용적인 결혼에 대한 이념을 되살려냈다. 지금도 물론 어떤 사람들은 싱글로서의 삶을 행복해하며 새로운 삶의 모델을 제시하고 있다. 20세기에 시도되었던 '지성인의 결혼'이 어렵게 획득했던 결혼의 묵직한 행복보다는, 그것이 오늘날 정신적, 공간적으로 한곳에 오래 정착하지 못하는 현대인의 특성에 훨씬 더 잘 어울리는지도 모른다.

두 사람

폰타네의 소설에 등장하는 간통한 남녀는 일단 그들의 커뮤니티에서 밖으로 내쳐졌다가, 다시 받아들여지고 커플로 인정받는다. 불륜관계에서 공식적인 커플관계로 흘러가는 것은 '지성인의 결혼'이 거쳐온 역사도 마찬가지다. 여성해방운동의 본질적인 역사도 그렇다. 그것은 단지 여성이 남성과 동등한 법적 권리를 획득하는 것만을 추구했던 것이 아니다. 여성이 남성과 대등한 존재임을 인식하는 것, 파트너가 되었을 때 남자와 여자가 평등하다는 것을 인정하는 것, 그것이 그들의 목표였다.

멜라니 판 데어 슈트라텐은 생계비를 벌기 위해 필요한 소질을 스스로 발전시켰다. 에베네처 루벤은 사회의 편견 따위는 자유롭게 무시하고 사랑하는 여인이 그리는 삶의 그림을 따르게 되었다. '지성인의 결혼'

은 파트너가 되기로 한 두 사람이 서로 독립하여 만드는 하나의 깔끔한 장치이다. 아내는 굴종과 무지에서 해방되어야 하고, 남편은 아내를 가르치고 지배하려는 사고에서 벗어나야 한다. 즉 두 사람 모두 사회의 억압으로부터 벗어나야 하는 것이다. 두 사람이 함께 노력하면서 그들의 사생활 속에서 자유, 평등, 형제애를 관철해나간다. 그럼으로써 비로소 남성과 여성 모두에게 시민혁명이라는 프로그램이 완성된다.

폰타네가 살았던 시대에 이 두 사람의 관계는 일대 사건이었다. 근대가 낳은 이 커플은 비밀리에 만나는 애인 사이 같은 것도 아니고, 성관계를 혼인신고와 동일시하며 맺어지는 여느 부부 사이와도 달랐다. 여하튼 당시 시민사회의 도덕률을 명백하게 위반했던 이 관계는 놀랍게도 사회적 동의를 얻어냈다. 그것은 이들의 결합이 그들 스스로가 추종하던 삶의 원칙을 바꾸었기 때문이다. 모럴이 아니라 무엇이 옳은지를 스스로 판단할 수 있는 계몽된 이성이 인간의 삶에 있어서 행복을 가장 중요한 원칙으로 인식시켰다. 추문의 주인공이었던 멜라니-루벤 커플은 이 새로운 척도에 딱 들어맞는 예시가 된 것이다. 소설 속에서 그들을 어떻게 묘사하고 있는지 한번 보라. "다 털어도 먼지 하나 안 나올 만큼 선량하고", 그리고 "그토록 행복하고 그토록 야무진."

전통적인 결혼생활이 어떻게 흘러가는지는 예외 없이 빤하다. 두 사람이 한 커플이 되고, 그다음엔 가족이 된다. 그리고 그 과정은 또 얼마나 빨리 진행되는가. 한 남자가 한 여자에게 청혼을 하면 눈 깜박할 사이에 그들은 신랑과 신부가 되어 예식장으로 걸어가고 있다. 바로 그다음 장면은 아이를 만드는 것임이 틀림없다. 문학 작품들에서도 남녀 한 쌍이 서로 사랑하고 함께 살아가는 것은 그 자체로 충분한 목적이 있을 거라고 표현되곤 한다. 다른 말로 하면, 성적 욕망이 예식과 장려한 말들로 치장되어 자연의 심오한 이치가 되어버린 것이다. 현실에서 남녀 한 쌍은 다만 다음 세대의 재생산을 위해 결합할 뿐이다.

사회적으로 강요된 허위들에 대한 분노로 가득한 리하르트 데멜[3]의 운문 소설 『두 사람(*Zwei Menschen*)』(1903)은 모든 주어진 질서, 즉 결혼이라는 제도뿐만이 아니라 종교 공동체, 시민사회, 친족으로부터 해방된 '두 사람의 공생'을 찬양했다. 『두 사람』에 등장하는 커플은 거대한 세계에 맞서서, 쏟아지는 비난과 규범에 저항하면서 스스로 하나의 세계를 세운다. 이 커플은 내적으로 하나가 되어 외부와 대립하면서 자신들의 권리를 확립했다. 기존의 풍속에 위배되는 이 불법 내연관계가 하나의 절대적인 표상이 되었다.

이 커플도 그들의 예외적인 권리를 행복이라는 원칙 위에 세웠는데, 사회적 삶의 중요한 가치로서 새롭게 부상한 행복은 그들이 스스로 얼마

---

3 리하르트 데멜(Richard Dehmel, 1863
~1920): 독일의 서정시인. 사회주의적
인 경향을 띠는 자연주의 시인이다.

만큼 삶의 방식을 결정할 수 있느냐에 달린 문제였다. 다른 누구도 아닌, 파트너가 된 두 사람이 어떻게 살아야 할 것인가를 결정해야 했다. '두 사람으로 이루어진 사회'라는 새로운 유형, 이 사회적인 모나드[4]가 결국 근대적 결혼의 모범이 된다. 그 개념을 철학자이자 사회학자인 게오르크 지멜(Georg Simmel)은 1908년 다음과 같이 정의했다. "어떤 영향을 행사해가며 직접적으로 한 사람의 가치와 운명을 규정하는 한에 있어서 삶의 모든 내용을 함께하는 공동체." 그러나 이와 같은 합의는 커플이 된 두 사람이 서로의 감정적, 지적 성향을 제대로 파악할 여건을 충분히 가진 경우라야 비로소 의미를 갖는다. 지멜의 주장에 드러나 있는 '근대의 결혼'은, 말하자면 결혼 전 동거의 필요성을 제시하고 있는 것이다. 그리고 그 지점에서부터 이미 '지성인의 결혼'은 관습적이고 폐쇄적인 혼인보다 우월한 점들을 보여준다. 전통적인 혼인 방식이 비록 약혼부터 결혼까지 일종의 유예기간을 보장해준다고 할지라도, 그것을 통해 서로를 잘 모르는 두 사람이 친숙한 존재가 되기는 일은 어렵기 때문이다.

시험 삼아 혹은 임시적으로 함께 살아보는 것처럼 보이는 동거가 사회적으로 상스러운 일로 비쳐진 것은, 그 결합에 성적인 욕구를 해결하

---

4 모나드(Monade): 독일의 철학자 G. W. 라이프니츠의 중심사상인 형이상학적 개념으로 모든 존재의 기본으로서의 실체를 말한다.

고자 하는 의도가 노골적으로 드러나 있었기 때문이다. 기존의 전통적인 결혼에서는 다른 명분들, 예컨대 가정을 꾸린다든가 자식을 기른다든가, 친척들에 대한 사회적인 의무를 다한다든가 하는 명분들이 관계 안에서 섹스와 관련된 문제들을 덮고 있다. 부부라는 이름으로 불리는 커플과 달리 동거를 하는 커플은 사람들에게 교미를 연상시키는 것이다. 리하르트 데멜의 운문 소설 제목과 같은 '두 사람', 에로틱한 결합을 공개하고 있는 두 사람은 그들이 속한 사회가 성생활을 더 이상 차세대 생산의 도구로만 보지 않는 법을 학습하고 난 뒤에야 비로소 해방될 수 있다.

멜라니 판 데어 슈트라텐의 첫 번째 결혼은 남편이 아닌 다른 남자에게 에로틱한 호감을 느끼게 되었기 때문에 파국을 맞는다. 그들의 불륜을 통해 성적인 열망이 왜곡되지 않은 채 그대로 드러나고, 남편을 배신하고 불륜을 저지르는 이 여인은 여성에게도 성적 욕망이 존재한다는 것을 폭로하는 역할을 한다. 이것은 19세기의 점잖은 치레들 사이에서는 매우 도발적인 일이었다.

이 새로운 유형의 커플은 사랑과 상호 이해라는 바탕 위에서만 존속 가능하기 때문에 관계가 얼마나 지속될 수 있는가는 오히려 더 불확실하다. 전통적인 결혼에서는 생활을 안정적으로 유지하는 데 필요한 과제들만 완수하면 되었다. 자녀들을 보살피고, 재산과 계급적 신분을 지키는 것이다. 이 과제들을 완전히 다 내팽개치거나 혼인서약을 명백하게 훼손시키지 않는 한, 부부를 이룬 각 개인의 개체성 같은 것은 문제가 되지 않았다. 그럼에도 불구하고, 지멜이 근대적 결혼에 요구하고 있듯이, 결혼생활에 "삶의 내용을 공유하는 것"이 전제되어야 한다면, 두 사람의 유대감이 더 이상 유효하지 않을 때 결혼은 언제든 재고되고 이혼도 고려될 수 있는 것이다.

리하르트 데멜은 1891년 자신의 첫 번째 부인에 대해, 그녀야말로 새로운 유형의 결혼을 위한 원칙들을 충족시키는 사람이라고 말했다.

"나의 아내는 결혼을 고려하게 하는 몇 안되는 여자 중 하나이다. 내 말은, 그녀와는 감성, 열망, 믿음 그리고 지적 이해능력이 전제된 자연스러운 공동생활, 어떤 감각적 유혹이 와도 흔들리지 않는 공동생활을 할 수 있다는 것이다. 그것은 당위와 바람을 동시에 충족시키는 조건이다."

흔들리지 않을 거라던 이 공동생활은, 불과 몇 년 뒤 이혼으로 이어진다. 함께 나눴던 감성, 열망, 믿음, 그리고 지적 이해능력 등이 그들을 커플로 남아 있게 할 수 없을 만큼 변해버렸기 때문이다.

근대의 커플에게는 그들만의 독특한 라이프스타일이 있다. 전통적인 결혼을 이룬 가정에는 어머니, 자녀, 때때로 일가친척들, 그리고 하인들이 포함된다. 상류층에서는 하인들의 존재가 주인들의 행동에 영향을 미치기도 했다. 주인 부부의 첨예한 갈등이 그들로 인해 절제되기도 했던 것이다.

그에 반해서 결혼을 하지 않은 커플에게는 '두 사람'만 있을 뿐, 그 이

외 아무것도 없다. 이런 커플의 밀착감은 오히려 쉽게 갈등을 낳는다. 가사를 누가 돌볼 것인가의 문제가 특히 갈등요인이 된다. 1900년 무렵의 지성인 커플들 사이에서 처음 제기되었던 의혹은, 오늘날에도 그것이 말끔하게 가시지는 않고 있는데, 남편과 아내의 평등을 소리 높여 주장하면서도 실제 역할 분담은 여전히 불평등하게 이루어지고 있지 않은가 하는 것이다. 온갖 서약으로 자유사상을 추구하고 여성의 해방을 주장했던, 의식이 깨어 있던 정치가 구스타프 란다우어[5]의 첫 번째 결혼은, 그의 아내가 자녀와 가사라는 짐을 지고 집 안에 틀어박혀 있는 대신 남편의 출장과 공적인 활동을 질투하다가 결국 파국으로 끝나고 말았다.

5 구스타프 란다우어(Gustav Landauer, 1870~1919): 독일의 공동체적 무정부주의자.

결혼의 변화,
성의 해방

근대의 실험에 있어서,
특히 남녀의 성적 접촉과 관련된 문제에서 여자들은 무방비 상태에 있었
고, 그렇기 때문에 아무리 애를 써도 부담을 느끼지 않을 수 없었다(이
것은 시몬 드 보부아르에게도 나타났던 문제다). 수천 년 동안 여성들은
가족과 재산을 안전하게 돌보는 훈련만을 받아왔다. 다른 사회 계층에
눈길을 한번 던지기만 해도, 시민사회의 제도는 자연발생적인 것이 아니
라는 것을 여성들도 깨달을 수 있었을 것이다.

어떤 사유재산도 확실히 보장받지 못했던 19세기 노동자 계층의 커
플들은 결혼을 무조건 해야 하는 것으로 여기지 않았다. 자식이라는 것
도 이 계층에서는 계급적 소속을 보장해주는 보증서 역할을 하지 못했
다. 따라서 아이들은 바깥에서 데려다 키웠다. 그 아이들은 얼른 자라

서 집안 살림에 보탬이 되는 노동인력이 되어야 했다.

시민계급의 여자들은 개인적인 관조만으로 그런 견해를 가질 수는 없었다. 그들의 배움은 독서를 통해 이루어졌다. 베벨[6]의 『사회주의에서의 여성(*Die Frau im Sozialismus*)』(1883)이나, 에밀 졸라[7]의 『제르미날』 같은 책을 통해 가르침을 얻었다. 이러한 책을 접한 여성 독자들은 자신들이 가정에서 경험하고 있는 것과는 완전히 다른 가족 구성이 존재한다는 것을 알게 되었다. 자녀 양육을 포함하여 생활을 구성하는 모든 일을 가족 구성원 모두가 나이, 체력, 능력에 따라 분배하여 의무를 지고 있었다. 예를 들면 권위의 격차를 건축학적으로 선명하게 보여주는, 부모와 자식 사이의 영역 구분 같은 것도 존재하지 않았다.

이와 같은 것을 인식하는 사회적 경험에서 더 나아가 시민계급의 여성들은 과거의 유럽, 그리고 유럽 바깥의 세계와 유럽의 귀족계급들 사이에서는, 사랑이 결혼을 하기 위한 필수조건이 아니었음을 알게 된다. 결혼상대자에게 당연히 요구하는 조건으로서 사랑은 18세기 부르주아 계급의 발명품이다. 남편을 향한 아내의 애정, 사랑에서 우러난 청혼은 여하튼 파트너가 된 두 사람도 자유를 열망할 수 있다는 사실에 대한 최

---

6 아우구스트 베벨(August Bebel, 1840~1913): 독일의 사회주의자. 사회민주노동당을 창설, 지도자가 되었다. 노동운동의 뛰어난 지도자였고 여성운동에 깊은 관심을 나타냈으며 남녀의 완전한 사회적 동등권을 주장했다.

7 에밀 졸라(Emile Zola, 1840~1902): 이 상주의적 사회주의자였던 프랑스 소설가. 대표작 『목로주점(*L'Assommoir*)』이 있다. 그의 대표작 중 하나인 『제르미날(*Germinal*)』은 프랑스 탄광촌 광부들의 파업을 묘사했다.

초의 용인이었으며, 그만큼 혁명적인 일이었다. 하지만 또한 바로 그렇기 때문에, 시민계급의 남자들과 그들의 가정에는 불운한 숙명이기도 하다는 것이 얼마 안 가 드러난다.

결혼 파트너를 사랑을 바치는 대상으로 평가하면서부터 시민사회에서의 결혼은 골칫거리가 되었다. 19세기 장편소설에서는, 배우자 선택 문제에 있어서 남성 인물들이 자발적인 결정을 하게끔 만들어야만 했다. 여자들에게는 그것이 거의 이념적으로만 허용되었기 때문이다. '결혼중매소설'이라는 장르를 만들어낸 제인 오스틴의 작품은, 여성들이 맞닥뜨리게 된 이 새로운 문제들 덕분에 팔려나간 셈이다. 남편을 선택할 수 있는 자유는 그를 선택하지 않을 가능성 또한 포함하고 있는 것이다. 선택의 자유는 시간적으로 제한될 수 없다. 그것은 한번 주어지면, 단지 무력으로만 빼앗을 수 있었던 기본권이다. 사랑으로 이루어진 결혼은 따라서 결혼의 위기 또한—반갑지 않은 덤이지만—감수해야 한다.

사랑으로 맺어진 결혼은 신분상의 위계질서를 해체시켰다. 시민계급 출신인 아내의 남편에 대한 사랑은 업적 사회가 낳은 정서적인 파생물이다. 결혼을 하기 전에 남편의 자질, 그의 능력과 재산 등을 미래의 아내가 될 여자의 가족들뿐만 아니라 이 미래의 신부에게까지도 검증받아야 했다. 구혼은 그때부터 시합이 되었다. 우선 신부의 가족이 이 시합에 심판을 보았다. 신부의 사랑은 이 홍정에 있어서 장식일 뿐이었다. 그녀는 우선 사랑이 무엇인가에 대해 정의하는 일과 자기 자신의 의지를 포기하는 일을 조화시켜야 했다. 사랑이란—거의 19세기 내내 실제 삶에서든 문학작품 속에서든 그렇게들 이야기했는데—한 여자에게 있어서 자신을 누군가에게 굴종시키고 싶은 욕망이며, 자기가 선택한 남편의 훌륭함을 섬기는 것이었다. 사랑으로 맺어지는 결혼은, 아내에게는 자발적으로 굴종을 선택한다는 역설을 전제로 했다.

어머니, 아주머니들, 시인들과 목사들에게 배운 그와 같은 헌신으로부터 이제는 자의식을 가지고 스스로 결정하는 삶을 위한 도약이 이루어져야 했다. 사랑해서 하는 결혼이 여자들에게 전제하는 '파시오(passio, 고통)'가 자신이 자발적으로 선택한 남편에 대한 '패션(passion, 열정)'으로 바꾸기 위해서는 남편의 도움이 필요하다. 바로 '지성인의 결혼'이라는 구상 자체에 남편들이 얼마나 열의를 가지고 '자신의' 아내의 해방을 위해 애썼는지가 드러나 있다. 물론 남편들이 아내의 지적 능력이 발전하는 것을 방해하는 경우도 있다. 예를 들어 구스타프 말러(Gustav Mahler)는 아내 알마 신들러(Alma Schindler)에게 작곡을 금지했다. 알마 신들러는 작곡가 알렉산더 쳄린스키(Alexander Zemlinsky)의 제자였다. 하지만 아내가 스스로 설 수 있도록 용기를 북돋아준 남편들이 훨씬 더 많다. 루돌프 보르하르트(Rudolf Borchardt)[8]는 아내였던 화가 카롤리네 에르만(Karoline Ehrmann)이 예술가로 활동할 수 있도록 격려했다. 바실리 칸딘스키(Wassily Kandinsky)는 그의 연인 가브리엘레 뮌터(Gabriele Münter)에게 말하곤 했다. "당신이 그림을 그리기를 내가 얼마나 간절히 바라고 있는지

모르오. 당신이 그린 그림들이 점점 더 훌륭해지기를!" 그렇게 그는 그녀
를 북돋아주었다. "그래요! 몸조심하고! 건강해야 하오! 감각을 열어두
고!" 19세기 영국의 철학자이자 정치경제학자 존 스튜어트 밀(John Stuart
Mill)과 시드니 웨브(Sidney Webb)는 각각 자신의 아내와 함께 저서를 집필
했다. 브레히트[9]가 그의 여자들(그녀들의 능력과 노력은 그의 작품에 도움
을 주곤 했다)과 맺었던 관계는―이 책의 뒷부분에서도 언급되겠지
만―커플 관계의 개혁이라는 범위 안에서 착취와는 다른 것으로 이해될
수 있다.

'지성인의 결혼'의 역사는 여성해방의 역사에서 한 챕터를 차지하기는
한다. 하지만 '지성인의 결혼'은 여성해방운동이 그랬던 것처럼 활활 타
오르는 격렬한 연설과 선동적인 책들로 이루어지지는 않는다. 결혼개혁
의 범위 안에서 여성해방은 느릿느릿 나아갔다. 그것은 매일매일 부딪치
는 장애물들을 길에서 치우면서, 불안해하고 겁먹은 여자들도 다닐 수
있도록 길을 놓는 과정이다. '지성인의 결혼'의 역사에서는 영국의 여성
참정론자이자 작가인 메리 울스턴크래프트, 조르주 상드[10], 백작부인 프
란치스카 레벤틀로프[11] 같은 사람들뿐만 아니라 평범한 가정주부들도

---

8 루돌프 보르하르트(Rudolf Borchardt, 1877~1945): 독일의 신낭만파 작가.

9 베르톨트 브레히트(Bertolt Brecht, 1898~1956): 독일의 시인이자 극작가.

10 조르주 상드(George Sand, 1804~1876): 19세기 프랑스 여류 소설가.

11 프란치스카 레벤틀로프(Franziska zu Reventlow, 1871~1918): 독일 작가.

한몫을 했다.

하지만 개척을 시작한 것은 남자들이었다. 남자들에게는 그것이 여성해방의 문제라기보다는 자신들의 자유가 달린 문제였다. 남성은 시민사회에서 결혼으로 득을 보는 입장이기도 했지만, 그에 반해 결혼이라는 결합의 재정적, 도덕적 안정을 돌보아야 하는 어려운 과제를 떠맡아야 했다. 남성의 사회적 지위는 사업의 성공 여부뿐만 아니라 얼마나 보기 좋은 가정을 꾸리고 있는가에 의해 결정되었다. 남편과 자녀를 위한 아내의 희생은 남편이 가족의 명예를 위해 해내야 했던 힘든 일들에 상응하고도 남았다.

여하튼 남자들은 그들의 노력에 대한 보상을 누렸다. 다시 말하자면, 정부(情婦)를 두는 것이 허용되었다. 귀족사회에서와는 달리 시민사회의 가정에서 정부를 집 안에 들이는 것은 자연스러운 일이 아니었다. 아내들은 남편에게 정부가 있다는 사실을 알고도 참기는 했지만 그들을 공식적으로 받아들이지는 않았다. 그들은 혼외정사의 대상일 뿐, 체면에 맞는 상대는 아니었다. 아내의 사랑에 보답하며 남편도 아내에게 사랑을 약속했기 때문에, 남편은 만약 애인이 있다는 고백을 하면 그때부터 죄인이 되었다. 사회 분위기가 그러한 계약 파기에 분노를 표출하기보다는 재미나는 스캔들로 여기며 즐기는 한—남편 측의 이해관계에서도 마찬가지로—사회는 아내를 보호한다. 남자들의 성적인 이탈은 못 본 척하면서 말이다. 이런 식으로 쉬쉬하는 파렴치한 행위를 '지성인의 결혼'이 끝냈다. 그다음부터 결혼한 남자들은 혼외정사를 맺은 관계를 공공연하게 알렸다. 하지만 이런 뻔뻔스러운 도발도 여자들이 듣고 일어나지 않으면 아무것도 아니었다. 한 남자가 바람을 피운 것 자체는 별 볼일 없는 사소한 일일 수도 있었다. 그의 아내와 애인이 온 세상에 대고 떠들어대기 시작해야 비로소 사람들이 남자에게 합당한 난도질을 퍼부었다.

'지성인의 결혼'을 통해서 남성과 여성이 맛보게 된 자유는, 남자들에게 가져다준 것과는 다른 결과를 여자들에게 가져다주었다. 남자들은 더 많은 권리를 원했다. 하나의 자유라도 더 쟁취하고자 했다. 여자들은 자신의 존재를 완전히 탈바꿈했다. 남자들이 단지 자유를 누릴 수 있는 영역—애초부터 여자들의 영역보다 훨씬 더 넓었던—을 조금 더 확보했다면, 여자들은 하나의 새로운 대륙에 들어선 셈이었다.

'지성인의 결혼'은 남성과 여성의 해방을 둘만의 육탄전으로 만들었다. (그것이 관계의 결속감과 동등함을 추구하는 데 모순되는 일은 아니다.) 그 어떤 전통도 더 이상 중요하지 않았다. 기존의 전통은 그저 서로에 대한 서먹함만을 유지시킬 뿐이었다. 예컨대 귀족사회가 한 쌍의 부부에게 기대한 것이라고는, 종족을 유지하는 것과 배우자에게 소 닭 쳐다보듯 무심한 태도를 보이는 것뿐이었다. 어떤 가족의 의미도 '지성적으로 맺어진 남녀'의 사이를 비집고 들어올 수 없었다. 부르주아 계층의 사람들은 다른 사람들에게 되도록 행복해 보이고 싶어 했으며, 아무에게도 말할 수 없을 것 같은 불행은 외면해버렸다. 경제적 궁핍도 '지성적으로 맺어진 커플'에게는 스트레스가 되지 않았다. 프롤레타리아 계급의 커플들이 가난 때문에 서로에 대해 이해는커녕 오해를 할 여유조차도 없었던 것과 비교해보라. '지성인의 결혼'을 택한 두 사람은 전통을 지키는 것, 자녀를 양육하는 것, 서로의 가족에 대한 의무를 다한 것, 사회적 시선을 의식하는 것, 이 모든 것으로부터 자유로워져 오직 두 사람이 만들어가는 파트너십에만 몰두한다.

한 사람의 파트너로서 누리는 평등은 그때까지 남자의 일로만 여겨졌던 능력과 태도를 여자에게 요구했다. 마음이 아니라 머리로 내리는 결정, 세상사에 대한 인식, 예술적 함양 혹은 학문적 사고, 공적인 활동, 이기주의, 냉정하게 맺고 끊는 사회적 관계 등이 그것이다. '지성인의 결혼'은 남자의 영혼을 가진 두 사람이 맺은 관계이다. 둘 중 한 명이 성적으로는 여자였을 뿐. 여성들의 캐릭터 변화는 바깥으로도 드러나야 하는 것이었다. 단발머리, 셔츠, 바지, 어깨에 메는 가방은 여성이 다른 성(性)의 당원(즉 남자)임을 증명해준다. 많은 남자들이 그런 여자들에게 거부감 없이 다가갔고, (에리히 뮈잠[12]이 슈바빙(Schwabing)에 살며 보았던

---

12 에리히 뮈잠(Erich Mühsam, 1878
~1934): 유태인 출신의 시인이자 무
정부주의자.

사례들을 보고했듯이) 여성적 표식을 받아들여 여자처럼 머리를 기르기도 했다. 이와 같은 복장 교환에 대해서 여성과 남성은 각각 다른 사회적 판결을 받았다. 여자가 남자들의 제스처를 취하면 일단 그것은 불유쾌한 일로 받아들여졌다. "여자가 남성적 특질을 몸가짐에 드러내면, 그녀는 곧바로 자기가 남자인 줄 아는 여자라는 꼬리표를 달아야 했다."고 시몬 드 보부아르가 말한 바 있다. 그에 반해 머리를 길게 기른 남자들은 예술가 혹은 독창적인 개성을 지닌 사람으로 존중받았다.

여성들이 변화되었다는 것을 보여준 이런 외적 징표보다 더 의미심장했던 것은, 비록 거의 눈에 띄지는 않았지만, 그들의 새로운 지성적 태도다. 남자들과 동등한 파트너로서 의사소통을 하기 위해 여자들은 남자의 언어를 습득해야 했다. 어머니에게 배운 언어에서 남자들의 언어로 건너가야 했다. 낯선 개념들, 낯선 화법, 낯선 테마에 익숙해져야 했을 뿐만 아니라, 개혁가임을 자처하는 남자들과 그때까지 그들의 전유물이나 다름없었던 영역에 대해서도 서슴없이 대화할 수 있어야 했다. 예를 들면 섹슈얼리티에 대해 툭 터놓고 이야기를 나눈다든가, 여자들이 나서서 끼어드는 것은 적합하지 않다고 여겨졌던 사회적, 미학적 그리고 정치적 문제들에 대해 말해야 했던 것이다. 시민계급의 결혼제도에 반항심을 품었던 남자들은 여자들에게 남자의 언어를 갖추라고 요구했다. 그래서 남자들에게 파트너를 바꾸는 일이 마침내 자연스러운 일이 되었을 때, 조금 더 똑똑하고 언어적 재능이 뛰어났던 여자들이 그렇지 못한 여자들을 밀어내게 되었던 것이다. 첫 번째 부인은 아이를 낳고 가사를 돌보았고, 두 번째 부인은 글을 쓰거나 그림을 그렸다. 리하르트 데멜은 순박하기만 한 첫 번째 아내 파울라 오펜하이머(Paula Oppenheimer)를 버리고 문학적 교양이 풍부했던 이다 코블렌츠(Ida Coblenz)에게 갔다. 구스타프 란다우어의 첫 번째 아내 마가레테 로이히스너(Margarethe Leuchs-ner)는 재단사였고, 두 번째 여자 헤드비히 라흐만(Hedwig Lachmann)은 시인이었다. 인생을 건 실험들이 활발했던 그 시대에도 역방향의 전개는 물론 가능했다. 루돌프 보르하르트의 경우 처음에는 예술가와 결혼했으나 그녀가 아이를 낳지 못하자 다른 여자를 찾았다. 그녀는 그의 가부장적 사고방식에 보다 어울렸고 그에게 자식 넷을 낳아주었다.

사생활의 혁명을 의미했던 이 진보적 변화가 개별적 관계에서 겪어야 했던 고통을 다 덮어주지는 않는다. 이 책에서 다루게 될 주요 남성 인물들—오토 그로스[13], 장 폴 사르트르[14], 베르톨트 브레히트—은 그들의 배우자들에게 분별없고 경솔하게 행동해 상처를 주었다. 그들의 배우자들은 대부분 한때 그들의 제자였다. 제자의 범위란 그다지 어렵지

---

13 오토 그로스(Otto Gross, 1877~1920): 오스트리아의 정신분석학자. 프로이트의 제자이자 의사, 혁명가, 무정부주의자이자 공산주의자이다. 성해방, 자유연애 및 섹스 공동체 운동을 주장했다. 1910년 스위스 아스코나에서 무정부적인 성격을 띤 성적 공동체(또는 섹스 공산주의 집단)를 건설하기도 하였다. 추종자가 많았지만 지역 주민들의 반대로 해체되었다.

14 장 폴 사르트르(Jean-Paul Sartre): 실존주의 철학자. 1964년 노벨문학상을 거부했다. 주요 저서로 『존재와 무(L'Être et le Néant)』(1943)가 있다.

않게 넓어지는 것이다. 따라서 그들의 아내는 끊이지 않는 사회적, 감정적 불확실성 속에서 살아야 했다. 물론 남자들도 (오토 그로스의 경우라든가 막스 베버[15]를 예로 들면) 약물중독자가 되거나 신경쇠약에 걸려 인생의 위기에 몰리기도 했다. '지성인의 결혼'이 낳은 역사가 반드시 행복의 역사였던 것은 아니다.

15 막스 베버(Max Weber, 1864~1920):
독일의 사회과학자. 저서 『사회과학적
및 사회정책적 인식의 객관성』, 『프
로테스탄티즘의 윤리와 자본주의의
정신』 등이 있다.

커플 실험

성실이라는 규범을 따랐던 구식 결혼생활의 내적인 삶에 대해서는 알려진 것이 별로 없다. 사랑에 대해서라면 뭐든 알고 있다고 주장했던 시인들조차도, 그들 자신이 러브스토리의 결말로 그토록 즐겨 가져다 썼던 결혼에 대해서는 정작 무슨 말을 해야 좋을지 몰랐다. 19세기가 끝나고 20세기가 시작되던 전환기에 드라마 작가, 소설가, 사회정책가와 성 연구가들은 어쨌든 결혼생활의 내면적인 부분에 대해, 때로는 자기 자신의 이야기를 터놓으며 결혼에 대해 이야기하기 시작했다.[16] 그것을 통해 그들의 독자들은 마치 신의 뜻에 의한 숙명적 제도인 양 군림했던, 그러나 아주 많은 경우에 실패, 즉 이혼으로 끝나버리는 결혼이란 제도에 대해 성찰하고 개혁할 기회를 얻었다. 점점 증가했던 이혼[17] 소송들은 그들의 폐허를 완전히 다

드러내 보여주었다. 그들이 지었던 건물의 기초가 무엇이었는지, 그것이 무너지게 된 원인은 또 무엇이었는지를 속속들이 드러냈다.

결혼이 깨지면 할 말은 많아지는 법이다. 전통적인 결혼에서 가장 중요한 단어는 결혼식 제단 앞에서 선언하는 "네"라는 말이었다. '지성인의 결혼'에서는 그 '네'라는 말을 '아니요', '그렇지만', '아마도', '그런데'가 밀어낸다. 이런 지침서들이 새로운 삶의 방식의 성격에 대해 공표해준 것이 물론 다는 아니다. 그것은 실제 결혼생활 속에서도 진지하게 토론되었을 것이다. 부부가 된 두 사람은 끊임없이 토론을 하게 되었다. 어떤 예기치 않은 상황에 맞닥뜨릴 때마다 그들의 관계는 새롭게 정의되어야 했기 때문이다. '지성인의 결혼'은 파트너가 서로 큰 합의 안에서 각자 원하는 것들을 이야기하고, 그런 발언들을 토대로 성립된다. 그런 점에 있어서 '지성인의 결혼'은 공식적인 의견 발표에 미숙했던 여자들에겐 하나의 언어 수업이 되었다.

사회가 등 돌린 관계들에 대해 이례적으로 큰 소리로 공개하는 것을 통해 결혼의 역사에 하나의 새로운 시대가 도래했다. 편지, 일기장, 회고록, 실화소설에 쓰인 지극히 개인적인 체험들이 결혼의 개혁을 다루는 맥

16 결혼했거나 결혼하지 않은 두 사람의 관계에 대한 포괄적 기록들은 헤라드 솅크(Herrad Schenk)에서 찾을 수 있다. 『자유로운 사랑-불륜관계』(1987)는 사랑을 통한 결혼의 점차적인 해체에 대해 말하고 있다. -원주

17 카롤리네 아르니(Caroline Arni)의 『불화. 1900년대의 결혼의 위기』(2004)는 '1900년대 결혼의 위기'가 시사하는 바에 대한 분석을 위해 이혼 행위를 언급했다. -원주

락에서 출간된 논쟁적인 글들, 학자들이 쓴 논문의 공식적 주장들의 내용을 보충하기도 하고, 오류를 증명하기도 했다. 이런 책들을 통해 이루어진 논쟁 안에서 끓어올랐던 이슈들은 이제까지 아무 말 없이 끌려왔던 결혼생활이 문제였다는 것을 말로 표현했다. 이 두 가지 종류의 기록들은 역사가들에게 그토록 오랫동안 침묵에 휩싸여 있었던 친밀성이라는 영역을 들여다보라고 말했던 것이다.

애초에 엘리트적인 프로젝트였던 근대의 결혼이, 비록 때를 놓치기는 했지만 뜻밖의 성공을 거두는 바람에 그 기원에 대해서는 까맣게 잊히고 말았다. 그것은 사회의 보편적 흐름을 바탕으로 한 변화가 아니었다. 갑작스런 시작이 품은 극단성이 그 기원과 방향을 선명하게 제시한 사태였다. 통계적으로 보더라도, 20세기에 접어들며 '두 사람만의 사회'라는 새로운 형태의 관계 실험에 참여했던 사오십 명은 어떤 비중도 차지하지 못한다. 하지만 시민사회의 바깥을 맴돌며 벌어진 이 프로젝트 안에는 모든 사람의 라이프스타일을 송두리째 변화시킬 가능성이 포함되어 있었다. 마치 정치 혁명이 그랬던 것처럼.

이 책의 테마인 '지성인의 결혼'은 결국 독립된 한 개인의 어떤 행동에 대한 이야기로 이해해야 할 것이다. 단지 그 기획과 체험, 거기 담겼던 희망과 실패가 너무나 눈에 띄어, 후대의 커플들이 따라 하거나 변형을 시도하거나 혹은 그 모델 자체를 아예 거부하고도 남을 만했던 어떤 행동이다.

프랑스혁명 이후 전통적인 결혼에 반대하는 구상들과 시도들은 꾸준히 있었다. 그것은 사생활에 있어서의 프랑스혁명이었던 셈이다. 샤를 푸리에[18]는 자유로운 에로티시즘을 추구하는 집단적 기구를 이야기했고, 메리 울스턴크래프트는 여성해방을 위한 요구들을 내놓았다. 예나 낭만주의자들의 사랑과 결혼에 대한 대범한 해석도 예로 들 수 있을 것이다. 조르주 상드의 센세이셔널하고도 감탄스러운 등장, 1848년 혁명가 알베르트 뒬크(Albert Dulk)가 주장한 민주적 삼자동거 등도 있다. 그러나 이처럼 빛나는 사례들이 시민혁명의 범위 안에서는 어떤 사회적인 결과도 이끌어내지 못했다. 오히려 가부장제는 19세기 내내 더욱더 확고해졌다. 20세기에 들어서고 나서야 비로소 결혼에 대한 비판이 농밀해졌다. '자유 동거'라는 개념은 점점 더 보편적으로 인지되고 인정받게 되는 과정이 거기에 기여했다.

개혁을 주장하는 논문들—무엇보다도 아우구스트 베벨의 『사회주의에서의 여성』(1879년 출간되어 1903년에 이미 34쇄를 찍음), 샤를 고바[19]의 『자유로운 사랑』(1900년 독일어로 번역됨), 루트비히 굼플로비치[20]의 『결혼과 자유로운 사랑』(1902)—은 이제까지 필수불가결하게 연결되어 있었던 경제적인 강요에서 사랑을 풀어주어야 한다고 강조했다.

---

18 샤를 푸리에(Charles Fourier, 1772~1837): 공상적 사회주의자. 저서 『가정적 농업적 사단론』에서 생산자 협동조합을 중심으로 상업이 존재하지 않는 자유로운 생산자의 협동사회를 실현할 것을 제안했다.

19 샤를 고바(Charles Albert Gobat, 1834~1914): 스위스의 정치가.

20 루트비히 굼플로비치(Ludwig Gumplowicz, 1838~1909): 19세기 오스트리아의 정치학자·사회학자.

이런 분위기 속에서 '자유롭게 결혼한 커플'들은 몇 군데 집단 거주지에 자리를 잡았다. 그 집단 거주 내에서 그들이 서로 파트너를 바꾸는 일도 빈번했다. 그들은 그곳에서 시민사회의 결혼제도에 대해 명백한 반대 입장을 주장했다. 아스코나[21], 슈바빙, 하이델베르크, 블룸스버리[22]가 그들이 모여 살던 곳이다. 특이하게도 이번에는 예술가와 학자들이 함께 이 근대화 작업에 몰두했다. 그리고 훗날 '지성인의 결혼'이라는 모델은 어떤 사회 계층에 속하든 누구나 선택할 수 있는 하나의 옵션이 된다.

이 실험적 도입기에 이루어졌던 일들은 멀리 다른 곳에 살았던 커플들이나 후대의 커플들이 관계를 맺는 방식에도 영향을 미쳤다. 이렇게 영향을 받은 커플 중에는 그들의 선배들보다 훨씬 더 유명해진 사람들이 있다. 예를 들면 스콧 피츠제럴드[23]와 그의 아내 젤다[24], 장 폴 사르트르와 시몬 드 보부아르. 1968년 혁명의 소용돌이 속에서도 에로티시즘의 혁명을 위한 지성인들의 주장은 다시 부활했다. 그들은 다시 한 번 20세기 초로 돌아가 결혼을 어떻게 이해해야 하는가에 대한 그들만의 근거를 찾았다. 그리고 그것이 마지막이었다. 그후로는 한때 정열을 바쳐 투쟁하고 쟁취한 '에로티시즘의 자유'가 서구 사회에서 확고한 가치관으

---

21 아스코나(Ascona): 스위스 남동부의 호숫가 휴양도시.

22 블룸스버리(Bloomsbury): 영국 런던의 중앙부로 많은 예술가, 작가, 학생 등이 거주하는 교육·주거 지구이다.

23 스콧 피츠제럴드(F. Scott Fitzgerald, 1896~1940): 『위대한 개츠비』의 저자.

24 젤다 피츠제럴드(Zelda Fitzgerald, 1900~1948): 스콧 피츠제럴드의 부인. 후에 당대 최고의 무용가인 이사도라 던컨과의 동성애로 유명하다.

로 자리를 잡았고, 따라서 더 이상 지적인 논쟁을 벌이며 진을 빼는 일이나 개인적 실험에 격정을 바칠 필요가 없어졌기 때문이다.

이처럼 현대적인 행복을 추구했던 이들이 걸었던 고난의 길에서 단지 몇몇 정류장만을, 그들 중의 단지 몇몇 대표적 인물들만을 이 책에서 소개할 것이다. 그들은 실패를 두려워하지 않고 인간의 실존을 현실에 한 발짝 더 가까이 가져다 놓은 에너지를 품은 사람들이었다. 혼외정사를 공공연한 토론주제로 삼았던, 막스 베버와 오토 그로스 중심의 하이델베르크 그룹을 다룰 것이다. 행복하고도 자유로운 사랑을 나누며 내연관계를 유지했던 비타 색빌웨스트[25]와 해럴드 니콜슨(Harold Nicolson)은 다루지 않을 것이다. 같은 시기에 살았던 버지니아 울프(Virginia Woolf)와 레너드 울프(Leonard Woolf)의 결혼생활도 여기서는 논외로 할 것이다. 비록 그들도 하나의 실험으로 손색없는 삶을 살았지만 말이다. 그들의 결혼생활을 힘겹게 했던 위기들은, 말하자면 어떤 이론으로도 설명되지 않는다. 기껏해야 이 영국인 커플이 정절이냐 배신이냐, 이대로 살 것인가 바꾸어볼 것인가를 놓고 벌였던 논쟁들이 그들이 주고받은 편지에 담겨 있을 뿐이다. 물론 두 사람 가운데 어느 누구도 이것은 미처 생각하지

---

25 비타 색빌웨스트(Vita Sackville-West, 1982~1962): 영국의 시인, 정원 디자이너. 버지니아 울프의 동성 연인으로 알려져 있다.

못했을 것이다. 그들의 삶이 다른 사람들의 삶의 기준을 높여버렸다는 것을 말이다.

하이델베르크와 파리에서는 달랐다. 그 두 도시의 커플들에게서는 우리가 찾았던 실험적인 관계들이 보였다. 베르톨트 브레히트가 수많은 여자들과 맺었던 관계들이 보여주는 것은, 결국 두 차례 세계대전을 겪는 사이 공적으로 인정받은 성적 욕망이 얼마나 자연스러운 일이 되어버렸는가 하는 것이다. 브레히트는 거의 혼인에 해당하는 관계를 여러 번 맺었고 거기에 단순히 성적인 끌림을 넘어서는, 지적이고 사회−정치적인 의미를 부여했다. 성생활에 있어서는 서로의 외도를 인정하고 정신적으로는 정절을 지켰던 시몬 드 보부아르와 장 폴 사르트르는 하이델베르크 논쟁을 지속하고 그것에 마침표를 찍었다. 기존의 리베르티나주에 따라서 그들은 그들의 관계 안에 제삼자를 끌어들이면 행복이 더욱 상승할 거라고 믿었다. 그들은 지성적인 커플 관계의 개념을 '삼중주' 혹은 '사중주'라는 메트로폴리탄적 삶의 형태로 확대했다. 이름만 대면 알 만한 인물들(과거의 인물들이긴 하지만, 또 생각해보면 그렇게 먼 과거의 일도 아니다)의 기획들, 실험들, 그리고 저서들은 오늘날의 결혼을 보다 예리하게 요약해서 보여주고 있다.

시
도

두　남　자　의

관　계　방　식

"일부일처제, 그리고 그것이 더욱

병든 형태인 일부다처제를 없애는 것은

단지 여성해방일 뿐 아니라

남성의 해방이기도 하다."

— 오토 그로스

막스 베버와
오토 그로스

막스 베버와 오토 그로스는 1920년 같은 해에 사망했다는 점을 제외하고는 공통점이 별로 많지 않다. 그러나 1907년 하이델베르크에서의 그들의 만남은 '지성인의 결혼'에 있어서는 의미하는 바가 크다. 그것은 시민사회의 질서와 무정부주의, 대학과 보헤미안, 학문과 삶의 개혁, 새롭게 정립되어가던 사회학과 새롭게 부상한 심리적 분석법의 만남이었다. 하이델베르크 대학 경제학과 교수인 막스 베버와, 슈바빙의 예술가적 분위기나 삶의 개혁자들이 모여 살았던 집단 거주지 몬테베리타(Monte Verità)가 몸에 익은 오토 그로스는 '지성인의 결혼'이 오늘날까지도 서로 화합시키려고 노력하고 있는 두 가지 대립적 요소를 대표하는 인물이었다. 자유의지로 결정한 관계의 지속성과, 파트너가 된 두 사람의 성적인 자유에 대한 인정이 바로 그

두 가지 요소이다.

정신분석학자였던 오토 그로스는 프로이트의 제자이기도 했는데, 전통적인 결혼생활을 하고 있는 부부 사이에 정부(情夫) 혹은 유혹자로 끼어들어 결혼생활을 파탄 내곤 했다. 그러고 나면 어김없이 어떤 이론을 끌어다 대며 자신의 행동을 정당화했다. 무정부주의자였던 오토 그로스의 혼란스럽고 자기파괴적인 사랑은 막스 베버의 관심을 쉽게 끌어내지는 못했을 것이다. 막스 베버는 어떤 이론에 대해서나 까다로운 근거를 요구하는 사람이었다. 바로 그런 까다로움이 그로 하여금 오토 그로스의 이론을 끈질기게 거부할 수 있도록 도와주었다. 마침내 그가 생의 마지막에 이르러 두 팔을 들고 항복하며 오토 그로스가 옳았음을 인정하게 되는 순간까지. 막스 베버는 근대적 결혼생활을 위해 어떤 대안적 구상들이 있을 수 있는지에 대해 생각을 정리하는 일은 그의 아내 마리안네에게 일임했다. 그에게 일상은 학문의 대상이 될 수 없었기 때문이다.

오토 그로스는 자신의 이론을 종이 위에 표현하는 데만 그치지 않았다. 그는 결혼이라는 요새로 (막스 베버와 마리안네 베버 커플의 보다 견고한 근대성에도 불구하고) 쳐들어갔다. 여기에 그는 한 여자의 힘을 빌렸다. 막스 베버의 제자이자 일생 동안 마리안네의 친구였던, 리히텐호펜 가문 출신의 엘제 야폐(Else Jaffé)가 오토 그로스의 애인이 되었던 것이다. 이 네 사람—두 남자와 두 여자, 혹은 근대적 결혼을 위해 전통적인 도덕을 재고했던 한 쌍과 에로티시즘의 해방을 감행했던 한 쌍—사이에서 그때까지는 일종의 스캔들로 치부되었던 것이 하나의 이론 안으로 들어왔다. 막스 베버와 마리안네의 결혼생활은 수많은 문제적 관계들에 휩싸여 있던 오토 그로스가 등장한 뒤 자유연애라든가 내연관계 등의 도전에 부딪히면서도 꿋꿋하게 유지되었다. 방탕과 불륜 끝에 사생아까지 태어나게 했던 오토 그로스의 부적절한 관계들 가운데는 경제학자 에버하르트 고타인(Eberhardt Gothein)과 정원에 관한 저서로 유명한 여류 작가 마리 루이제(Marie-Luise) 부부가 연루된 사건도 있었다.

하이델베르크는 역사적으로 이러한 갈등을 이미 준비하고 있었다. 100년 전 이곳에서 '지성인의 결혼'이라고 이름 붙일 만한 첫 번째 낭만적 결혼이 실현되었다. 조피 메로[1]와 클레멘스 브렌타노[2]의 결합을 생각해보라. 고대언어학과 교수였던 게오르크 프리드리히 크로이처(Georg Friedrich Creuzer)에 대한 여류시인 카롤리네 귄더로데(Karoline Günderrode)[3]의 사랑도 서로에게 자유롭고 지성에 의해 중재되었던 파트너십이 무엇인지 보여준다.

한때 낭만주의 운동의 중심지였던 하이델베르크는 독일의 대학 도시 중에서는 20세기까지도 아웃사이더로 남아 있었다. 새로운 세기가 시

---

1 조피 메로(Sophie Mereau, 1770~1806): 독일의 여류시인. 클레멘스 브렌타노의 부인이다.

2 클레멘스 브렌타노(Clemes Brentano, 1778~1842): 독일의 낭만주의 시인.

3 귄더로데보다 아홉 살 연상인 크로이처는 이미 결혼한 상태였고, 그에게 실연당한 귄더로데는 자살했다. 크로이처의 편지는 존재하지 않으나, 귄더로데의 편지가 남아 있어 이 두 사람의 사랑은 전설이 되었다.

작되면서 바덴 주의 자유로운 문화정책의 결과로 하이델베르크 대학에 여러 명의 굵직한 학자들—다른 도시의 대학에서는 임용할 엄두조차 내지 않았던—이 임용되었다. 막스 베버도 학문적으로는 아직 확고한 분야로 인식되지 않았던 사회학 분야로 하이델베르크 대학에 자리를 잡았다. 게다가 사춘기 소년의 반항기가 밴 듯한 그의 라이프스타일 또한 이목을 끌었다. 마리안네 베버는 그들 부부가 젊은 시절 프라이부르크 (막스 베버가 처음으로 교수가 되었던 곳)에 처음 등장했을 때 원로 교수들이 보였던 반응에 대해 이렇게 쓴 바 있다.

"이 커플의 외형적인 삶은 비슷한 부류의 부부들이 지금까지 보여준 형식과 유사하다. 그럼에도 불구하고 그들은 '다르게' 보였다. 그들은 사회문제들에 대해 분명한 견해가 있었고, 그것은 성관계와 관련된 문제들에 있어서도 마찬가지였다. 이러한 경우는 그들이 속한 그룹에 있어서는 매우 드문 일이었다. 그들의 집에는 벽마다 클링거[4]의 동판화가 걸려 있는데, 일부는 벌거벗은 몸이 버젓이 드러나 있는 작품들이다. 땅거미가 지는 숲 속 연못가에서 소파에 앉아 골똘히 생각에 잠긴 작은 이브의 발밑으로 몸을 던지는 것이 도대체 있을 수 있는 일인가? 어두컴컴한 바

---

4 막스 클링거(Max Klinger, 1857~1920):
독일의 화가.

닥에서 빛을 향해 몸을 일으키는 알몸의 남자가 나오는 그림, 그것을 그린 화가가 '그럼에도 불구하고'라는 제목을 붙인 그림을 아무 거리낌 없이 쳐다볼 수 있는 사람이 몇이나 될까?"

막스 클링거의 나체 인물화 아래 놓인 소파에 모여 앉은 교수들이란 오토 그로스의 새로운 학설이나 베버 부부의 결혼생활을 문제 삼아 이런저런 논쟁을 펴는 모임들에 대한 알레고리다. 프라이부르크에서와는 달리 하이델베르크의 아카데믹한 그룹은 근대적 삶의 에로틱하고도 미학적인 문제들에 대해 열정적인 의무감을 보이며 몰두했다. 마리안네 베버가 말했던 "사회적 문제들에 대한 분명한 견해"라는 것은 사적인 대화에서만 드러나는 양상은 아니었다. 그것은 제도적으로도 겉으로 드러났다.

네카 강변에 있던 베버의 집에서 이루어진 교우 모임은 심리학, 사회학, 경제학사 등 새로운 학문을 가르쳤던 교수들로 구성되었다. 그들은 사회적인, 그러면서 개인적이기도 한 관계에 학문적인 분석을 시도해보고자 하는 분야들을 대변하고 있었다.

바덴의 자유로운 전통과 낭만주의가 꽃피었던 과거에 대한 기억이 서로 결합되어 하이델베르크에서 새로운 라이프스타일의 실험이 이루어졌다. 그것은 몬테베리타에서 시도된 프로그램에 견줄 만한 것이었다. 몬테베리타에서 예술가들이 시도했던 삶의 개혁과 다른 점이 있다면, 하이델베르크에서 시도된 실험은 시민사회의 범위 안에서 이루어졌으며, 그렇기 때문에 시민사회에 더 많은 영향을 미쳤다는 것이다. 그러나 실제의 삶에서 이룬 혁명으로 말미암아 막스 베버가 받았어야 마땅한 평가들은 그의 전기를 다룬 책들에서 지금까지는 전혀 다루어지지 않았다.

모범적인
결혼생활

베버 부부의 결혼생활은 하이델베르크 사람들에게 매우 바람직한 모범으로 간주되었다. 그것도 흠잡을 데라고는 하나 없이 완벽한 결혼생활의 모델로 여겨졌다. 막스 베버(1864~1920)의 먼 사촌이었던 마리안네 슈니트거(1870~1954)는 1893년 약혼한 뒤부터 약혼자이자 미래의 남편에게 한없는 존경을 바쳤다. 그에 대한 보상으로 그녀 자신도 지적 교양을 쌓을 권리를 주장했고, 그녀가 체득한 교양을 공공연하게 드러낼 수 있는 기회를 요구했다. 그녀는 남편의 시종으로서 기꺼이 몸을 숙였지만, 그늘진 구석에 틀어박혀 있지만은 않았다. 마리안네 베버는 당시 여자들이 깨인 여성으로 평가받기 위해 어떤 역할을 해야 하는지 잘 알고 있었던 것이다. 또한 그녀는 자신의 결혼생활에서 낭만적인 사랑도 실현시키고 싶어 했다. "사랑은 결혼에 있어서, 결혼은 사랑에 있어서 가장 드높은 이념이어야 한다." 그와 동시에 여자들이 교양을 갖추고 직업을 갖게 되었을 때의 장점도 실용적으로 도출하고자 했다. 이러한 생각은, 그녀가 훗날 결혼과 이혼에 관한 자신의 저서에서 밝히기도 했는데, 파트너가 된 두 사람이 상대에게 바치는 조건 없는 희생이 바탕이 되어야 한다. 그리고 이때 두 사람은 희생의 정도에 있어서 서로가 동등하다고 느낄 수 있어야 한다. "어떤 '생각'을 추구하며 현대적으로 맺어진 결혼은 오직 남편과의 정신적 동등이라는 토대가 있어야만 유지될 수 있다." 마리안네가 1908년 그녀의 남편을 두고 했던 말처럼, 남자가 여전히 "보다 높은 위치에 있는 지성적 모나드"이긴 했지만, 여자도 지성적인 모나드로서 인정받을 수 있었으며 공적인 생활에서 자기 자리를 당당히 요구할 수 있었다.

이처럼 근대화된 시민계급의 결혼생활 안에서 마리안네 베버는 여성해방운동의 선구자가 되었으며, 얼마 지나지 않아 '여성의 교양과 교육을 위한 연합'의 회장이 되었다. 이러한 활동에 그녀처럼 교수를 남편으로 둔 여자들이 동지가 되어 참여했다. 그녀는 죽는 날까지 여성해방운동을 위한 강연과 출판을 멈추지 않았다. 그녀의 학문적 커리어는 (그녀가 막스 베버의 전기를 다룬 『생애(Lebensbild)』에서도 썼듯이) 남편의 그늘 아래서 시작되었다. 그녀는 하이델베르크 대학에서 남편의 강의를 수강했다.

"그의 배우자는—베버가 원했듯이—이제 정신적으로 완전히 충만하고 자신의 고유한 삶을 영위한다. 그녀는 베버의 경제학 강의를 듣고, 철학 강의에도 출석하였으며 파울 헨젤(Paul Hensel)의 세미나에 참여하는 동안 그녀가 공부한 결과를 한 편의 논문으로 남긴다. 베버는 배움에 대한 그녀의 갈증을 누구보다 반가워했고, 어느새 그녀보다 더 여성의 권리에 대해 민감한 반응을 보이며 공적으로 찬반토론이 벌어지는 사안들에 열렬한 관심을 표명했고, 어디서든 그가 줄 수 있는 도움을 주었다."

하이델베르크 사람들에게 이러한 광경은 충격에 가까웠다. 어쩌면 그들은 불쾌함을 느꼈을지도 모른다. 여하튼 그것은 후대에 여러 가지 해석의 가능성을 열어놓는 하나의 장면이 되었다. 1900년에 들어선 뒤에야 겨우 바덴 주의 프라이부르크 대학과 하이델베르크 대학은 여학생의 입학을 허용했다. 취리히에서는 이미 1863년부터 여자들도 대학에 등록하고 공부를 할 수 있었다. 그러니까 마리안네 베버가 그녀의 남편과 함께 1897년 하이델베르크에 나타났을 때, 그녀는 남편의 강의를 정식 대학생이 아닌, 청강생 신분으로 들어야 했다. 여성이 처음 대학에 발을 디디기 시작했던 이 과도기에 교수 부인인 한 여성이 입증한 것은 여자라고 해서 학문적 활동을 포기할 이유는 없다는 것, 결혼한 여자라고 해서 교양을 포기할 필요는 없다는 것, 다시 말해 결혼한 여자들에게도 감성과 이성의 조화가 필요하다는 것이었다. 마리안네 베버는 *결혼관계*에서나 *사회생활* 속에서, 사적인 관계에서나 바깥으로 드러나는 파트너십에 있어서 분리를 지양했으며, 그런 사고의 연장선에서 남편의 강의를 청강

했다. 베버 부부를 단단히 묶어주고 있는 것, 즉 그들이 정신적으로 나누는 사랑은 널리 알려져도 좋았다. 아니, 알려져야만 했다!

하지만 남편의 제자이기도 한 아내의 위치란 정말 양가적인 것이었다. '지성인의 결혼'이 여성에게 자유뿐만 아니라 남편과의 동등한 위치도 마련해주는 것이라면, 남편의 제자가 되는 것은 그런 목표에 도달하는 데 있어 걸림돌이 되었다. 마리안네 베버는 한편으로는 제대로 교육을 받기 위해 애쓰면서도, 그와 동시에 남편에게 의존하고 있었음을 고백했다.

어쨌든 마리안네가 막스 베버의 학문적 작업에 참여하는 것은 그에게도 일종의 제약이 되었다. 예전에는 사랑이, 더불어 아내 역시 사생활의 영역에 머물러 있었다면, 지적 능력을 계발하는 아내는 그때까지 자신에게 직장생활이라는 이름으로 부여되었던 자유를 빼앗는 존재가 된 것이다. 전통적인 결혼생활에서 부부를 결속하는 것이 결국 신분적 혹은 재정적 연대였다면, 이제 그 자리에 공동의 정신적 활동이 보장해주는 공생이라는 관념이 들어선다. 이것은 남편에게는 불리한 조건이 될 수도 있었다. 만약 그 대가로 그가 또 하나의 새로운 자유, 즉 성적으로 자유로워질 수 있는 자유를 보장받지 못했다면 말이다. 막스 베버는 다른 여자가 필요하다는 말을 대놓고 한 적은 단 한 번도 없었지만, 인생의 말년까지도 성적인 자유를 충실하게 누렸다.

마리안네 베버는 남편에게 지적으로 의존하고 있기 때문에 겪어야 하는 불쾌한 일들은 대수롭지 않게 생각하려고 했다. 그녀는 첫 번째 저서 『피히테의 사회주의, 그리고 그것이 마르크스 독트린과 갖는 관계(*Fichte's Sozialismus und sein Verhältnis zur Max'schen Doktrin*)』(1900)를 남편에게 헌정하며 다음과 같은 주를 달았다. "남편의 견해로부터 받은 영향은 특히 16쪽(플라톤의 국가관), 66~71쪽 (…) 등에 나오는 설명들에서 알아볼 수 있을 것이다." 『바덴 대학의 민속학적 논문(*Volkswirtschaftlichen Abhandlungen der Badischen Hochschulen*)』의 엮은이였던 막스 베버는 그 저서의 출간을 도와주며 다음과 같이 덧붙였다. "그녀는, 스스로 문제 삼았던 부분들과 극히 일부에 지나지 않았던 나의 (전문용어 사용과 문학적 입장에 관한) 몇몇 충고들을 제외하면, 어느 모로 보나 독립적으로 훌륭하게 자기만의 길을 찾아냈으며 나뿐만 아니라 그녀의 다른 스승들로부터도 학문적 조언을 받을 수 있었다." 그러나 이와 같은 학문적 출발 뒤에, 마리안네 베버는 남편이 지배하는 영역에는 더 이상 발을 들이지 않았다. 강의와 집필을 통해 단지 결혼과 여성의 도덕에 관한 문제들에만 몰두했다.

그녀가 집필한 책들에는—다소 경건하게 표현된—"반려자로서 결혼생활 하기"라는 개념이 라이트모티프로 잠재되어 있다. 그 개념에 대해서 『결혼의 이념(*Die Idee der Ehe*)』이란 책에서는 다음과 같이 정의했다.

"결혼은 정신적으로나 도덕적으로나 동등한 두 사람이 만드는 사랑의 공동체이며 동시에 끊임없이 검사받아야 하는 과제와 같다. 결혼의 가치는 저마다 고유하다. 왜냐하면 결혼이란 것은 그 안에서 합일된 두 사람의 시간을 초월한 결속감과, 영원에 대한 믿음이 뒤따르는 강력하고도 무조건적인 사랑에 뿌리를 두기 때문이다."

마리안네 베버가 한 쌍의 커플에게 바라는 성실함은 우정을 떠올리게 한다. 두 사람은 서로의 반려자로서 일생을 함께 걸어가야 할 의무를 지는 것이다. 마리안네 베버가 쓴 모든 글들은 이처럼, 전통적인 결혼이 근대적으로 변용된 모델을 대변한다. 그와 동시에 과격한 변화의 시도에 대해서는 거부를 표한다. 베버 부부는 과격한 변화를 요구하는 의견들에 맞서 그들의 모범적인 결혼생활을 변호해야만 하는 경우도 있었다. '지성인의 결혼'과 떼려야 뗄 수 없는 관계에 있던 '성생활의 자유'에 대해서 마리안네 베버는 소심하게 거리를 두었다. 그녀는 파트너 사이의 동등함에 대해서는 시대에 걸맞은 생각을 가지고 있었지만, 그러한 생각들을 다시금 스스로 옭아매기도 했다. 아내를 책임지는 남편이라는 전통적인 이미지도 완전히 떨쳐버리지 못했다. 대대로 물려받은 굴종의 제스처를 아내가 먼저 남편에게 취하는 것도 마찬가지였다. 결혼은 남편보다 아내에게 더 높은 충족감을 주는 것이라는 주장도 있었다. 이런 주장은 동등했던 관계에 뜻밖의 불균형을 초래한다.

마리안네 베버가 여성문제로만 시야를 좁혀 제한된 활동을 하면서도, 공인을 자처하며 대중 앞에 나서기는 했지만, 그녀는 결국 애초에 여자들에게 할당되었던 것만 받아들인 셈이었다. 그것은 조금 더 넓은 새 공간일지언정 그전까지 '집'이라고 불렸던 것과 다를 바 없는 거류지였다. 그녀는 오늘날까지도 여성들의 고유한 연구 분야로 간주되는 젠더 연구로 관심을 돌렸다. 그런 선택이 그녀가 추구했던 남편과의 동등함에 도달하는 것을 얼마나 어렵게 만드는지를 그 시대에는 미처 인지할 수 없었다. 여자들의 도발을 막기 위해, 남자들은 전무후무한 단호함을 보이며 여자란 어떠해야 하는 존재인지를 새롭게 정의했다. 모성과 지성이 애매모호하게 뒤섞인 '여자(Weib)'라는 말을 새롭게 부각시켰는데, 그것이 현재까지도 여성들의 인생을 규정하고 있다. 소위 감정을 다루는 정신과학적 학문 분야들에서부터 박물관 여관장, 여성부 장관 등과 같은 직업적 명칭에 이르기까지.

마리안네 베버는 죽는 날까지 네카 강변에 있던 저택에서 살롱을 열었으며 그곳에서 그녀는 곧 죽어도 배운 티를 냈다. '정신을 위한 차'를 함께 마시자는(그 모임은 '도덕률과 함께하는 티타임'이라고도 불렸다) 그녀의 초대에 진보적인 성향을 띤 명성이 높은 학자들이 모였다. '객관적인' 남성은 여기서 '주관적인' 여성을 만났다. 실제로 이 모임은 오직 전통적인 역할 분담만 공식적으로 인정했다. 소위 지성적이라는 대학교수들의 모임이 이 오후 한나절에는 사적이고 여성적인 공간으로 변했던 것이다. 이 모임은 남편들의 후원 없이는 이루어질 수 없었다. 그들은 물론 뒷전으로 물러서서 조용히 자리를 지킬 뿐이었지만, 살롱을 연 안주인에 의해 그곳에 참석한 사람들의 머릿속에 끊임없이 상기되었다.

오토 그로스는 하이델베르크 살롱에서 마치 바이러스를 퍼뜨리듯이 성생활에 대한 이야기를 토론거리로 끌고 왔다. 그가 하는 이야기들은 빈의 지그문트 프로이트 서클이나, 슈바빙의 보헤미안들 사이에서 입에 오르내리는 것들이었다. 이제 사람들은 결혼의 가치와 기능에 대해서, 윤리성과 감각성에 대해서 격렬한 토론을 벌였다. 냉소적인 사람들은 결혼의 친밀감을 학문적 시험 속에 종속시키는 이 모임을 '정신병원'이라고 명명했다. 막스 베버는 그 무렵 그의 아내에게 슈바빙을 동경하는 무리의 모임에 너무 자주 나가지는 말라고 경고했다. 1908년 그는 한 편지에서 "도덕률에 대한 이 지겨운 토론들"이라고 불평했다.

실제로 이 살롱에서는 오토 그로스와 그가 펼친 성이론의 영향으로 시민사회의 가치관이 흔들렸다. 1910년 철학자 하인리히 리커르트(Heinrich Rickert)의 부인인 조피 리커르트(Sophie Rickert)에게 보내는 편지에서 마리안네 베버는 체념의 징후에 대해 이렇게 썼다.

"윤리적 이상의 깃발을 높이 쳐들고 펄럭이는 일이 더 이상 가능하지 않다면, 그것은 너무나 슬픈 일이지요. 왜냐하면 사람들이 구체적인 내용들의 실현 불가능성에 대해서는 너무나 잘 알고 있기 때문입니다."

이상적인 커플의
현실과 한계

마리안네 슈니트거가 그녀의 약혼자에게 바친 사랑과 존경을 젊은 날의 막스 베버는 부담으로 느꼈을 것이다. 그러한 기대에 맞닥뜨린다면 누구나 마찬가지일 것이다. 마리안네 베버는 행복에 들떠 결혼을 받아들였다. 여성해방운동에 동참하는 것은 그녀에게 사랑의 행위였으며, 현대적인 결혼이란 두 사람의 공동생활을 필연적인 고양 상태로 이끌어가는 신혼이 영원히 지속되는 것이어야 했다. 우정, 꿈같은 놀라움이 함께하는 결합, 그리고 '동반자적 결혼'에 따라오는 자유, 이런 것들은 부유한 시민계급의 가정에서 잘 자란 딸이 그리는 커플의 삶에 필요한 관념들이었다.

낭만적인 사랑, 온몸이 떨리는 열정이 동반되는 파트너와의 정신적 합일, 이것은 (그것이 삶의 시험에 들자마자) '지성인의 결혼'에 이르기까지 해결해야 할 문제적 단계가 된다. 부부가 된 남자와 여자는 한껏 부푼 감정과 일상생활에 의해 깨어지는 기분들 사이에서 조화를 찾지 못하고 종종 실패를 맛보아야 한다. 이상적인 사랑이란 남편이 된 남자가 이미 중세시대에 고안해냈던 것이다. 그런데 19세기 말에도 여전히 아내가 된 여자들은 결혼생활에서 그것을 기대했다. 그것이 결혼에 결코 어울리지 않음에도 불구하고 말이다. 고귀한 사랑을 노래하는 문학작품들이 신부에게 일깨운 허황된 희망들은 한 젊은 남자를 공포로 몰아넣었다. 그래서 막스 베버는 1893년 그의 신부에게 보내는 편지에 마음을 터놓고 이렇게 썼다.

"마리안네, 이 편지는 마음이 평온하게 안정되어 있을 때 읽어요. 왜냐하면 나는 지금부터 당신이 어쩌면 듣고 싶어 하지 않을 이야기를 당신에게 해야만 하기 때문이오."

그렇게 그는 자신의 부족함에 대한 고백을 시작했다. 그가 쓴 이 첫번째 편지에서부터도, 그리고 그 뒤에 계속 보내진 글들에서는 훨씬 더 많은 부분들이 하인리히 폰 클라이스트(Heinrich von Kleist)가 일찍이 그의 약혼녀 빌헬미네 폰 젱에(Wilhelmine von Zenge)에게 썼던 편지들을 연상시킨다. 말하자면 1800년에서 1893년이 되는 동안 약혼한 남녀의 관계라는 것은 변한 것이 거의 없는 것 같다. 19세기는 낭만적인 커플의 시대였으며 남자들이 결혼에 대해 공포를 품은 시대였다.

남자들은 그들의 새로운 사회적 지위가 그들에게 어떤 의무를 부여하는지 잘 알지도 못한 채, 18세기 이래로 남자가 자신의 아내가 될 여자에게 보내는 편지에서 써먹어온 말들을 신부 교육에 재활용하는 데 집착하고 있었다.

"우리는 이제 한 몸이나 마찬가지요. 나는 당신에게 엄격할 것이고 당신을 봐주지 않을 것이오."

막스 베버는 아내를 향한 자신의 우정 어린 애정 프로그램을 그렇게 선언한다. 그는 마리안네가 무슨 책을 읽고 있는지 틈틈이 확인했고, 그녀에게 프리드리히 파울젠(Friedrich Paulsen)의 『철학입문(*Einleitung in die Philosophie*)』을 읽게 했으며 아우구스트 베벨의 책들을 함께 읽자고 했다. 19세기 말까지 여성들에게 고등교육과 대학입학이 허용되지 않았기 때문에 남편이 아내의 개인교사가 되었던 것이다. 이처럼 자기 아내를 가르치겠다는 태도는, 지금이라면 생색내는 일로 비치기 십상인 교만한 행동이지만, 당시에는 그것이 우정 어린 결혼생활에 이르기 위해 남자들이 내디뎠던 첫 걸음이었다. 그러므로 마리안네 베버처럼 남편의 강의를 들으면서 신부 수업을 받고 그의 그늘 아래서 학습을 마치는 일은 놀랄 일도 아니었다.

남자가 진심으로 한 여자를 사랑한다면 그녀를 자신과 동등한 파트너로 발전시켜야 할 의무를 지게 된 것이다. 그러나 결혼을 앞둔 남자들은 그러한 교육이 과도한 성과를 내는 것도 두려워했다. 아내보다는 항상 우월한 존재이고자 했던 막스 베버의 욕구는 결국 그를 관습 안으로 도망가게 만들었다. 그는 생각을 할 줄 아는 부인도, (베버의 교육 프로그램은 이렇게 끝이 난다) 어쨌든 집을 벗어나서 존재하는 것은 아니라고 말했다. 그는 1893년 마리안네에게 다음과 같은 편지를 썼다.

"그대는 그대가 지배할 수 있는 영역을 가져야 할 것이오. 그리고 그것은 마치 생각의 영역이 그런 것처럼 내가 그대와 경쟁할 필요가 없는 영역이어야 할 것이오."

그는 마리안네에게 "가정주부로만 사는 것"을 경시할 필요는 없다고 충고하기도 한다.

"나는 단지 당신이 내가 손댈 수 없는 영역을 가졌으면 하고 바랄 뿐이오. 그리고 그것이 당신을 불쾌하게 만들지는 않는, 가정주부로서의 의무나 가사노동이었으면 어떨까 생각하오. 왜냐하면, 당신도 알다시피 그런 일들은 당신이 나와 좀처럼 나눌 수 없는 일이기 때문이오. 우리가 관심을 기울이는 분야가 겹치면 겹칠수록, 당신은 나에게 더 많이 의존하게 될 것이고, 그렇게 되면 당신이 나 때문에 상처받는 일도 더 빈번해질 거요."

이성적인 사고가 깨어나도록 교육하면서 동시에 재능을 펼칠 수 있는 가능성을 제한하는 것. 바로 그 토대 위에서 낭만적인 사랑과 몽상의 비행을 결혼생활 속의 일상으로 끌어내려 실현시키려는 시도가 이루어진다. 실제로 마리안네 베버도 자신의 관심사를 '집'으로 제한한다. 그녀가 쓰는 글에서도 마찬가지였다. 그녀는 여성문제들만을 파고들었다.

그런 문제들도 그때는 이미 집을 벗어나 논의되어야 하는 단계에 접어들 었음에도 불구하고 말이다. 막스 베버는 남성들만의 연구대상을 찾는 것으로 돌파구를 찾았다. 마리안네 베버와 그녀의 친구들은 그런 사안 들에 대해서는 집에서 열리는 살롱에서만 다루었다. 오로지 막스 베버의 그림자가 드리운 살롱 안에서만.

그 정도로 심사숙고되었던 낭만적인 사랑이, 그러나 침대 위에서는 어떤 결과를 낳았을까? 막스 베버가 약혼녀에게 보낸 편지에서 정욕을 억누르는 데서 오는 고통에 대해 얼마나 많이 이야기하고 있는지를 보 면 놀라울 지경이다. "내가 자연이 나에게 심어놓은 이 원초적인 열정에 고삐를 매기 위해 얼마나 힘겨운 노력을 기울이고 있는지 당신은 모를 거요."

비록 그가 이 편지를 통해 드러내고 있는 것은 다른 무엇보다도 참을 성이 부족한 그의 성격이지만, ("우리 어머니에게 물어보시오."라는 말을 좀 보라) 정욕에 고삐를 매려고 노력하고 있다는 그의 말은 성적 능력을 두 고 자신에게 까다로운 요구를 하지 말라는 암시도 풍기고 있다. 베버는 드넓은 바다 한가운데 떠 있는 배의 형상을 자주 끌어댄다. "열정의 해일 이 높이 솟아오르고 어둠이 우리를 감싸고 있소. 나와 함께 갑시다, 나의 고귀한 동지여!" 이 메타포가 관능의 파도를 의미하는 것이 아니고 무엇 이겠는가. "당신에게 감각이 솟아날 때면, 그것을 잘 붙들어 매야 하오. 그래야만 냉철함을 잃지 않고 스스로를 제어할 수 있기 때문이오."

막스 베버의 전기 『생애』에서 마리안네 베버는 자신의 결혼생활이 그다지 정열적이지는 않았다고 고백한다. "게다가 인생의 침침한 심연으로부터 솟아난 것 같은, 모호한 감정은 점점 더 커진다. 그것은, 여자를 행복하게 만들어줄 수 있는 능력 같은 건 그에게 아예 없었던 것은 아닐까 하는 느낌이다." 그녀는 그가 "모든 종류의 열정을 거부한 것"이라고 했다. 누가 봐도 부러워할 만했던 그들의 결혼은 심리적으로 심각한 문제를 안고 있었던 것이다.[5] 두 사람 사이의 성관계는 추측건대, 원만하지 않았을 것이다. 막스 베버에게 (부인 마리안네는 절대 인정하려 들지 않았지만) 마조히스트의 성향이 있었다는 추정도 있다. 만족스러운 섹스가 주는 행복을 느끼지 못하는 데서 비롯되는 결핍감을, 두 사람은 과도하게 큰 소리로 사랑과 정절을 맹세하는 것으로 상쇄하려 했다. 그들은 이러한 종류의 애착이 행복을 쟁취한 커플이 발 딛고 있어야 할 토대라고 설명했다. 그것은 사실 지성적인 토대이긴 했다. 하지만 또한 명백한 것은, 그것이 지성적이라는 것 이외에는 다른 그 무엇도 아니라는 사실이었다.

막스 베버가 약혼녀에게 보냈던 편지가 그의 사랑을 보증해주는 어

---

5 요아힘 라트카우(Joachim Radkau)가 쓴 막스 베버의 최근 전기 『사고의 열정』(2005)은 베버의 삶을 새롭게 해석하고 있다. 라트카우는 아직 책으로 출판된 적이 없는 베버의 편지들을 도서관에서 모두 읽었다. 이 작업을 통해 그는 베버의 결혼에서 발생한 심리적 문제에 대해 신빙성 있는 분석을 할 수 있었다. 본저가 하이델베르크의 '지성인의 결혼'에 대해 제시하고 있는 견해들은 라트카우의 연구 성과에 힘입은 바가 크다. —원주

떤 문서가 될 수는 없었다. 약혼녀의 요청으로 베버는 그들이 함께할 삶을 위해 우선적으로 지켜야 할 규범들을 작성한다. 그의 학술적인 저서들에서 막스 베버는 개인적 관계를 단지 사회적 시스템의 초석으로 간주했을 뿐이었다. 오로지 약혼녀에게 보냈던 편지와 종교사회학적 저술에 속하는 『중간고찰(Zwischenbetrachtung)』에서만 그는 사적 체험으로서의 친밀감을 언급하고 있다. 약혼녀에게 편지를 쓰던 시기에서부터 『중간고찰』을 집필하기에 이르는 동안 (이에 대해서는 뒤에서 더 자세히 논의하겠지만) 전통과 현대 사이의 갈등이 첨예해졌다.

마리안네 베버와 막스 베버는 일생 동안 '동반자로서의 결혼'이라는 관념 아래 그들이 얼마나 행복한 생활을 누리고 있는지를 다른 사람들 앞에서 과시했다. 하지만 막스 베버가 다른 여자와 사랑에 빠지게 되자마자, 금욕을 열정의 고귀함이라고 강변했던 '동반자로서의 결혼'이라는 구상 안에 어떤 결핍이 숨어 있었는지가 만천하에 드러나고 만다. 삶을 개념에 끼워 맞추려다 벌어진 틈은 스캔들 때문이 아니라, 생각의 오류 때문에 생긴 것이었다. 이 '동반자들'은 모럴로 사랑을 병들게 했던 것이다. 그들은 사랑의 고결함을 순결과 혼동했고, 보다 위대한 정신적 의미를 추구해야만 순결함을 지킬 수 있다고 착각했다. 사회를 바라보는 시각과 개인적 성향 사이의 이러한 갈등은 여하튼 그들이 구상한 '지성인의 결혼'에 잠재되어 있던 하나의 요소이다. 이와 같은 결혼의 비정상성을 확인할 수 있었던 실험의 단계에서도 그러했으며, 그것이 '동반

자적 결혼'을 시도했던 사람들에게 인생의 위기가 되어 무너질 때도 마
찬가지였다.

1898년, 하이델베르크 대학의 교수로 임용된 지 불과 몇 년 뒤 서른
네 살의 막스 베버는 신경쇠약에 걸리고 만다. 결혼생활의 중압감과 아
내와 지성적인 동지애를 유지하기 위해 본능을 억압해온 삶이 그의 신경
을 무너뜨리고 불면증을 초래했다. 거기에 교수로서 책임져야 하는 과
도한 업무로 인한 스트레스도 더해졌다. 막스 베버는 교수 자리에서 물
러났다. 결혼생활은 계속 유지했다. 1903년, 정신병원에서 장기간 치료
를 받고 난 뒤 그는—욕심이 많은 그의 아내는 불만스러워했지만—대
학교수라는 직업을 완전히 포기했다. 그 대신 개인적으로 학문에 정진
하는 학자로 남기로 결정했다. 그가 얻은 깨달음은 제도권 안에서 획득
한 것이 아니라 모든 제도를 초월한 뒤 손에 쥔 것이었다.

베버를 진찰한 의사들은 신경쇠약의 원인을 그의 직업과 정서 상태,
양쪽에서 찾으며 '정상적인' 결혼생활을 해야 한다고 조언했다. 이 이야
기를 듣고 충격을 받은 마리안네 베버는 시어머니인 헬레네 베버에게 '정
상적인'이라는 말을 그대로 전했다. 헬레네 베버와 마리안네 베버는 환
자의 곁에서 간병을 하며 병의 증상들, 예컨대 그가 잠들어 있을 때 발기
가 되는지 여부와 불안증, 불면증 등에 대해 생각하는 바를 서로 거리낌
없이 이야기했다. 마리안네 베버는 이미 1898년에도 헬레네 베버에게 이
런 편지를 쓴 적이 있다. "그저께 밤에도 잠든 채 또 사정을 했어요

(그 사람이 너무나 싫어하는 표상들이 꿈에 나타났다고 해요. 그 꿈이 계속 반복된다고 무서워하고 있어요). 시간이 조금만 지나면 그 사람은 다시 괜찮아지거든요. 금세 똑같은 꿈을 다시 꾼다고 해도 큰 탈이 나는 건 아닌데, 그래도 그 사람은 너무 우울해하고 있어요." 마리안네 베버는 그녀의 남편이 마조히즘적 취향이라는 세간의 추측이 사실이라 해도, 물론 그럴 의지도 없었겠지만, 남편이 강박에서 벗어나도록 도와줄 수 있는 처지가 아니었다. 그럼에도 불구하고 이 난데없는 적에게 이름을 붙이고 그것에 대해 토론하려고 들었다. 그들 부부 사이에서 이 적은 '악령'이라고 불렸다. 막스 베버는 회복을 위해 여러 차례 여행에 나섰다. 여행 중에 그는 아내에게 그가 이 악마와 벌이고 있는 투쟁에 대해 편지에 상세하게 적었다. 마리안네가 미망인이 된 뒤 집필한 베버의 전기 『생애』에서 그녀는 이 투쟁의 결말을 미사여구로 수식하고 있다. "교란자들이 몸을 숙여 패배를 인정한 것 같다. 회복의 전조들이 그에게 인사하고 있다." 교란의 패배란 아내의 승리를 의미한다. 그녀는 남편의 병에 대해 이렇게 썼다. "나는 잘 알고 있다. 그가 나를 필요로 한다는 것, 그것이 늘 새로운 기쁨을 주는 행복의 원천이다." 이와 같은 질병을 치른 결과 막스 베버는 남편으로서는 실격이었지만 약혼자로서는 합격이었다. 그는 그때부터 일평생 그의 아내와 허황된 대화를 끊임없이 지속해야 했다. 그들의 결혼생활은 그가 오성의 제국에서 다스렸다. 마리안네 베버는 감성의 제국을 지배했다. 이 결혼생활을 묶어주는 요소는 남편

의 감정적 변덕이었다. 그의 변덕스러움 덕택에 이 커플은 쉬지 않고 서로 성장했던 것이다. "그런 일이 흔치는 않다. 극소수의 부부들만이 그럴 수 있다. 그리고 그것은 인생에서 내가 가장 소망한 일들 가운데 하나이다. 나의 가장 큰 소망." 이처럼 마리안네 베버는 『생애』에서 그녀의 승리를 거리낌 없이 만끽했다. 모범적인 결혼이라는 플랜은 이로써 불완전한 것으로 판명되었다. 그 결혼에는 현실이 결핍되어 있었기 때문이다.

윤리적 가치와
에로티시즘 사이에서

교수라는 직업을 포기하고 몇 년 뒤인 1907년, 베버는 그동안 겪던 신체적, 그리고 성적 질환의 고비를 넘겼다. 바로 그때 오토 그로스가 그의 삶에 등장했다. 오토 그로스는 막스 베버를 그토록 괴롭혔던 '악령'의 사도 같았다. 언어로 변신해서 나타난 '악령'의 사도이자 유혹자였다. 오토 그로스는 실제로 친구들로부터 '악마를 사랑하는 놈'이라고 불렸는데, 성욕의 해방과 전통적인 결혼의 해체를 인생의 목표로 삼고 살았다. 이론적으로만 떠든 것이 아니라, 그는 실제로도 그렇게 살았다. 에밀 스치티아(Emil Szittya)는 그의 저서 『박물관』에서, 그가 아는 한 오토 그로스만큼 세인의 입에 오르내린 사람은 없었으며 하이델베르크에서도 그는 쉬지 않고 정령들을 불러냈다고 보고한다.[6]

오토 그로스는 오스트리아 그라츠 대학의 범죄학과 교수인 한스 그로스의 아들로 1877년에 태어났다. 그는 한때 지그문트 프로이트의 제자였으나 후에 스승을 등졌고, 에밀 크래펠린[7] 밑에서 수학하며 한동안 그의 일을 돕기도 했으나 역시 나중에 그를 배신했다. 여러 저서를 통해 그가 다룬 분야들은 범죄학, 진화론, 문화비판론, 정신의학, 그리고 심리분석에 이르기까지 다양하다. 그로스는 그의 스승들과 마찬가지로, 잘못 길들여지거나 억압된 성욕 때문에 인간이 갖가지 정신적, 육체적 고통에 시달리게 된다고 생각했다. 그러나 프로이트와 달리 그로스는 개별적인 질환 사례들을 분석하는 것에만 머물지 않았다. 그는 심리분석에 정치적 담론을 들여왔다. 한 사회가 개인에게 가한 억압 때문에 생긴 문제는 그 사회의 문제를 해결하는 것으로 풀어야 한다는 입장이었다. "성욕은 우리가 생각할 수 있는, 그 무한한 모든 갈등, 그 어디에나 숨어 있는 보편적인 모티프이다."라고 단언하며, "우리가 가치관, 의지, 현실이라고 부르는 것들과 해결할 길 없는 갈등에 빠진 섹스 모럴"을 비

---

6 에밀 스치티아는 저서 『박물관(*Kuriositäten*)』(1923) 150쪽에서 다음과 같이 말하고 있다. "모든 독일 여성들이 오토 그로스에게 경탄한 시기가 있었다. 그가 여성들이 모든 성적 (…) 를 발휘할 수 있도록 가상의 윤리를 부여했기 때문에 여성들에 의해 신격화된 것이다. (그로스의 윤리학에는 죄악이라는 것이 존재하지 않는다.) (사람들은 그로스주의자들이 그 시대에 추구했던 끔찍한 무절제에 대해 수군거렸다.)—원주

7 에밀 크래펠린(Emil Kraepelin, 1856~1926): 독일의 정신의학자. 근대 정신의학의 아버지. 정신질환을 계통적으로 분류하여 현재 사용되고 있는 정신의학의 진단과 개념의 기초를 확립했다.

판한다. 이 지점에서 심리분석가는 사회혁명가가 된다. 주체는 그가 속한 사회가 치유되어야 비로소 치유될 수 있는 것이다. 영혼의 깊은 곳에서 나오는 심리분석적 이야기에는 해방의 행위가 뒤따라야 한다. 성욕의 해방이 치유의 수단이 되는 것이다.[8]

1906년 그라츠 대학의 강사가 된 오토 그로스는 자연요법을 적용한 실험에 참여하기 위해 예술가들의 거주지 몬테베리타로 갔다. 뮌헨에서 그는 크래펠린의 조수로 일하면서 슈바빙의 보헤미안들과 어울렸고, 그 영향으로 곧 직업을 버리게 되었다. 이것은 그의 아버지에게 모욕을 안기는 것을 의미했다. 결혼에 대한 그로스의 격렬한 반항 자체가 그의 아버지에게 모욕을 주기 위한 일이었다. 그의 아버지 한스 그로스는 유럽의 여러 대학에서 범죄학을 하나의 학문 분야로 정립시킨 사람이었다. 그의 저서 『판사들을 위한 사전(*Handbuch für Untersuchungsrichter*)』(1803)은 뜨내기 노동자, 부랑자, 노숙자들이 얽힌 소송들을 판결한 경험을 바탕으로 쓴 책이다. 그런 아버지의 입장에서 본다면 탕아나 마찬가지인 그로

---

8 "이것은 우선 성욕을 다루는 매우 포괄적인 영역이 된다. 그 안에서 관념적인 모멘트들은 특히 매우 중요한 병리학적 의미에 도달하기도 한다. 이는 특히 여성에게 해당된다. 여성은 성욕과 관련된 문제들에 있어서 남성보다 훨씬 더 쉽게 영향받는다."(오토 그로스, 「개인에 미치는 보편의 영향」, 『성생활의 어려움에 대하여』, 17쪽) 크리스티네 크란츠(Christine Kranz)는 그로스가 말한 성욕에 대해 다음과 같은 견해를 밝혔다. "여하튼 그는 성욕을—프로이트, 안드레 살로메, 프란치스카 레벤틀로프 혹은 에리히 뮈잠과 달리—생물학적 조건들로 설명하지 않는다. 그는 성욕을 억압하는 사회적인 강요들에서 그 원인을 찾는다."(C. K., 「성적 자유와 여성혐오증적 어머니 이상화 사이에서」, 『20세기 초 무정부주의와 심리분석. 에리히 뮈잠과 오토 그로스의 모임』, 108쪽)—원주

스는, 슈바빙의 보헤미안들에 합류했다. 즉 아버지의 눈총을 사고도 남을 사회적 아웃사이더들과 어울린 것이다.

오토 그로스는 자신의 해방사상의 진실성을 밝히는 근거로 여자들을 필요로 했고, 또한 그들을 이용했다. 한번은 프리다 슐로퍼라는 여자와 결혼을 하기도 했지만 얼마 못 가 그녀를 버렸다. 그러고는 셀 수 없이 많은 여자들을 유혹했다. 유혹의 목적은 그들을 남편에게서 해방시키기 위해서라고 했다. 그는 유혹에 넘어온 여자들과 아이를 만들었고, 그 여자들을 떠나고, 아이들도 버렸다. 몬테베리타에서 지낼 때는 한때 그의 애인이었던 환자가 자살하는 일을 도왔고, 그 일이 법률적으로 문제가 되어 처벌받았다. 그 역시 약물에 중독되어 살았는데, 결국은 아버지로부터 금치산 선고를 받고 강제로 정신병원에 이송되었다. 그리고 오갈 데 없는 노숙자가 되어 생을 마감했다.

프란츠 융(Franz Jung)은 여성해방에 나섰던 이 선교자의 최후를 다음과 같이 묘사한 바 있다. "그에게 도움을 주고 싶어 했던 사람들은 (희한하게도 그의 인생 최후의 몇 주 동안엔 정말 많은 사람들이 그에게 다가가고자 했다) 곧 그것이 얼마나 불가능한 일인지 감지했다. 그는 따뜻한 집이 갖고 싶다고 눈물을 흘렸다. 그러다가도 금세 집에 대해서 무심해졌다. 그는 사람들이 그의 손에 쥐어준 돈을 탕진했다. 그에게 마취제를 내어줄 약국도 더는 찾을 수 없었다. 찾아가기만 하면 그를 반겨줄 사람들이 살고 있는 곳, 그 어디도 그는 기억하지 못했다. 눈보라 치는

12월, 베를린의 어느 거리에서 한 헐벗은 남자가 뛰어다니는 모습이 목격되었다. 그는 혼자서 큰 소리로 울부짖는가 하면, 몸을 잔뜩 웅크리고 손을 녹이기도 했다. 사람들은 발걸음을 멈추고 그의 뒷모습을 쳐다보며 웃음을 터뜨렸다. 대부분의 사람들은 정신병자가 하나 돌아다니고 있다고 생각했다. 그는 이리저리 비틀비틀 걸어 다녔다. 그럴 힘이 남아 있을 때까지."

오토 그로스는 이렇게 길 한복판에서 세인들의 힐끗거림 속에 최후를 맞았다. 그로부터 불과 몇 달 뒤 막스 베버도 세상을 떴다. 그는 오토 그로스와는 대조적으로, 아내와 평생을 함께해온 침대에 누워 죽음을 맞았다.

그러나 여기에서도 오토 그로스의 삶 못지않게 서글픈, 한 인생의 좌절이 명백히 드러났다. 막스 베버의 임종은 두 여인이 지켰다. 마리안네 베버와 엘제 야페. 아내와 연인. 죽어가고 있는 남자의 마지막 사랑은 아내가 아니라 연인을 향해 있었던 것이다.

엘제 야페의 곁에서 오토 그로스의 유령도 막스 베버의 임종을 함께했다. 엘제 야페는 수년 전 아무 낙이 없던 결혼생활을 정리했다. 그녀의 이혼은 마리안네와 막스 베버에게 결혼과 성생활에 대해 숙고해보는 계기가 되었다. 마리안네 베버가 썼던 글들을 보면 '동반자적 관계'였던 그들 부부가, 두 사람 모두의 친구였던 엘제의 경우를 놓고 내밀한 이야기들을 나누었음이 드러난다. 결혼 후 엘제 야페가 된 엘제 폰 리히트호펜(Else von Richthofen)은 막스 베버의 첫 번째 여제자였고, 그의 휘하에서 박사과정을 밟았다. 베버 밑에서 공부를 시작한 뒤로 그녀는 마리안네 베버와 줄곧 가까운 친구 사이였다. 마리안네와는 베버의 강의를 들으며 처음 만났다. 그녀는 1900년에 막스 베버의 지도로 박사학위를 받았다. 수년 동안은 공장 관리인으로 일했는데, 1902년 경제학자 에드가 야페(Edgar Jaffé)와 결혼하면서 일을 그만두었다. 야페는 막스 베버, 베르너 좀바르트(Werner Sombart)[9]와 함께 『사회학과 사회정치학을 위한 아카이브(*Archiv für Sozialwissenschaft und Sozialpolitik*)』를 편집하기도 했다. 그러나 마르틴 그렌(Martin Green)의 코멘트에 따르면, 엘제 폰 리히트호펜은 에드가 야페와 결혼했다기보다 실제로는 '하이델베르크'와 결혼한 셈이었다. 에드가 야페가 뮌헨 상경대에 교수로 부임하게 되었을 때, 엘제도 그와 함께 뮌헨으로 이사를 가긴 했지만 그녀의 마음은 일생 동안 하이델베르크의 친구들과 함께했다. 그리고 1906년 그녀가 오토 그로스와 관계를 맺기 시작하면서 야페 교수와의 불행한 결혼생활은 더욱더 싸늘해졌다. 그녀는 오토 그로스의 아이를 갖게 되고, 그로스의 성해방 원칙들에 스스럼없이 동조해왔던 에드가 야페는 그 아이를 입양한다. 아이

---

9 베르너 좀바르트(Werner Sombart, 1863~1941): 경제학자이자 사회학자. 베를린 대학 교수.

의 대부는 바로 막스 베버였다. 성해방론자 그로스의 아이(1915년 사망)가 엘제 야페와 막스 베버를 맺어주는 끈이 된 셈이었다. 하지만 막스 베버는 1911년 엘제 야페에게 절교를 선언한다. 아마도 그녀가 그의 친동생 알프레드와 동거를 했기 때문이었을 것이다. 그러다가 1916년 베버가 다시 엘제에게 연락을 하기 시작했다. 그녀 곁에서 일찍 세상을 떠난 대자(代子)를 때때로 추모하고 싶다는 핑계로. 친구로 지내왔던 그 두 사람이 이렇게 다시 만나기 시작하면서 베버의 내면에서 열정이 눈을 떴다. 엘제를 향한 그의 욕망이 그리 새삼스러운 것은 아니며, 보다 오래전부터 숨어 있던 것이라고 추측해볼 수도 있을 것이다. 하여튼 이 상황에 맞닥뜨린 두 사람은 그때까지는 그것을 전혀 의식하지 못하고 있었다.

마침내 1919년, 뮌헨 대학의 교수였던 에드가 야페가 그사이 바이에른 공화국의 재정부 장관이 되어 있었고, 오랜 시간 학교를 떠나 있던 막스 베버가 다시 대학교수로 돌아왔을 때, 오랜 친구 사이였던 엘제 야페와 막스 베버는 열정적인 연인 관계로 발전한다. 그리고 그 무렵 막스 베버는 삶을 마감하게 된다. 그가 일평생 불가능하다고 생각해왔던 일, 인생의 동반자와의 결혼생활과 연인 사이의 에로틱한 관용을 조화시키는 일, 그것이 어쩌면 가능하지 않을까를 다시 한 번 묻지 않을 수 없었을, 바로 그 순간에 말이다.

죽음을 맞기 전까지 막스 베버는 결혼제도의 붕괴와 오토 그로스의 선동에 저항하며 살아왔다. 1906년 엘제 야페가 이혼했을 때까지만 해도 막스 베버는 분노를 억누를 줄 알았다. 그러나 엘제의 자매인 프리다가 오토 그로스와 관계를 가지기 시작했을 때, 그의 도덕관념은 폭발하고 만다. 프리다 폰 리히트호펜은 엘제만큼이나 대담했다. 그녀는 영국인 교수 어니스트 위클리와 불행한 결혼생활을 지속하던 중 엘제의 집에서 오토 그로스를 우연히 알게 되었다. 그리고 그를 유혹하여 함께 운하 여행을 간다. 그녀에게 보내온 그로스의 숱한 편지들 속에서 성욕의 해방을 외쳤던 그의 이데아는 뜨거운 사랑의 맹세들로 바뀌어 있었다. 프리다는 그의 맹세를 받아들였고, 남편과는 이혼했다. 그로스와의 관계가 끝나고 나서는 전 남편의 제자인 D. H. 로렌스[10]와 연인 사이가 되었다. 그녀가 로렌스에게 가르친 오토 그로스의 성해방론은 로렌스의 초기 소설에서 어렵지 않게 다시 찾아볼 수 있다.

프리다가 남편을 속이며 오토 그로스를 몰래 만나는 동안 (엘제가 그들의 관계를 지지하며 그녀의 집을 밀애의 장소로 제공해주었다) 엘제 야페는 베버 부부가 실수 없이 풀어야 할 하나의 심각한 숙제가 되어 있었다. 베버의 프로테스탄트 윤리관은, 자유롭고 '열린' 결혼(그런 것이 정말 존재할 수 있는지는 모르겠으나)을 위한 절대적 전제조건으로 정직함을

---

10 데이비드 허버트 로렌스(David Herbert Lawrence, 1885~1930): 영국 소설가, 시인 겸 비평가. 외설 시비로 오랜 재판을 겪은 후 미국에서는 1959년에, 영국에서는 1960년에야 비로소 완본 출판이 허용된 『채털리 부인의 사랑』을 썼다.

요구했다. 외도를 서로 털어놓을 수 있다면, 전통적인 결혼생활의 성적 억압에 대해 분명히 반대한다고 공개적으로 말할 수 있다면, 배우자 아닌 사람과 맺는 관계는 세상을 바꾸는 행동이 될 수 있었다. 그렇지 않다면 태곳적부터 계속 있어왔던 비밀스러운 연인관계들과 다를 바가 없었다. 다시 말하면, 베버가 주장한 정직함이란, 그 사회의 도덕적 판단을 유명무실하게 만들고, 결혼생활에 있어서 무엇이 도덕이고 무엇이 부도덕인지 결정하는 일을 오로지 부부 두 사람에게 맡기는 것이었다.

오토 그로스와 막스 베버는 엘제와 프리다 자매가 결혼을 다시 해석하며 펼쳐갔던 삶의 드라마에서 서로 맞수였다. 오토 그로스의 말을 빌려 이 드라마에 이름을 붙이자면 '성적 부도덕자들'이라고 부를 수 있을 것이다. 그는 오로지 성욕의 해방만을 생각했다. 에로티시즘을 추구할 자유 너머의 도덕적 책임 따위는 안중에도 없었다. 19세기 말의 대다수 무정부주의자 혹은 개혁자들과 마찬가지로 그는 결혼을 완전히 사라져야 할 것으로 여겼다. 그러나 베버의 삶과 그로스의 삶을 나란히 놓아보면 '비혼'이 '결혼'으로 스스로 편입되었던 것은 아닌가 하는 생각을 해보게 된다.

'지성인의 결혼'은 결혼과 그것에 대한 회의(懷疑) 사이의 불안한 절충이다. 서로 대립적일 수밖에 없는 이상들이 하나로 모아져야 했기 때문에 어쩔 수 없이 지속적인 성찰과 토론, 실험들이 필요했다. 그로스가 살았던 삶을 막스 베버가 숙고했고, 슈바빙에 사는 사람들의 삶의 방식이 하이델베르크에서 토론의 주제가 되었다.

이런 일을 앞에 두었을 때 마리안네와 막스 베버는 그들이 선택한 동반자적 결혼이라는 모던한 개념을 전통적인 결혼의 구태의연한 인습이 낳은 이데아들과 뒤섞기도 했다. 약혼한 순간부터 둘의 결합을 낭만적 사랑으로 규정했던 그들은 친구들의 외도에 진정성의 윤리라는 잣대를 들이대었다. 결혼은 서로에 대한 책임 위에 성립되는 것이기 때문에, 일시적으로 별거를 하거나 돌이킬 수 없이 이혼을 하게 될 파트너라도 무슨 일이 벌어진 것인지는 낱낱이 알아야 할 권리가 있었다. '동반자들'은 비록 관습적인 도덕에서 끌어온 것일지라도, 현대적인 결혼의 원칙으로 삼아야 할 방침들을 언급했다.

리히트호펜 가문의 두 자매가 보여준 행동에 대해 마리안네와 막스 베버가 벌였던 토론에서 문제가 된 것은 '정직'과 '속임'이었다. 엘제 야페는 오토 그로스와 프리다 위클리가 마음 놓고 만날 수 있도록 그녀의 집을 내주었는데, 1908년 3월 8일에 막스 베버가 쓴 편지를 보면 그에 대한 불쾌함이 고스란히 드러나 있다.

"그녀가 해서는 안 될 일을 남편에게도 숨겨가며 비밀리에 치르면서 자존심이 상하지도 않는 것인지[11] 한심하기 그지없소. 자기 집에서 여동생을 정신병자의 팔에 안기게 하는 것은 나로서는 도무지 상상도 할 수 없는 일이오. 그러면서도 마치 대단한 일이라도 하는 양 그럴듯한 변명을 스스로에게 할 수 있다니!"

그러고 나서 얼마 뒤 막스 베버는 오토 그로스에게 최악의 심판을 내린다. 그는 오토 그로스가 역설하는 에로티시즘이 "음탕하기 그지없고", 그가 자신의 성적 판타지를 종교로 포장하고 있다고 비판했다. 오토 그로스가 종교를 들먹이는 이유는 자신의 환상이 "단순히 동물적인 차원으로 격하되는 것은 원하지 않기 때문"이라고 보았다. 엘제 야페는 오토 그로스가 쓴 논문 한 편을 『사회학과 사회정치학을 위한 아카이브』에 넣자고 막스 베버에게 제안했으나, 막스 베버는 그녀에게 노골적으로 불쾌함을 드러내며 거절의 뜻을 담은 답장을 보냈다. 물론 그 편지에서 막스 베버는 오토 그로스가 "흔히 만날 수 없는, 매우 사근사근한 귀티를 타고난 사람"이라는 것은 인정했다. 막스 베버는 그로스가 "카리스마 넘치는 성격"이라는 점도 시인했다. 구속에서 벗어난 거침없는 사랑이라는 그의 콘셉트도 받아들였다. 하지만 그로스의 "쓰레기 같은 은어"와 "신경질적 증상"에 대해서는 거부감을 표현했다. 막스 베버는 한번 신경이 와해되는 경험을 한 뒤로는 자신의 "신경질적 증상"을 해결하기에도 벅찼던 것이다. 심각했던 위기를 넘긴 뒤 그는 성적인 욕망들을 잘 참아내는 것이 문명화된 인간의 도리라는 입장을 고수했다.

---

11 또 다른 편지에서 막스 베버는 오토 그로스의 부인 프리다 그로스를 비난했다. 그녀가 에밀 라스크와 벌인 외도 행각이 오토 그로스가 "엘제와 프리다 자매의 유혹에 넘어가게 하는 원인이 되었다. 그러니 그것은 결국 자업자득인 셈이다. 엘제와 프리다는 공범자나 마찬가지였던 것이다".−원주

그와 반대로 마리안네 베버는 엘제의 이탈을 옹호했다. "엘제는 훌륭하고 사랑받을 가치가 있는 사람입니다. 그리고 나는 젊은 여자들이, 더군다나 남편도 떠나버린 터라면, 그들의 은밀한 곳에 즐거움을 줄 수도 있다고 생각해요. 그녀의 순수함과 자신감으로 보아 그녀는 분명 좋은 영향을 주게 될 거예요." 오토 그로스나 엘제 야페에 대한 문제만 아니라면, 막스 베버 또한 시간이 흐르면서 결혼한 여자들이 추구하는 자유에 대해 관대해졌다. 법철학자 구스타브 라트브루흐(Gustav Radbruch)의 부인을 이혼까지 하게 만들었던 에밀 라스크(Emil Lask)[12]에 대해 막스 베버는 다음과 같은 글을 쓴다.

"윤리적 가치들만[13] 세상에 있는 것은 아니다. 윤리적 가치들이 '금욕'을 강조하면 잘못을 저지른 사람들에게 자칫 굴욕감을 불러일으킬 수 있다. 그러면 그것은 해결할 길 없는 갈등으로 이어지고, 결백한 행동이란 것은 아예 불가능해지고 만다. 그렇기 때문에 이 문제는 (윤리적인 방법으로) 사람들이 그들의 인간적 품위, 선과 사랑을 추구할 능력, 의무의 완성, 인간적 가치 등에 있어서 가능한 한 상처를 조금도 받지 않도록 다루어져야 한다. 이것을 잘 따져보는 것은 때때로 매우 힘든 일이다."

---

12 에밀 라스크(Emil Lask, 1875~1915): 독일의 철학자. 서남독일학파(바덴학파)의 신칸트주의를 대표한다. W. 빈델반트에게 사사하였으며, 하이델베르크 대학 교수를 지냈다.

13 마리안네 베버의 거의 모든 글들은 시민계급의 결혼생활을 공격한 오토 그로스에 대한 무언의 비판이었다. 그가 주장한 에로티시즘의 해방은 여성해방운동에서 별로 공감대를 형성하지 못했다. —원주

어쨌든 막스 베버는 커플관계를 정의하는 데 있어서 (오토 그로스가 완벽하게 자유로운 성적 자유가 필요하다고 아무리 도발하더라도) 도덕적 차원을 벗어나지 않았다. 만약 막스 베버가 하이델베르크에서 야폐나, 고타인, 라트브루흐의 경우를 가까이 지켜보며 체험한 결혼의 위기들을 이해해보고자 한다면, '슈바빙적인 삶의 방식'을 가치 판단의 기준으로 삼는 것만 가지고는 충분치 않다. '슈바빙적인 삶의 방식'은 그가 거의 삶의 마지막 순간에 이르렀을 때에야 비로소 그에게 영향을 주었기 때문이다. 뮌헨 대학의 교수가 되고 아내 모르게 엘제 야폐와 관계를 갖기 시작하던 바로 그 무렵에 말이다.

원죄 의식과 욕망

오토 그로스의 명백한 좌절, 길거리에 쓰러져 맞이한 비극적인 죽음, 그리고 누구나 알고는 있지만 입 밖에 내지 않았던 막스 베버의 좌절, 아내와 연인을 나란히 앉혀두고 맞은 죽음, 이 두 남자의 철학적 구상들이 그들의 생을 넘어 후대까지 살아남는 데 이런 것들이 방해가 되지는 않는다. 하이델베르크에서 겪은 결혼생활의 위기들, 그로 인한 토론들, 엘제 야페의 외도를 지켜보았던 경험, 엘제에게 끌렸던 마음, 이런 것들이 막스 베버로 하여금 그의 학술 저작 속에 거의 유일하게 (그전에도 몇 번인가 짧은 단상들을 쓴 적이 있긴 했지만) 열정이라는 현상에 대해 사고한 글을 남기게 한다. 그것은 1916년에 무언가를 예견이라도 한 듯한 상태로 쓴 『중간고찰』 안에서 발견되는, 단 몇 줄밖에 안되지만 놀라운 문장들이다. 이 글은 그가 후에 완성한 『종교 사회학에 대한 논문집(*Aufsätze zur Religionssoziologie*)』의 일부로 썼다. 거의 비슷한 시기에 오토 그로스도 막스 베버의 종교비판과 같은 입장에서 성경의 원죄에 대한 새로운 해석, 자유로운 인간의 유토피아에 대한 글을 썼다.

오토 그로스의 논문 「파라다이스라는 상징 속에 나타난 공산주의 기본이념(*Die kommunistische Grundidee in der Paradiessymbolik*)」은 1919년에 잡지 《소비에트(Sowjet)》에 실렸다. 그로스는 이 글 속에서 아담과 이브가 에덴동산에서 추방된 것에 대해 이제까지 잘못 해석되어왔다고 주장했다. 추방은 인간이 성욕을 발견한 데 대한 처벌이었다는 기존의 관점을 부정한 것이다.

"원죄라는 상징 자체는 결코 성교를 의미하는 것이 아니다. 여기서 성경에 쓰어 있는 그 말씀을 굳이 상기할 필요도 없다. '생육하고 번성하여 땅에 충만하라.'(창세기 1장 28절, 개정개역판 한글성경) 다른 피조물들과는 차별화된 섹스를 하는 존재로서의 인간을 만들어 보여준 것만으로도 성적인 욕망을 내려놓아야 한다는 생각이 터무니없는 발상임을 증명하기에는 충분하다."

그런데도 성경은 소위 인간의 '원죄' 이후 무엇이 그들의 모든 문화적 행동을 물들이는지, 그것을 굳이 명명하고 있다는 것이다. 바로 수치심이다. 수치심으로 인해 인간은 "성적인 것이 얼마나 순수한 것인가에 대한 인식"을 영원히 상실했다는 게 오토 그로스의 주장이다. 그 이후 수

치심이 모든 성적인 행동에 따라다니게 되었고, 성적인 충만감으로 인한 행복을 제대로 느낄 수 없게 되었다는 것이다. 오토 그로스에 따르면, 성경의 창세기에 대한 주석들은 성욕을 "천박함으로 끌어내리는 행실"로 느끼게 만드는 것을 목표로 하고 있다. 그 때문에 인간은 성욕을 느낄 때마다 자신이 더러워지는 것 같은 기분에 빠진다는 것이다.

그는 어쨌든 사과를 한 입 베어 문 것이 하나의 인식은 일깨웠다고 했다. 물론 그것은 에덴동산으로부터 추방된 아담과 이브의 이야기, 우리가 익히 알고 있는 그 해석에 따라 신이 인간에게 금지했다고 하는 것에 대한 깨달음은 아니다. 그것보다는 '원죄'가 세상을 선과 악으로 양분하는 가치체계를 만들어냈다는 인식이다. 그것을 통해 성욕과, 그것을 대변하는 여자는 악의 편이 된다. 그리고 남자에게는 이 '악'을 지배하고 억압해야 할 임무가 부여된다. "창세기에는 저 문명적 재앙이 언급되고 있다. 그것과 함께 부권사상은 지배적인 원칙으로 부상했다."

이러한 해석과 함께 그로스는 그의 스승인 프로이트가 문명화의 오류들이 낳은 결과로 보았던 강박관념을 유대-기독교적 문화의 기원에 갖다 붙였다. 수치심은 성욕의 부정과 가치폄하를 기반으로 하기 때문이다. 그로스는 소위 하나님이 아담과 이브에게 내렸다고 하는 그 심판을 가부장의 명령으로 해석한다. 그 말씀은 "한 가정의 질서를 남편의 권위"에 맡기게 하고, "여성에게서 모든 자유와 인간적 품위"를 앗아간다. 그러면서 동시에 "인간들이 저지르는 그 모든 행위로 인한 내면의 황폐화가 남편에게도 미치고, 정신의 몰락을 초래"한다는 것이다. 그러나 해석의 오류는 교정되기도 하는 것이라고 그는 말한다. "원죄", 즉 남성이 여성에게 가하는 억압은 지양될 수 있는 것이다. 그것이 사라졌을 때 파라다이스로의 귀환이 가능하다. "이 문제에 대한 공산주의식 해결은 모권제이다. 그것은 동시에 인간이 모여 이루는 사회의 가장 완벽한 형식이기도 하다. 모권제는 사회적 기구들 자체를 지극히 개인적인 자유의 중심이자 보증서로 만들며 누구에게나 자유를 주고 모두를 통합한다."

오토 그로스는 파라다이스에 이르는 길을 단지 보여주는 것에만 만족하지 않았다. 그는 주위의 친구들, 그리고 여자친구들과 그 길을 직접 가고자 했다.

그가 꿈꾼 파라다이스는, 예컨대 에드가 야페가 엘제 야페의 혼외 자식을 입양하고, 막스 베버가 그 아이의 대부가 되어주는 일, 또는 막스 베버가 오토 그로스의 아내, 프리다에게 주었던 조언 같은 것들로부터 시작되는 것이었다. 프리다 그로스는 시아버지였던 한스 그로스가 오토 그로스를 금치산자로 선언한 뒤 그녀에게서 손자의 양육권을 빼앗으려 하자 그를 상대로 법적 소송을 제기했었다. 막스 베버가 이 무정부주의자의 아내를 위해 기울였던 노력이 보여주는 바는 (프랑스의 유토피아적 사회주의 이념에 경도되어 있었으며 공산주의 혁명이 러시아에서 일깨운 희망을 품었던) 오토 그로스가 그린 미래상이 시민사회의 도래를 받아들이는 것으로도 실현될 수 있다는 사실이었다. 시민사회의 가정 안에서는 개인의 자결권이 서서히 인정받고 있었다. 오토 그로스와 막스 베버가 실제의 경우에 대처하며 (한 사람은 아이 양육에, 다른 한 사람은 어머니의 권리에 주목하는 것으로) 보여준 그와 같이 대조적인 행동은 유토피아적 공산주의와 윤리적 휴머니즘의 차이에 해당된다.

막스 베버는 주변 친구들이 겪고 있는 결혼생활의 위기에 대해 판단을 내려야 하는 상황이 거듭될수록, 점점 오토 그로스의 사상에 가까워지게 되었다. 그럼에도 불구하고, 정작 자신이 '원죄'를 짓고 모범적이었던 결혼으로부터 도망쳐야 했을 때는 그와 정반대의 길을 갔다. 베버의『중간고찰』은 성욕을 재신화화하고 있다. 그리고 그것을 다시 한 번 결혼의 윤리에 예속시켜버린다. 그에게 배어 있던 프로테스탄티즘이 다시금 죄책감을 일깨웠던 것이다. 여하튼 '동반자적 결혼'은 흔들리기 시작했고, 마리안네와 막스 베버가 생각했던 것만큼 모던한 것은 아니었음이 판명되었다.

『중간고찰』은 막스 베버가 엘제 야페와의 관계를 시작하기 전에 완성되었다. 이 연인들은 그들이 서로에 대한 열망을 확인한 것은 이 책을 통해서였다고 기억했다. 마리안네 베버가『생애』에서 분명하게 밝히고 있는 바에 따르면,『중간고찰』은 1차 대전 중, 막스 베버가 한 병원의 원장으로 취임하고서 신경쇠약에서 벗어난 뒤 집필한 책이었다. 그 안에 쓰인 성적인 열정에 대한 언급들은 독일제국의 몰락, 자기만족에 빠진 시민계급, 그리고 그 자신의 낡아빠진 도덕성과 상관관계가 있다. 베버는 자신의 결혼생활에서 발견한 문제를 시민사회에 나타나는 문제의 하나로 통찰했다. 역사의 혼돈과 개인의 드라마를 그는 '운명'이란 개념 아래 파악했다. 이 사고 모델은 그가 사회적 현상들을 분석할 때 보였던 학문적 치밀함과는 동떨어져 있었다. 에로티시즘은 "둘만의 은밀한 관계, 그런 지극한 의미에서 운명"이라고 해야 한다는 것이다. 욕망은 어떤 파국으로서 현대인의 삶 속으로 악마처럼 뚫고 들어오고 '금욕주의의 콘텍스트'를 파괴한다. 그리고 이것은 "이성적인 것이 내면에서 해체되어가는 특이한 센세이션"으로 나타난다. 그로 인해 주체는 "이성적인 질서라는 말라빠진 손과 일상의 무감각"에서 빠져나오게 된다.

"모든 즉물적인 것, 이성적인 것, 일반적인 것에 가능한 한 급진적으로 맞선 상황에서, 이러한 몰입의 과도함은 단지 하나의 의미만을 갖게 된다. 이 개체가 이성으로는 설명할 수 없는 상태로 오직 그 자신, 그리고 이 *다른* 개체에게 갖는 의미만을."

"관계의 가치란 것 자체가, 에로티시즘의 관점에서 보면, 어떤 공동체의 가능성 속에 있다. 이것은 완벽하게 하나가 되는 것, '너'가 사라지는 것을 통해 느낄 수 있는 것이며, 너무나 압도적이어서 '상징적으로' 성스러운 일로 해석되는 것이다."

신경쇠약을 앓는 동안 베버를 지배했던 악령은 인생을 송두리째 내던지게 할 만큼 힘이 세져서 한 인간을 일상의 합리성에서 끌어냈다. 이제 막스 베버는 그로스가 주장했던 성 해방 사상으로부터 더 이상 멀리 떨어져 있지 않았다. 그러나 그는 오토 그로스와는 달리 모든 사람이 성욕을 인정해야 한다고 강조하지는 않았다. 오히려 그는 열정을 어떤 개인의 비밀스러움으로 감쌌다. 그것은 형이상학적 권력을 가진, 피할 수 없는 운명이라는 비밀이었다. 즉 지고의 에로티시즘은 영웅적인 경건함의 어떤 숭고한 형태와 결합되어 있었다. 그로스처럼 에로티시즘을 하나의 생물학적 해방으로 이해하게 된 베버는 처음부터 끝까지 지성에 근거했던 자신의 결혼관을 철회했다.

『중간고찰』에서 그는 지성적으로 기획했던 '결혼생활'을 열정의 새로운 체험과 조화시키고자 한다. 그러면서 동시에 결혼의 현대적 개념에 이르는 길에 들어섰다. 막스 베버의 전기를 썼던 작가들이 언급한 바 있듯이, 그는 욕망에 대한 생각들을 펼치며 *그의 두 여인*, 마리안네 베버와 엘제 야폐를 인용했다. 『중간고찰』에서 베버는, 마리안네 베버가 1907년에 쓴 논문『법의 발전 속에서 아내와 어머니(*Ehefrau und Mutter in der Rechtsen twicklung*)』에 나오는 "노년의 피아니시모"라는 말을 그대로 가져다 썼다. 베버는 "책임의식이 있는 사랑의 감정"이 필요하다고 했다. 그것은 "생체학적 삶의 과정에 나타나는 모든 뉘앙스들을 거치며, '노년의 피아니시모'에 이르기까지, 서로에게 빚을 지고, 서로에게 베푸는 것"이며, 그것이야말로 "어떤 진기하고도 지극한 것"일지 모른다고 적었다. 그러나 그와 동시에 "진정한 욕망"에 대해 이야기할 때 그는 엘제 야폐의 글을 떠올렸다. 엘제 야폐는 욕망이란 것이 "아름다움의 형식 그 자체이며 신성

모독을 거부하는 것"이라고 했었다. 성교를 하는 사랑의 의미가 도대체 무엇일까, 하는 막스 베버의 질문에 대해, 엘제 야페는 언젠가 이렇게 대답했다고 한다. "그건 아름다움이죠."

그토록 "관습과는 거리가 먼" 것을 결혼이라는 관습과 결합시켰던, 사랑이라는 종교의 "비일상적인 영역"이 막스 베버에게는 버거운 것이었다. 그는 그 이상 어떤 시도도 할 수 없었다. 그리고 1920년 생애를 마감했다. 그의 곁을 아내와 연인이 지켰다. 두 여자는 일생 동안 (추측건대, 막스 베버 *그리고* 오토 그로스의 정신 속에서) 하나로 이어져 있었다. 그들이 평생을 두고 실험했던, '지성인의 결혼'이라는 이데아는 그 두 남자와 함께 땅에 묻히지 않았다. 두 여자가 한 남자를 두고 경쟁을 벌였음에도 불구하고 죽을 때까지 함께 살았다는 사실을 달리 어떻게 설명할 수 있겠는가.

사랑을 에워싼
것들

                                    삶의 개혁을 외치는 시대에 사랑의 관계는 거의 예외 없이 지성에 따르는 관계로 나타난다. 교양을 갖춘 기혼녀들이 거리낌 없이 외도를 하고 에로틱한 혁명을 정열적으로 지지했다. 성(性)의 혁명은 몸을 대하는 방식을 변화시켰다. 몸의 해방은 몸이 정신과 이성에 종속되는 것을 의미했다. 외도에는 '지성인의 결혼'이 라는 이론이 따라다녔고, 그 이론은 곧 외도를 처방하고 부추겼다.

    오토 그로스도 자신에게서 성적 갈망의 화신 같은 이미지를 깨끗이 지우고 싶어 했다. 그래서 여자들을 유혹한 것에 대해 다른 사람들 앞에 서 변명하곤 했다. 그것은 어쩌면 정신적 해방을 위해 자기를 버린, 스스 로에게 하는 변명이었을 것이다. 프리다 위클리(리히텐호펜)에 따르면, 그는 이 임무를 수행하기 위해 너무 비싼 대가를 치렀다. 엘제 야페는 프리다 위클리가 오토 그로스와 사귈 때 그에 대해 평소에 생각했던 바를 다음과 같이 기록한 적이 있다.

"그녀(프리다)는 그의 진실성과 '순수성'에 대해 털끝만큼도 의심하지 않는다. 그는 정말로 관능적 쾌락에 대한 욕구가 없으며, 그가 하는 일들은 모두 이론에 따른 것이고, 사례를 기록하기 위해 실험하는 것뿐이라고 믿고 있다. 이 실험이란 것은, 그녀도 잘 알고 있는데, 그를 찾아온 여자 환자들이 그에게 엄청난 불쾌감을 표출하게 만든 일들이라고 한다. 놀라운 점은 그가 인간이 타고나는 완전한 순수함과 선함을 믿고 있다는 것이라고 한다."

막스 베버는 그에 대해 우리가 충분히 예상할 수 있는 조소를 보냈다. 그는 엘제 야페의 이야기를 전하는 마리안네에게 이렇게 대답했다. "어떤 이론이나 의지가 육체적 혐오감을 에로틱하게 극복하는 일은 실제로 단 한 번도 일어난 일이 없었소." 그는 경멸 섞인 어조로 프리다 위클리가 얼마나 생각이 없는 사람인지 잘 보아두라고 마리안네에게 말했다. "그녀가 그의 '이론' 따위는 믿지 않는다는 말을 그에게 한다면, 보나마나 그는 오지 않을 것이고 그들의 사이는 끝날 것이오." 여성들의 마음을 얻으려는 그로스의 과장된 어법을 막스 베버는 도무지 좋게 보아줄 수가 없었던 것이다. 막스 베버는 그로스가 주장했던 이념들도 불쾌해했지만, 그보다는 그의 과장된 문체를 훨씬 더 거슬려했다. 베버에게 과장과 파토스는 기만이나 다름없었다.

오토 그로스는 여자들을 유혹하는 일을 반드시 종교적인 것으로 고양시킬 필요가 있었다. 한 가정의 가장으로서 법률에 따라 아내를 소유한 남편들의 반대편에서 그는 그들의 아내를 자신의 사상으로 끌어들이는 구루(guru)가 되어 나서야 했다. 오토 그로스의 아버지가 그를 가장 큰 위험에 몰아넣었던 것은 결코 우연이 아니다. 그의 아버지는 무법자 같은 아들을 끝내 금치산자로 선고하고 정신병원에 감금시켜버렸다. 막스 베버도 오토 그로스가 깃발을 올렸던 여성의 에로티시즘 운동에 대해서는 아버지와 같은 남자들의 입장을 취했다. 여자들은 그들의 아버지, 남편, 연인들이 서로의 주장을 들고 정면으로 맞부딪치고 있는 사이 그들 스스로 자립하기 위해 지적인 능력을 발전시켰다. 남자들만이 지성적인 아방가르드 그룹에 속했던 것은 아니었다. 마리안네 베버처럼 부유한 시민계급 출신이거나 혹은 리히트호펜 자매처럼 귀족계급으로 특권을 누리며 부분적으로 학문적 교양도 쌓을 수 있었던 여자들도 실험에 참여했다. 사회적 독립은 어떤 분야에서의 전문 능력과 떼놓고 생각할 수 없는 문제였다. 그러나 그때까지도 그것은 대부분의 여자들에게 생각도 할 수 없는 문제였다.

그들의 의식 변화는 선교와 닮은 데가 있다. 19세기가 여성들에게 끊임없이 속삭였던 것은, 여자는 어떤 성적인 욕구도 가지지 않는 존재라는 단정이었다. 오토 그로스는 여자들에게도 현실적이고 진실한 성욕이 있다고 말하며, 그들이 자신의 몸을 느낄 수 있어야 한다고 주장했다.

그의 파토스는 혼외정사를 일종의 세례로 승격시켰고, 에로티시즘은 여성들 사이에서 의식에 눈뜨는 계기로 받아들여졌으며, 이제 하나의 새로운 "자아"가 탄생했다. 오토 그로스는 여자들에게 마치 그들이 이제야 비로소 인간이 되었음을 선언해주는 것 같은 편지들을 보냈다. "에로티시즘을 인지하고 그것을 있는 그대로 긍정하는 사람만이 에로티시즘을 지배할 수 있습니다. 그리고 그것은 항상 자기 자신으로 존재할 수 있게 해줄 것입니다."

이제 교양 있는 여자가 되려면, 소설이나 읽고 피아노를 배우는 것만 가지고는 안 되었다. '관능에 대한 자각'이 교양 프로그램에 새로 추가된 것이다. 그들은 성적인 쾌락을 즐기는 일을 진보적인 행위로 받아들였고, 그것으로 사회를 개혁하는 일에 참여하고 있다고 생각했다. 그들의 태도는 전통적인 개념들을 그 정반대의 것으로 전도시켰다. 수치스러운 일이었던 것이 성스러운 일이 되었다. 언젠가 죄악이라 불렸던 것이 이제 자아형성에 기여하고 있었다. 파트너의 일을 상관하지 않는 것이 도덕적인 의무가 되었다. 죄악으로 여겨지며 한밤의 침실이나 무의식에 갇혀야 했던 원초적 충동들이 밝은 대낮에 이야깃거리로 오르내렸다. 전통적인 결혼생활에서는 서로 무안해질까 봐 아무도 입 밖에 꺼내지 않았던 '성욕'이란 주제가 온 사회의 토론거리가 되었다. 사랑을 나누는 밤이 대화와 토론을 통해 낮에도 계속되었다. 남편들이 아내들을 그들과 동등한 지적 파트너로서 받아들이기에는 당시 여자들의 교육 수준이 매우 낮았다. 어떤 면에서는 바로 그렇기 때문에 남자들만의 주제에 대한 지적인 대화를 대신해 성욕에 대한 담론들이 널리 퍼질 수 있었다. 리하르트 제발트(Richard Seewald)는 자서전『반대편의 남자. 한 인생의 반영 (*Der Mann von Gegenüber. Spiegelbild eines Lebens*)』(1963)에서 그 시대의 부부들이 어떻게 하나같이 그들의 욕망에 지적인 특성을 노골적으로 갖다 붙이는지를 묘사하고 있다. "남자들이 교우관계에 베푸는 호의를, 심리분석에 빠진 여자들은 오로지 그 '관계'를 돌보는 일에만 바쳤다. '관계'에 대해 밤낮없이 토론을 벌이는 목적이란 결국 몸을 내던지는 일이었다."

프란츠 베르펠(Franz Werfel)은 자전적 소설『바바라 혹은 경건(*Barbara oder die Frömmigkeit*)』에 오토 그로스를 게브하르트라는 인물로 등장시켰다. 소설 속에서 게브하르트가 주장하는 세계개혁학설의 근본개념은 '관계'이다. 여기서 '관계'라는 말은 정욕을 성찰과 결부시키면서 필연적으로 대화의 테마로서 살아남았을 것이다. 오토 그로스의 부인 프리다의 상태에 대한 병원진료기록 가운데 아직 남아 있는 것이 하나 있는데, 그것은 오토 그로스와 함께했던 삶에 대한 그녀의 증언을 근거로 이렇게 전한다. "최악은 그 끝없는 이론화였다. 아주 사소한 일들에 이르기까지 모든 것을 낱낱이 따져보아야 했고, 지성적으로 설명할 수 있어야 했다. 그에 대한 반발로 아내는 일부러 정반대의 가설들을 들이대곤 했다."

오토 그로스를 둘러싸고 벌어졌던 토론은 그 시대 전체를 들썩였다. 칼 크라우스(Karl Kraus)는《햇불(*Fackel*)》에서 그를 두고 다음과 같이 조롱하고 있다.

"결국 사람들이 성생활을 두고 도대체 무슨 생각을 하고 있는가만 문제가 된다. 누군가 스스로 도달한 결론들 사이에서 발견하게 될지도 모르는 모순들은 오로지, 어쨌든 누구나 옳다는 것만 증명해줄 뿐이다. 그리고 자신이 도달한 결론과 다른 사람들이 도달한 결론들 사이에서 발견되는 모순들이 벌려놓을 거리라는 것도 성생활의 문제에 대해 단 한 번도 생각해보지 않았다는 사람들과의 거리에 비하면 아무것도 아니다."

하지만 크라우스도 '사랑'에 대해서는 이야기하지 않는다. 그 대신 남성들의 낡은 혁명적 개념들, 즉 '에로티시즘'과 '성욕'에 대한 이야기를 했다. 사랑을 에워싸고 있는 것들, 즉 비밀, 심연, 꿈, 동경, 내밀함, 이러한 것들이 하나의 의학적 현상과 하나의 사회적 문제로 해체되어, 어떻게, 누가, 어디서, 왜라는 질문들 속에서 사라졌다. 그와 같이 애매모호한 개념들은 빠짐없이 파헤쳐져야 했던 것이다.

남자들이 이런 대화를 주고받았던 시간에 여성들은 공적인 언어를 학습했다. 비록 단 하나의 제한된 영역에서 이루어진 대화였지만, 그들이 연인들과 동등하게 경쟁할 수 있는 장에서 언어를 습득한 것이다. 여자들은 직업을 갖지도 못했었고, 깊이 있게 학문을 연구할 기회도 없었다. 하지만 인간의 감정과 관련된 문제에 있어서는, 남편들에 대해서만큼은 전문가였다. 심리분석은 이 프라이버시들을 학문의 주제로 끌어올렸고, 남편과 아내라는 부부의 관계를 정신병의 원인으로 진지하게 연구했다.

프로이트가 비록 그것을 원한 것은 아니었다고 해도, 정신분석은 결과적으로 결혼에 문제를 제기했다. 정신분석가가 여자들에게 가르친 언어는 그들을 전통적인 가정생활로부터 끌어냈다. 정신분석적 방법들이 실생활에 적용되면서 일종의 삼각관계가 생겨났다. 그것은 남편과 아내와 정신분석가 사이의 삼각관계였다. 이 지점에서 심리분석이 '지성인의 결혼'이라는 실험에 있어서 하나의 매우 중요한 전제조건이 되는 것이다. 아내들이 심리분석가와 함께 결혼에 대한 이야기를 할 때, 그들은 이미 외도를 시작했던 것이다.

말하는 것에서 글로 쓰는 것으로 이어지는 길은 그리 멀리 떨어져 있지 않았다. 많은 여성들이 성적인 해방을 거치며 작가가 되었다. 사랑하는 것, 말하는 것, 그리고 글을 쓰는 것이 함께 이루어졌다. 리히트호펜 자매의 전기를 썼던 마르틴 그렌은 부르크휠츨리 병원에서 C. G. 융의 환자였다가 후에 여의사가 되고, 스승의 사상을 여러 저서 속에 퍼뜨렸던 마를레네 슈필라인(Marlene Spielrein)을 오토 그로스와 동등하게 평가했다. 마리안네 베버도 막스 베버의 조교이자 동료였다. 그녀는 남편이 죽은 뒤에도 그가 살아 있을 때와 마찬가지로 '지성인의 결혼'이라는 이론을 실천하기 위한 타협들을 저버리지 않았다. 그들은 모두 중요한 업적을 남긴 남성들이 가르친 여학생들이었다. 프로이트의 환자들, 오토 그로스의 애인들, 그리고 막스 베버의 부인에 이르기까지 모두. 배울 것이 많은 선생님들에게 배운다는 일이 언제나 그렇듯, 남자들의 조교가 된다는 것은 여자들에게는 그들의 지적 능력을 발전시킬 수 있는 좋은 기회였다.

20세기가 시작될 무렵엔 이런 교육이 개인교습으로 이루어졌다. 여성들이 공적인 교육기관인 고등학교와 대학교에 입학하는 것이 허용되면서부터는 '지성인의 결혼'이라는 개념도 달라졌다. 엘제 야페는 하이델베르크 그룹에 속한 여자들 사이에서 운신의 폭을 가장 크게 넓히며 자유롭게 활동한 여성이었다. 그것은 그녀가 대학에서 공부를 마치고 일자리를 가질 수 있었던 극소수의 여자였기에 가능한 일이었다. 다른 여자들은 여제자의 자리에 머물렀다. 그들이 할 수 있었던 일은 기껏해야, 마리안네 베버처럼 미망인이 되어 남편의 유산을 관리하는 것이었다. 그녀는 미망인이 된 뒤에도 여전히 남편의 여학생이었던 것이다.

그로부터 20년 뒤에 시몬 드 보부아르와 장 폴 사르트르가 만난다. 하이델베르크의 여자들(그들이 정절을 지키며 살았든 그렇지 않았든 간에)의 경우와는 완전히 다르게, 두 사람은 모두 소르본 대학의 대학생으로 만난다. 그 두 사람은 같은 조건에서 만났다. 그들이 함께 속했던 곳에 어울리게 그들은 처음부터 함께 이성적인 관계를 계획했다. 시몬 드 보부아르는 에로티시즘의 혁명과 함께 시작되었던 여성의 지성화, 즉 이성적으로 사고하고 토론을 펼치는 것을, 예전에 마리안네 베버가 그랬던 것처럼 남성들과 사적 모임에서만 실현하는 데 그치지 않았다. 그녀는 남성들의 경쟁자로서 어디에서든 앞에 나설 수 있었다. 하이델베르크에서 파리에 이르는 동안, 베버의 서클이 이 프랑스인 커플로 이어지게 될 때까지 여자들은 남자들 곁에서, 혹은 남자들과 함께 사는 법을 배웠고, 그들과 동등한 지성을 갖춘 파트너가 되어 있었다.

에로틱한 사랑의
수사학

막스 베버는 마리안네 베버에게
보내는 편지 속에서—이 지성적 커플이 결혼생활에서 남긴 기록들은 그
다지 지성적이진 않았다—아내를 일상적인 애칭으로 부르고 있다. 그것
은 남편들이 편지 속에서 아내를 부를 때 일상 습관으로 흔히 사용하는
호칭들, 예컨대 여보, 사랑하는 당신, 꼬맹이, 우리 아기, 귀여운 자기 등
과 다름없는 형식적인 이름이었다.

결혼의 언어는 사랑의 언어와 다르다. 그리고 성적인 갈망을 대담하
게 표현해야 했기에 1900년 무렵 비약적 발전을 했던 저 열정적인 언어
들과도 다르다. 젊은 연인들이나 약혼자들에게는 낭만적인 시들이 풍부
한 어휘집이 되어주었다. 시는 18세기 이후 글을 읽을 수 있게 된 여성들
이 가장 잘 알고 있었고 또 즐겨 접했던 장르였다. 왜냐하면 낭만적인

시 속에는 결혼의 실질적인 목적들이 잘 미화되어 있었기 때문이다. 베버가 썼던 편지에서도 알 수 있듯이, 시는 여하튼 말에 큰 가치를 두는 여자들이 남편에게 품는 기대의 수준도 한층 높여놓았다.

그런데 이제 또 하나의 관계를 위한 또 다른 언어를 찾아야 했다. 그것은 얼마나 지속될지 알 수 없는 관계였지만, 그럼에도 불구하고 언제까지나 지속될 것 같은 친밀성, 즉 성적인 열정에 뿌리를 둔 언어였다. 연인에게 바치는 찬사, 그녀의 아름다움과 위대함, 진심, 순수함에 대한 찬미는, 그렇게 새로운 인류의 도래에 대한 예고로 대체되었다. 새로운 인류의 도래에는 몸이 겪은 격변들도 기여했다. 사랑의 언어는 일종의 정치적 기획의 파토스를 표출하는 데도 쓰여야 했다. 엘제 야페의 여동생 프리다 위클리에게 보냈던 오토 그로스의 찬가들은 그녀에게만 바쳐진 것이 아니라, 그녀와 함께 떠오른, 그녀 안에서 발견된 소위 신세계에 바쳐진 것이었다.

"인류의 미래와 나 자신의 투쟁과 관련하여 나를 꼼짝 못하게 했던 의구심은 이제 사라졌소. 왜냐하면 내가 이제는 그런 것들로 인해 더 이상 상처를 받지 않을 것이기 때문이오. 이제 나는 다가올 미래를 위해 꿈꾸어왔던 여인을 알게 되었고 사랑했기 때문이오. (…) 내가 증오했고 저항했던 것들로 더럽혀지지 않은 인간은 어떤 모습을 지녔는지 이제 분명히 알고 있소. 도덕적 규범과 기독교, 그리고 정치제도 같은, 그 모든 난센스에 물들지 않고 순결함을 간직한 유일한 인간인 당신으로 인해 나는 그것을 알게 되었소. (…) 이러한 기적이 어떻게 당신에게는 가능한 것인지, 황금빛 그대여."

지금 오토 그로스는 두 아이의 엄마이자, 노팅햄에서 영국의 고전어 문학자 어니스트 위클리와 함께 살고 있는 유부녀 프리다 이야기를 하고 있는 것이다. 그리고 그것은 바로 관능의 향유에 대한 이야기다. 하지만 오토 그로스의 편지에서 관능에 대해 직접 언급한 부분은 한 군데도 없다. 아마도 오토 그로스는 그때까지 공공연한 대화의 대상이 되지 못했던 선정적인 주제를 여자들의 귀에 대고 속삭일 수는 없었을 것이다. 그것은 학술적인 테마로 의학 분야에서 다루어지거나, 혹은 포르노그래피의 대상이었을 뿐이다. 몸과 그것이 느끼는 쾌락은 대화의 주제가 되지 못했다. 욕구를 표현하는 것이 겸연쩍은 일이라고 여겨질수록, 그것을 은근히 암시하는 노래는 점점 더 뜨거워졌다. 솟구치는 쾌감을 붙잡아 매는 것이 힘겨워질수록, 쾌락을 감추어야 하는 프로그램은 점점 더 단단해졌다.

이 한 쌍의 연인은 세상을 뒤바꾸는 혁명에 나름 기여를 했다. 두 사람은 보다 절박한 사명 앞에서 그들의 열정을 희생시킨다. "황금빛 그대"라는 호칭은 프리다 위클리에게 황금시대에 잃어버린 순결을 연상시켰다. 그 시대의 아무 구속 없던 행복은 "다가오는 세대"들에게 다시 한 번 실현되어야 했다. 두 사람은 그런 비전과 사명 속에서 서로가 힘이 되며 짊어져야 할 공동의 임무를 발견했다. 구애하는 남자와 구애를 받는 여자라는 낡은 역할분담은 걷어치워야 할 것 같았다. 비록 오토 그로스가 이후에도 때때로, 엘제 야페나 프리다 위클리를 진부한 애칭들로 부르며 구애 행위를 하지 않은 것은 아니지만 말이다.

열정에서 우러나온 이 모든 고상한 말들이 원래 연인을 향했던 것은 아니다. 오토 그로스는 그의 애인에 대해서나, 애인을 향해서나 거의 말이 없었다. 그는 그 말들이 미치는 영향력에 혼자 들떴다. 혼자 꿈꾸고 혼자 탐닉했다. 프리다 위클리에게 감사하는 마음이 없지는 않았다. 그녀는 "미래를 향한" 그의 꿈이 곧 실현되리라는 것을 증명해준 셈이었다. 태곳적부터 남자들이 구애하는 여성들에게 썼던 책략인 경배는 자아의 축제가 되어버렸다. 그 축제 속에서 여자들은 자신의 성적 욕구를 자신을 위해 만족시켜주면 되었다. 엘제 야페에게 보내는 편지에서 그로스는 욕정을 "자연력", 유용한 에너지라고 표현했다.

"위대하고 영적인 자연력, 에로티시즘은 물과 같아야 한다. 이것—세례를 주고, 열매를 맺게 하고, 사랑받고, 통제되는—이 내 사상을 이끌어가는 앎이다. 에로티시즘을 억압하는 자, 그는 에로티시즘의 억압을 받을 것이다."

이런 어휘들을 사용한 것을 보면 그로스가 동시대의 정신사적 맥락 속에서 사고하고 있었음을 알 수 있다. 당대의 시대정신은 자연의 힘들을 최대한 뽑아내어 기술적으로 이용하려는 태도에 매우 큰 영향을 받고 있었다. 거기서는 인간의 몸도 유용한 "자연력"의 저장고로 이해되었다.

스포츠나 일광욕 등 몸을 따뜻하게 만들어주는 것들처럼 "삶의 개혁을 위한 사랑의 행위"도 마찬가지였다. 사랑의 수사학, 연인의 몸의 '온기'에 대한 말들, 재가 되지 않고 영원히 타올라야 할 '불꽃'에 대한 말들은 이와 같은 자연의 일부로서 이중적인 의미를 가졌다. 기술의 발전과 성욕의 해방은 에너지를 얻어 새로운 세계를 창조한다. 많은 말들을 통해 신화로 승격된 여성은 자연이라는 자원으로서 실질적으로 이용된다. 그것은 구체적으로 뭐라고 정의 내릴 수 없는 에너지로서 남자들의 창조적 능력, 판타지, 창의성을 자극한다. 성욕이 은폐되어 있는 언어들은 당시 광고 플래카드들을 메운, 신기술에 대한 저 찬양들 사이에서도 비교될 수 있다. 거기서는 프로메테우스가 하늘에서 전기를 끌어오기도 하고, 불카누스가 중기력을 대표하고, 지그프리트가 기계를 돌리고, 마력이 속도를 재는 척도가 되어 있다. 오토 그로스는 그의 역사적인 기계를 가동시키는 "황금빛 그대"와 드디어 만난다. 남자들의 성적인 해방은 스포츠에 비교할 수 있는 신체 훈련이다.

감정을 물리적 역학이라는 시대정신에 종속시켰던 사람이 그로스뿐만은 아니었다. 〈젊은 폴란드인〉의 회원이었던 폴란드 작가 스타니슬라프 프리치비스체프스키(Stanislaw Przybyszewski, 1906년경 그는 오토 그로스처럼 뮌헨에 살았다)는 그의 저서 『회상(Erinnerungen)』에서 사랑이 자신에게 준 동력을 보다 분명한 말로 고백하고 있다.

"나는 여자의 몸 안에 있는 나를 사랑한다. 가장 높은 곳까지 올라가 있는 나만의 나, 내 존재의 가장 은밀한 비밀들이 조각조각 난 채로, 나의 뇌수 구석구석에 숨어 잠들어 있는 상태가 이 여자를 중심으로 정리가 되고 모여들었다. 마치 하나의 자석에 철사 조각들이 끌려오듯이. (…) 나는 이 여자를 사랑한다. 이런 몰입을 내 안에서 불러일으키는 이 여자를 사랑한다. 나는 내가 느끼는 가장 높은, 그리고 가장 깊은 쾌감의 등압선과 등온선을 사랑한다."

그로스와 그의 전우들이 비밀스럽게 추구했던 것, 즉 시민적 결혼의 구속으로부터 남성을 해방시키는 것은 오로지 이 은폐의 수사학을 통해 이루어질 수 있었다. 새로운 윤리에 대한 주석을 달면서 그로스는 결혼생활에서 남자들의 자유가 전통적으로 제한되어 있는 것에 대한 투쟁에 나선다. "일부일처제, 그리고 그것이 더욱 병든 형태인 일부다처제를 없애는 것은 단지 여성해방일 뿐 아니라 남성의 해방이기도 하다." 여자들과 혼외정사를 나누는 것이 단 한 번도 문제가 되지 않았던 남자들은 그들의 탈선 행적들이 기록된 지도를 공개하는 것으로 시민사회의 규범을 말없이 매정하게 내던질 수 있었다. 열정이 공적인 지표가 되면서 "솔직함"에 대한 막스 베버의 요청이 이러한 목적을 충족시킨다. 남성해방이라는 이 프로그램도 '지성인의 결혼'으로 이어지는 개혁의 일부이다.

여자들은 그들에게 바쳐진 열정의 찬가들 안에서 이러한 바탕음을 거의 듣지 못했다. 그들의 감정을 전달하는 데 그것은 전혀 도움이 되지 않았다. 그건 아마도 여자들에게는 남자들이 그들 안에서 깨워놓은 에너지를 어떤 미래의 행복을 위해 쓸 수 있는 기회가 전혀 주어지지 않았기 때문일 것이다. 보헤미안이었던 몇몇 여류 예술가들을 제외하면, 그들에 겐 직업이 없었고, 그래서 그들의 자각은 그저 다시 텅 비어버렸다. 육체 적, 언어적 향연이 끝나고 나면 혼자 남겨진 그들은 각자 꿈속으로 물러 갔다. 그리고 그곳에서 잃어버린 파라다이스로 숨어들었다. 오토 그로 스와의 관계가 끝나고 나서 그때의 체험에 대해 프리다 위클리는 이렇게 고백한 적이 있다.

"나는 정말이지 조금의 회의도 없이 확신했다. 세상을 파라다이스로 변화시키기 위해서는 누구나 자기 의지대로 '자유롭게' 섹스를 할 수 있 어야 한다고. 나는 고뇌하며 투쟁했다, 사회와 화합하지 못한 채. 그리 고 내가 철저하게 고립되어 있다고 느꼈다. 그런 과정 속에서 나는 균형 을 잃었다. 나는 혼자라고 느꼈다. 나와는 생각이 다른, 그 수백만 명의 사람들 속에서 내가 무엇을 할 수 있을까?"

어떤 여자들은 신체적 능력과 역사적 과제의 밀접한 관계를 강조했던 남자들의 수사학을 받아들이기도 했다. 1911년 뉴욕에 살았던 알마 말 러(Alma Mahler)는 그녀의 담당의였던 요제프 프란켈(Joseph Frankel)의 애인 이 되는 것을 거부했다. 왜냐하면 그녀는 그를 정신적으로 흥분시켜줄 수 있을지는 몰라도, 그의 몸을 자극할 마음은 전혀 없었기 때문이었다.

"인생에 있어서라면, 당신은 불쌍한 낙오자이다. 너무 큰 명성을 얻게 된 당신과 같은 남자들은 책의 앞표지와 뒤표지 사이에 끼워 꾹 눌러서

행여 다음 세대에게 잘못된 인식을 남기지 못하도록 가둬버려야 한다. 다행히 그런 남자들은 더 이상 살아 있지 않다. 오늘날엔 모든 힘의 그 영원한 원천만을 알고 있을 뿐이다. 그것은 자연 속에, 대지 속에, 그리고 이상을 위해 그들의 현존을 거리낌 없이 내던지는 사람들 속에 있다. 그들이야말로 사랑을 할 수 있는, 그런 사람들이다."

여기 한 여성이 오토 그로스보다 더욱 분명한 어조로 시민사회를 공격하고 있었던 것이다.

남자들이 성애의 혁명을 자신들의 과제이자 수확으로 간주했다는 것은 그들이 사용한 구애의 언어가 기술에 경도된 메타포들이었다는 사실에서만 드러나는 것은 아니다. 그보다는 에로틱한 관계들이 낳은 결과들, 즉 아이들에 대해 책임을 지는 방식에서 더 적나라하게 드러난다. 자유로운 연애가 끝나면 아이들은 남성들의 차지가 되곤 했다. 앞에서도 이야기했듯, 에드가 야페는 아내가 낳은 혼외 자식을 입양했다.[14] 그리고 막스 베버가 그 아이의 대부가 되었다. 한스 그로스는 자신의 아들이 프리다와 낳은 아이들은 자기가 거둬야 한다고 생각했다. 그래서 오토 그로스가 프리다와 헤어지자마자 아이들을 프리다에게서 빼앗아갔다.

---

[14] 에드가 야페가 프리다와 오토 그로스를 집에 들였을 때, 막스 베버는 그를 '바보천치'라고 불렀다. 그는 1908년 3월 8일 마리안네 베버에게 편지를 썼다. "나는 이 일이 아주 역겹다고 느끼오. 나는 어쨌든 한 마디도 하지 않고 그들과는 이제 끝장이라는 것을 그녀와 에드가 야페가 느끼도록 할 거요. 그런 멍청이들과는 함께 일하고 싶지 않소."

어니스트 위클리는 그의 자식들을 마치 그가 가진 어떤 물질적 소유물처럼 다루었다. 그래서 프리다가 그를 떠날 때 아이들을 다시 만날 일은 꿈도 꾸지 말라고 단호하게 말했다.

19세기 간통소설들은 이런 소유관계를 재현하고 있다. 그런 관계 속에서 자식들은 남자의 창조 능력의 결과로 간주된다. 안나 카레니나와 에피 브리스트는 외도가 발각되자마자 아이들을 빼앗긴다. 멜라니 판데어 슈트라텐의 아이들은 아버지를 버린 어머니에게서 등을 돌린다. 여자는 누군가의 연인이 되면 더 이상 어머니가 아닌 것이다. 그때부터는 자신의 섹슈얼리티를 아이를 낳는 데 이용하는 것이 아니라 향유하려고 하기 때문이다. 그녀가 아이에 대한 권리를 정정당당하게 요구하려면, 그와 동시에 그녀가 빠진 열정의 합법성도 주장할 수 있어야 했다. 그러나 그것은 그때까지도 오직 남자들에게만 허용되었던 일이다. 비록 남자들에게 있어서도 그 일의 실질적인 결과들, 즉 아이들을 돌보고 키워내는 일이 언제나 유쾌한 일인 것만은 아니었지만, 그들은 정욕과 그 결과에 대한 유일한 주인이었다.

슈바빙, 아스코나, 베를린에서 활발하게 일어났던, 모든 구속으로부터 자유로운 열정에 대한 논의들은 하이델베르크에서 전문적인 언어로 정리가 되었다. 막스 베버는, 에너지의 원천 운운했던 오토 그로스와는 달리, 그것의 메타포를 신화에서 가져왔다. 엘제 야페가 수십 년 동안의 친교 끝에 마침내 막스 베버의 연인이 되었을 때 그녀는 "마성적 힘" 따위의 수식어에서 벗어나 "신이 보내준 사람"으로 탈바꿈한다. 막스 베버의 정서에 한때는 파괴적으로 작용했던 지하의 힘들은 이제 생명을 불어넣는 정령이 되었다. 사악한 악령은 괴테의 『오르페우스의 명언(Urworte orphisch)』에 나오는 것 같은 데몬이 되었다. 베버가 그의 연인을 신격화하기 위해 가져다 쓴 어휘들의 레퍼토리는 그리스 신화에서부터 〈탄호이저(Tannhäuser)〉에까지 걸쳐 있었다. 하지만 그와 함께했던 것은 사랑의 신 비너스나 아모르가 아니었다. 그는 여전히 땅의 정령들에게 쫓기고 있었다. 엘제 야페는 "바다의 위풍당당한 딸"이고, "물의 요정"이고, "야생 고양이"였다. 베버의 마조히즘에 대한 하나의 암시가 되어주는 애칭, "노예의 여주인"으로도 불렸다. 결혼과 간통에 대한 토론에 정직함이란 개념을 끌어들였던 장본인이고, 아내와 함께 수십 년 동안 정절과 솔직함을 모든 인간의 삶이 따라야 할 이상으로 공표하고 다녔던 막스 베버는 자신이 맞닥뜨린 (『중간고찰』에서 이미 언뜻 예감되기는 했던) 욕망의 폭발을 단지 "운명적인" 것이라고밖에 설명할 수 없었다. 이러한 경험이 막스 베버를 시민사회의 모럴에서는 멀어지게 만들었지만, (결혼의 위기가 남자의 삶에 가져오는 수확들이 여기 막스 베버에게서도 그대로 드러나는데) 그의 학문적 소명으로부터는 떼어놓지 못했다. 그가 엘제 야페에 대한 열정을 스스로 깨닫게 됨과 동시에 뮌헨에서 교수직 제안을 다시 받아들이고 새로운 시작을 맞이했던 것에 대해서는 마리안네 베버도 『생애』에서 언급한 바 있다. "이것이야말로 위대한 기적이라 할 만하다. 이 두 번째 청춘. 그 스스로도 그렇게 느끼고 있다." 이 부분은 마리안네가 엘제 야페와 베버의 관계를 암시적으로 드러냈던 문장 가운데 하나이다. 『생애』 전체를 다 뒤져보아도 이런 부분은 다시 찾아보기 어렵다.

1차 대전과 제국의 몰락은 시민계급의 결혼 형식도 변화시켰다. 막스 베버는 정치적 연설에 열정적으로 나서서 했던 것처럼, 사생활에 있어서도 어떤 통제에서 벗어난 열정을 누렸다. 『중간고찰』에서 말했던 것처럼, 그는 이제 엘제 야페에 대한 사랑에서, "지성주의라는 이 에로티시즘의 진지함"을 받아들였다. 그러면서 그는 세기 전환기의 모든 지성인들이 고대했던 변혁, 즉 시민적 질서의 파괴를 열망했다. 마리안네 베버와 막스 베버는 "동반자적 결혼"을 살아내며 그들이 가진 혁명적 잠재력들을 전통적인 결혼 형식의 범위 안에서 수정하려고 노력했다. 이 "에로티시즘의 진지함"은 어쩌면 '지성인의 결혼'으로 가는 다음 단계였을지도 모른다. 그러나 막스 베버의 죽음으로 인해, 그 길을 끝까지 걸어볼 기회는 이 커플에게 주어지지 않았다.

"동반자적 결혼"은 그렇게 반쪽 성과만을 얻었다. 그것은 성적인 욕망에 대한 공개적인 이야기들이 낳은 거대한 도약의 근거이기도 했다. 그것이 비단 이 커플에 있어서만 그랬던 것은 아니다. 이 새로운 개념을 둘러싸고 토론을 벌였던 커플들은 모두 하나의 평범한 느낌을 설명할 때도 고상한 문체를 선택했다. 결혼생활을 하고 있는 쪽이든 그렇지 않은 쪽이든, 어느 쪽에서나 터부시했던, 욕망에 대한 하나의 코드가 존재했다. 말할 수 없는 것에 대한 두려움은 과장된 외침들로 이어졌다. 그런 외침들 속에 베버와 그로스의 목소리도 섞여 있었다. 이 과도함이 일을 그르쳤다. 성욕에 대한 이야기들은 목소리를 낮춰야 했고 열정은 일시적인 것으로 치부되었다. 그런데 그로부터 불과 몇 년이 지나지 않아서 새로운 언어, 하나의 새로운 태도가 나타났다. 브레히트가 경멸적인 어조에도 불구하고 어떤 수줍음을 슬쩍 비추는 표현들을 앞세우고 감정들은 조심스럽게 절제하며 등장한 것이다. 이 신즉물주의[15]의 시대 (이때도 사람들은 사랑을 하고, 서로 감정을 털어놓았다) 이후 얼마 안 가 시몬 드 보부아르와 장 폴 사르트르가 우연히 만나 자신의 성욕과 다른 사람의 그것에 대한 대화를 시작했다. 바로 이들이 커플이 되는 순간으로 '지성인의 결혼'의 역사는 이어진다. 이 두 사람이야말로 언어가 의미하는 바 그대로, 지성적이라고 불러야 마땅한 커플이었다.

---

15 1차 대전 후 독일에서 일어난 예술 운동 및 양식.

이 상 적 인   커 플 이

지 닌   이 중 성

"나와 사르트르가 세상을 점령하기 위해

시도했던 작업들은 사회가

이미 만들어놓은 고정된 틀이나

제한들과는 화해할 수 없는 것들이었다."

— 시몬 드 보부아르

보부아르와
사르트르

시몬 드 보부아르와 장 폴 사르트르는 전후 세대에게 있어서 이상적인 커플의 대명사였다. 그러나 그들은 1960년대, 학생운동이 활발했던 시기에 더 많이 거론되었다. 그들은 1928년 첫 만남에서부터 1980년 사르트르가 사망할 때까지, 서로 동등한 권리를 존중하면서 결혼은 하지 않은 채 관계를 유지했다. 그들은 늘 함께하며 문학적, 철학적, 정치적 책무에 일생을 바쳤고, 생의 마지막 순간까지 그들이 서로 떨어질 수 없는 사이임을 과시했다. 그들의 무대는, 마리안네와 막스 베버의 하이델베르크 자택 살롱 같은 것이 아니었다. 그들이 함께 등장했던 무대는 대도시였다. 그들을 지켜보는 관중은 소수의 진보적인 학자들이 아니었다. 전 세계가 그들을 주시했다.

정치적 지향은 각자 달라질 수도 있는 문제였지만, 결코 벗어날 수 없는 하나의 강박관념은 두 사람을 끝까지 묶어두었다. 그것은 그들이 얼마나 잘 결속되어 있는 한 쌍인지를 보여주는 것이었다. 한편 그들은 제도적인 안정장치들이라면, 설령 그들에게 도움이 될지라도, 모두 경멸하며 거부했다. 그들은 끝내 결혼을 하지 않았을 뿐만 아니라, 평범한 결혼생활처럼 보이는 행동이라면 그 어떤 일도 하지 않았다. 관계를 어떤 형식으로 만들어갈 것인가는 둘만의 구상에 따랐다. 오직 두 사람의 성격이 문제가 되었을 뿐, 거기에 일반적인 사회적 기대 같은 것은 고려되지 않았다. 그들은 한 번도 같은 집에 산 적이 없다. 그들은 서로 사귀기로 한 그 순간부터 하나의 결단이 시작되었다고 보았으며, 일생 동안 상대에게 '존칭'을 사용했다. 그리고 "필연적인 사랑"으로 결속된 두 사람은 첫 만남 이후 상대방의 "우연적인 사랑", 다시 말하면 상대방이 다른 사람과 맺을 수도 있는 에로틱한 관계를 허용해줄 의무를 나누어 가졌다. 이것은 두 사람이 처음부터 원할 때는 언제든 떠나고, 헤어질 수 있는 자유로운 사랑을 전제로 사귀었다는 것을 뜻한다. 그들의 관계가 기초한 믿음이란 상대의 외도를 허락하는 믿음이며, 그들의 사랑은 말하자면, 다른 사람을 향한 파트너의 사랑도 사랑하는, 그런 사랑이다. "나와 사르트르가 세상을 점령하기 위해 시도했던 작업들은 사회가 이미 만들어놓은 고정된 틀이나 제한들과는 화해할 수 없는 것들이었다." 시몬 드 보부아르는 그녀의 자서전에서 자유에 근거했던, 그들의 실존주의 프로그램을 이렇게 설명한 바 있었다. "우리는 사회를 거부했다.

우리는 인간이 새롭게 창조되어야 한다고 생각했다."

그들의 관계에서 '결혼이라는 것'은 결혼에 대한 부정 속에 있었다. 사르트르와 보부아르가 서로에게 결속된 반려자라는 것은 그들이 커플로서 보여준 모습들에서만 드러났을 뿐, 다른 무언가로는 증명할 수 없었다. 친구들과 무리 지어 함께 들르곤 했던 여러 단골 카페들에서 그들은 상대를 향한 친밀감과 서로에게 거리를 두는 자유로움을 보란 듯이 표현했다. 그러면서 그들은 짧지만 심각했던 몇 차례의 이별을 극복했다. 날마다 새로운 약속들과 새로운 결심들을 하며 그들의 유대는 점점 단단해졌다. 그들의 주변 사람들도 이 '내연관계'를 받아들였다. "파로티 교장은 우리의 비합법적인 내연관계를 이해하려고" 애썼다고 보부아르는 말했다. 시몬 드 보부아르가 루앙에서 교사 생활을 할 때부터 친구였던, 소설가 콜레트 오브리(Colette Aubry)는 이 두 사람의 등장이 미친 영향에 대해 이렇게 말했다.

"그들의 관계는 완전히 새로운, 어떤 것이었다. 그와 비슷한 것을 나는 그때까지 한 번도 본 적이 없었다. 이 두 사람이 함께 경험했을 그 감정이란 것이 어떤 것인지, 나는 설명할 수가 없다. 그것은 바라만 보기에도 너무나 강렬한 것이었다. 그래서 때때로 슬퍼지기도 했다. 그런 것을 나 자신은 가질 수 없다는 생각이 들면 말이다."

다른 사람들과 친분을 맺는 방식에 있어서도 두 사람은 그들만의 계획과 둘이 함께 정한 약속을 따랐다. 그들 곁의 가족이나 친척들이 아무리 둘의 결혼 소식을 기다리고, 앞으로 태어날 아이들에 대해 호기심을 내비쳐도, 두 사람은 그들 앞에서 결코 약혼자 행세 같은 것은 하지 않았다. 마리안네 베버처럼, 신부가 신랑의 가족에게 양도되는 일 따위는 일어나지 않았다. 보부아르와 사르트르는 파리 고등사범학교의 철학과 학생으로 만났고, 같이 학업을 마쳤다. 그들은 거의 비슷한 성적을 거두며, 각각 1등과 2등으로 졸업했다. 그들은 막스 베버처럼 아버지에게 반항할 필요도 없었고, 마리안네 베버처럼 시어머니까지 모시며 남편과 아들을 보살펴야 할 형편에 처해 있지도 않았다. 두 사람은 함께 어울리는 친구들과 일종의 친화성을 띤 모임을 만들어냈고, 보부아르는 그 모임에 '작은 가족'이라는 역설적인 이름을 붙였다.

시몬 드 보부아르는 겉으로 드러나는 모습에 신경을 많이 썼고 사진을 찍을 때면 사르트르 옆에서 시민계급의 평범한 아내처럼 보인 적도 종종 있었지만, 그들의 결합은 그 자체로 이미 가부장제에 대한 성공적인 공격이었다. 도회적인 우아함과 좌파적 반항의 이와 같은 혼성은 1960년대에 신중한 경탄들을 끌어내기도 했는데, 그것은 사실 1930~1940년대부터 형성되었던 것이다. 그 프로그램은 하이델베르크 그룹보다 거의 한 세대 후에 등장한 것이었고 초기 실험들로부터 영향을 받았다.

세상 사람들이 이 커플에 대해 내렸던 판결은 사르트르가 세상을 떠난 뒤 달라졌다. 그가 죽고 나서 몇 년 뒤 보부아르는 사르트르에게서 받았던 편지들을 출판했다. 그리고 1986년 보부아르가 사망하고 난 뒤에는 그녀의 양녀였던 실비 르 봉(Sylvie Le Bon)이 보부아르의 편지들을 출판하는 일을 넘겨받았다. 책이 한 권 한 권 출판될 때마다 이 커플의 행복을 지켜보았던 대중들의 의견은 정반대로 뒤바뀌었다. 보부아르에게 보낸 사르트르의 편지들은 이 여인의 이상적인 모습에 어두운 그늘을 드리웠다. 그전까지 보부아르는 전후의 가장 유명한 철학자이자 작가였던 사르트르 곁에서 독자적인 존재감을 풍기며 이상적인 여인의 이미지를 유지했었다. 그런데 사르트르의 편지들은 두 사람이 연출했던 이상적인 커플관계에 대한 믿음에 먹칠을 한 셈이었다. 편지들 속에서 엿보이는 사르트르는 늘 여러 여자들 무리에 둘러싸여 살았던 마초였고, 자신의 곁을 지킨 여자에게는 너무나 많은 부당한 요구들을 늘어놓았다. 어느새 시몬 드 보부아르는 평범한 결혼생활을 했던 시민계급의 여느 아내들만도 못한 처지에서 착취당하며 모욕적인 상황들을 견뎌야 했던 비운의 파트너가 되어 있었다. 실비 르 봉은 독자들이 사르트르의 편지들을 어떤 식으로 받아들였는지에 대해 다음과 같이 썼다. "사람들은 사르트르가 그녀를 희생시켰다고 생각했고, 그녀를 '불쌍한 희생양'이라고 표현했다. '필연적인 사랑'의 이득은, 이기적이게도, 사르트르 혼자서만 맛보았다는 것이다."

사르트르의 편지를 읽은 사람들은 그들의 전설에 대해 할 말을 잃었다. 두 사람이 만들었던 기념비는 의심스러운 것이 되어버렸다. 사르트르는 보부아르를 "카스토르"[1]라고 불렀는데, 그것은 그녀가 그의 곁에 머물기 위해 흘려야 했던 땀을 암시하는 말이었다. 교양 있는 이 커플은 신화 속에 등장하는 쌍둥이 형제 카스토르와 폴룩스가 내포하고 있는 의미를 알고 있었을 것이다. 아마도 사르트르는 자신이 폴룩스(장 폴이 라는 이름의 발음이 이와 유사하기도 하다)라고 생각했을 것이다. 보부 아르는 그녀의 자서전 『한창때(*La Force de l'âge*)』에서 이 "형제애"가 암시하 는 진정한 의미를 부풀렸다. 그녀가 "우리의 이마에 찍힌 쌍둥이의 징표" 라고 표현했던 것은 그들만이 공유하는 "고유한 것"이었다. 쌍둥이별의 결합은 죽음을 넘어서는 것이었다. 죽어도 죽지 않는 이 쌍둥이 형제에 대한 비유를 통해 사르트르와 보부아르는 그들이 친구 같은, 그리고 형 제 같은 관계로 결속되어 있음을 보여주고 있다.

보부아르의 "남성적 영혼"은, (그것은 일찍이 그녀의 아버지도 어린 소 녀였던 보부아르에게서 발견했었는데) 그 편지들 속에서 철저하게 비굴한 모습으로 나타난다. 보부아르는 기만당한 여자가 아니라, 부당한 요 구를 견뎌야 했던 여자처럼 보인다. 사르트르의 편지를 출간하면서 보 부아르는 거기서 더 나아가 남편의 정신적 유산을 다루는 미망인의 역 할까지 넘겨받는다. 실제로 그녀는 더 이상 그의 부도덕함이 남긴 오점

---

1 카스토르(Castor): 제우스와 레다 사 이에서 태어난 아들이다. 폴리데우 케스(로마신화에서는 폴룩스)와 쌍 둥이 형제인데, 이들을 제우스의 아 들들이라는 뜻인 디오스쿠로이라고 부른다. - 원주

들을 정화하는 여사제가 아니었다. 그녀는 사르트르의 연애 편력을 비밀에 부치지 않았다. 같은 여자들도 그녀의 이런 행동은 잘 이해하지 못했다. 그녀가 사르트르의 하렘을 가리고 있던 커튼을 거침없이 들추었던 행동 속에 무엇이 숨어 있는지를 그들은 알 수 없었던 것이다. 보부아르의 이 스스럼없는 행동과, 마리안네 베버가 남편의 생애를 다시 쓰면서 그의 유일한 외도였던 엘제 야페와의 관계에 대해서는 아무 말도 하지 않았던 것을 한번 비교해보라!

위험한 관계

까다로운 한 남자와 그의 말이라면 무엇이든 들어주었다고 전해지는 한 여자, 이들 커플에 대한 판정은, 실비 르 봉이 보부아르의 『사르트르에게 보내는 편지들』, 『진중일기』, 『대서양 저편의 사랑』을 편집하여 책으로 펴낸 뒤 또 한 번 달라진다. 사생활의 기록들을 모아 출판을 의뢰하면서 시몬 드 보부아르는 몇몇 남자들과 많은 여자들을 애인으로 두었던 과거를 시인했다. 동반자적 관계를 기획한 사람으로서 그녀는 자신에게 라클로의 『위험한 관계(*Les Liaisons Dangereuses*)』[2]에 나오는 메르테유 후작부인 같은 모사꾼 기질이 있었다는 것을 부인하지 않았다.

특히 보부아르가 '작은 보스트'(보스트는 사르트르의 제자이자 보부아르의 연인이었다)에게 보냈던 편지들은 사르트르와 그녀의 관계를 완전히 다른 관점에서 노출하고 있다. 사르트르가 보부아르에게 보냈던 편지들에서 드러났던 모습과는 사뭇 다른 면들이 거기서 드러난다. 이 '신화적인 남매 커플'의 평등함과 동등한 권리가 이제 에로틱한 관점에서도 인가받는다. 대담한 고백들은, 지성적인 결단에서 탄생한 이 결합에 있어서는 일상적인 쇄신의식처럼 되어버린다. 『제2의 성』에 보부아르가 전통적인 결혼생활에 대해 남긴 말이 (오늘날엔 그것이 하나의 격언처럼 되어버렸는데) 보다 강력한 설득력을 얻게 되었다. "다른 사람들은 제쳐 둔 채 오직 둘이서만 영향을 주고받으며 살아가는 두 사람은 이미 죽어 있는 것이다. 그들은 권태로 인해 죽는다."

시몬 드 보부아르와 자크 로랑 보스트의 거침없는 연애에 대해서는, 그녀가 1938년 사르트르에게 보냈던 편지에 잘 드러나 있다. 그 편지는 그녀가 보스트와 꽤 힘든 산행을 하고 돌아와서 쓴 것이었다. 게으른 도시 거주자였던 사르트르는 물론 그 산행에 동행하지 않았다. 편지에서 보부아르는 온몸이 뻐근해질 만큼 산을 타고 돌아와 뜨거운 밤을 보냈다고 자랑스럽게 전했다. 그 사랑의 모험이 벌어지게끔 유도한 것은 '물론' 그녀 자신이었다고 썼다. 보부아르는 섹스의 자유에 대해 사르트

2 프랑스 작가 쇼데를로 드 라클로 (Pierre Ambroise François Choderlos de Laclos, 1741~1803)의 1782년 작 소설로, 방탕한 두 인물인 발몽 자작과 메르테유 후작부인 사이에 오간 편지들을 모은 서간체 형식으로 쓰였다.

르와 서로 합의했던 것을 지체 없이 이 새로운 연인과의 관계에 적용했던 것이다.

사르트르에게 보내는 한 편지에서 그녀는 '사르트르-보부아르적 자유원칙'을 불러내며 이렇게 말했다.

"내가 그 무엇보다도 간절하게 원하는 것은 당신이 완벽한 자유를 느끼는 것입니다. 나를 떠나는 것, 나에게 편지하지 않는 것, 나를 더 이상 만나지 않는 것들에 대해서도 당신이 자유롭기를 원합니다. (…) 내게는, 내가 당신의 인생에 어떤 부담이 되는 것보다 더 두려운 일은 없습니다. 하지만 이런 생각 외에 다른 마음이 없다고 한다면, 그건 완전히 솔직한 태도는 아닐 거예요. 왜냐하면 그렇게 생각하면서도 동시에 나는, 당신이 당신의 자유를 나를 떠나지 않기 위해, 나에게 편지를 쓰기 위해, 나를 만나기 위해 사용하기를 간절히 바라고 있으니까요.—당신의 자유로운 의지로."

그런 가벼운 나들이 정도의 일을 파트너에게 고백하는 것은 그다지 어렵지 않았을 것이다. 보부아르는 자유로움을 인정할 의무가 있는 만큼 외도로 인한 관계에도 진지해야 할 의무가 있다고 생각했다. 관계가 시작되고 나서 얼마 뒤 그녀는 보스트에게 이런 편지를 보냈다.

"당신을 사랑합니다. 휴양지에서 잠깐 즐기는, 그런 순간적인 사랑이 아니에요. 그 사랑이 주는 환희들만큼이나 그 사랑의 슬픔도 소중한, 그런 위대한 사랑입니다. 나의 몸과 영혼이 온통 사로잡혀 있는, 너무나 힘들지만, 너무나 감미로워 때때로 숨이 멎어버릴 듯한, 그런 사랑입니다."

이와 같은 사랑의 강렬함이란 사르트르와 보부아르가 구상했던 것들 안에 이미 다 포함되어 있었다. 사소한 외도 한 번쯤은 그토록 강한 친밀함의 틀 안에서 보면 시니시즘 이상도 이하도 아닌 것이다. 그러나 보부아르는 두 번째 연인에게도 첫 번째 연인에게 주었던 만큼 열렬한 마음을 주게 되고, 두 연인은 그녀의 마음속에서 치열한 경쟁을 벌이게 된다. 그리고 누구나 예상할 수 있듯이, 사르트르가 승리를 거둔다. 보부아르는 1939년 사르트르와 모로코로 여행을 떠나며 보스트에게 편지를 쓴다.

"내가 사르트르와 다시 만나, 그와 함께 모로코로 떠날 생각을 하고 있다는 것을 깨닫자 온몸이 소스라칠 정도로 놀랐습니다. 오랜 시간 동안 그런 생각을 잊고 지냈었으니까요. 그러더니 이제 몰려드는 행복감에 환호성을 지르고 있어요."

드라마와 소설에서는 뜨거운 열정들이 대부분 비극으로 끝나지만, 사르트르와 보부아르는 그것으로 행복의 유희를 벌인다. 비극의 주인공들—예컨대 로미오 혹은 페르디난트 폰 발터[3]—이 파국을 겪은 뒤 '신

---

3 프리드리히 실러(Friedrich Schiller)의 『간계와 사랑(*Kabale und Liebe*)』에 나오는 주인공 이름.

격화'되는 것으로 보상을 받았다면, 여기 이 지성인 커플은 지상의 행복을 마음껏 누리는 것에 만족한다. 시몬 드 보부아르는 실제로 오랫동안 그와 같은 행복에 몰두했다. 그녀가 썼던 편지들이 그것을 증명해준다. 젊은 시절 자크 로랑 보스트에게 보냈던 편지들뿐만 아니라 나이가 지긋해진 뒤 미국 소설가 넬슨 알그렌(Nelson Algren)에게 보낸 편지들에서도 그것을 알 수 있다. 위험은 그녀에게 삶의 쾌락을 높여준다. 그녀는 "내 온 생애를 통해서, 행복을 누리는 재능이 나만큼 뛰어난 사람을 보지 못했다. 또한 나만큼 집요하게 그것을 추구하는 사람도 없었다."고 자서전에서 고백하고 있다.

근대에 들어서면서 삶을 바라보는 관점은 도덕보다는 개인의 행복으로 더 많이 기울어진다. 보부아르에게 있어서도 행복은 새로운 종으로 존재하기 시작했다. "그것은 내 마음의 부푼 상태만을 의미하는 것이 아니다. 그것은 나에게 (…) 내 실존과 세계에 대한 진실을 가져다주는 것이다." 사르트르는 행복을 추구하는 그녀의 집념을 유토피아를 꿈꿀 수 있는 재능으로 이해했다.

시몬 드 보부아르가 그녀의 마음속에서, 그리고 파트너인 사르트르의 마음속에서 그들의 삼각관계를 조정하면서 터득한 능숙함은 그녀가 맺었던 모든 관계들 속에서 발휘되었다. 사람들은 그녀를 사르트르의 희생자라고 생각했지만, 그녀의 편지들이 출판된 뒤, 두 사람 주변을 죽을 때까지 지켰던 친구들의 모임인 그 '작은 가족'의 지도자가 그녀였음이 증명되었다. 그 모임의 구성원들은 대부분 여자들이었다. 그들은 사르트르의 애인이거나 보부아르의 애인이었다. 남자들이 그 에로틱한 '작은 가족'에 들어오는 일은 거의 드물었다.

　도덕에 대한 전통적인 표상과 결혼에 대한 관념으로부터 자유로워지는 일은, 보부아르의 편지들도 보여주고 있듯이, 공간적인 제약을 넘어서는 자유로운 활동과 깊은 관련이 있었다. '작은 가족'에 속하는 사람들과의 만남은 낮밤의 제한 없이, 온 도시의 어디에서나 이루어졌다. 보부아르의 편지들 속에는 그녀가 언제, 어디서, 누구를 만났는지에 대해서 빼곡히 기록되어 있다. 그 편지들 속에서 어떤 에스프리를 찾아내려 하는 것은 헛일이다. 그녀가 편지로 사르트르와 지적인 주제에 대해 이야기를 나눈 적은 단 한 번도 없었다. 만약 그녀가 집필한 책들이 남아 있지 않았더라면, 사람들은 그녀를 그저 카페에서 카페로 옮겨 다니며 수다나 떨었던 여자로 알고 말았을 것이다. 우정의 관계든 애정의 관계든, 그녀가 조정했던 관계들에 대한 이야기들은 그만큼 진부하기 그지없다. 현대적인 교류와 소통의 수단은, 파리의 이 에로틱한 순환관계들에서 볼 수 있듯이 현대적 결혼생활에 있어서, 그리고 파트너로서 갖추고 있어야 할 지성적 태도와 인식의 깨임을 위해서 필수적인 전제였다. 자유롭게 활동할 수 있는 여지가 없는 곳에서 자유는 실현될 수 없다. 보부아르의 편지들 속에 어떤 영혼이 깃들어 있을 필요는 없다. 그녀가 이끌었던 약속들 하나하나가 이미 어떤 지성적 결단을 요구하고 있었기 때문이다. 몰아치듯 빠르게 내뱉는 말들, 날아가듯 글을 쓰는 손놀림은 그녀의 활동성을 드높였고, 자유로움의 농도를 올렸다. 지성적인 파트너십을 유지하는 것은 조직관리의 문제이기도 하다. 비록 이것이 전통적인 결혼생활에서처럼 비밀연애나 숨겨둔 애인을 어떻게 해결할 것인가의 문제로 더 이상 고민하지 않고, 오히려 그 수많은 연애들을 어떻게 하면 널리 분포시킬 수 있는가를 고민하고 있기는 하지만 말이다. 이 지성적인 관계들에는 어딘가 코미디 같은 데가 있다. 이 코미디의 무대에는 여러 개의 문이 열려 있다. 그 문들을 통해 새로운 인물들이 끊임없이 등장한다. 그 인물들은 서로를 황당한 상황에 몰아넣었다가 마지막엔 꼭 화해를 하게 된다. 시몬 드 보부아르는 (사람의 목숨을 좌우하는 것에 이르기까지) 모든 실마리를 손에 쥐고 있는 코미디 여배우였다.

그녀가 거짓말을 할 때 보면 인생의 진지함과 코미디가 함께 뒤섞여 있었다. 기만과 속임수 없이는 모면할 수 없는 상황들을 그녀는 헤쳐 나와야 했을 것이다. 하지만 그런 일들이 그녀와 사르트르 사이에서는 아예 일어나지 않았다. 이 관계가 다른 어떤 관계들보다 뛰어난 점은 바로 그런 것이었다. 보부아르는 다른 파트너들을 종종 미궁 속으로 끌어들인다. 그리고 그녀가 일생 동안 가장 훌륭하게 속인 것은 대중이었다.

그녀의 동성애에 대해서는 언제까지나 비밀에 부쳐졌다. 1982년 알리스 슈바르처[4]가 그 부분에 대한 이야기를 꺼냈을 때도 그녀는 질문을 슬쩍 비껴갔다.

"나는 여자들과도 언제나 매우 의미 있는 우정을 이어왔습니다. 매우 다정한, 몸으로도 다정함을 느낄 수 있는 그런 관계들이었지요. 하지만 거기서 어떤 에로틱한 열정이 피어나지는 않았어요."

보스트에게 보낸 편지에서는 다른 내용을 발견할 수 있다. 거기서 그녀는 한 여자친구와 보냈던 어느 오후에 대해 이렇게 이야기하고 있다.

"기분 좋게 떠들고, 조금 일을 거들었어요. 그다음엔 케이크를 먹었고, 한 시간 정도 침대에 나란히 누워 잠도 잤어요. 우리는 둘 다 완전히 녹초가 되어 있었으니까요. 그 모든 일들이 다정다감하게 이루어졌어요. 조금은, 매우 격정적이기도 했고요. 그리고 마지막에는 정열적인 사랑의 행위로 이어졌지요."

보부아르는 사르트르와 올가 코사키에비츠 사이의 연애를 지휘하기도 했다. 올가는 보부아르와 에로틱한 관계에 있는 친구였으며 보부아르의 연인 보스트와도 관계를 맺었다. 훗날 보스트는 올가와 결혼한다. 보부아르는 올가의 여동생 반다와 사르트르 사이에서도 조정자 역할을 한다. 보부아르가 중간에서 정리했던 관계들은 "위험한 연애들"은 아니었을 수도 있다. 하지만 어쨌든 그녀가 그 일에 얽힌 사람들끼리 서로

---

4 알리스 슈바르처(Alice Schwarzer, 1942 ~): 독일의 페미니스트. 독일의 페미니스트 저널지 《엠마(EMMA)》의 발행인.

거짓말을 하도록 유도해야 할 만큼 비밀스러운 관계들이기는 했다. "작은 보스트"는 자신의 여자친구 올가 코사키에비츠에게 보부아르와 자신의 애정 관계를 한 번도 발설하지 않았다. 세 사람(보부아르, 사르트르, 보스트) 모두에게 사랑받았지만, 다른 복잡한 관계들을 속속들이 알지는 못했던 올가 때문에 보부아르의 편지들은 더 일찍 출판되지 못했다. 보부아르의 편지들을 출판했던 실비 르 봉은 다음과 같이 전했다. "자크 로랭 보스트와 관련된 문제들은 1984년 올가의 죽음과 함께 판금이 해제된 셈이었다." 그 커플이 거짓말을 거듭하며 빠졌던 혼란들은 사랑의 모험을 고통스러운 의무로 만들어버렸다. 시몬 드 보부아르는 보스트에게 사르트르에 대한 이야기를 다음과 같이 하고 있다. "그리고 사르트르는, 비넨펠드(비앙카 람블린)와 반다(올가의 동생) 사이에서 너무나 우물쭈물하고 있어요. 그 때문에 두 사람은 그에 대한 흥미를 잃고 있어요. 그는 두 사람에게 거짓말쟁이로 비쳐지며 실제로 난처한 상황에 빠져 있어요."

사르트르와 보부아르 사이에서 지켜졌던 진정성이라는 엄격한 계율, 그리고 상대방의 적당한 거짓말을 눈감아주는 것, 이것이 있었기 때문에 '정직'은 두 사람 사이를 단단히 묶는 가장 중요한 끈이 될 수 있었다. 그들 사이에 끼어든 제삼자에 대한 무시가 그들의 이러한 태도에서도 명백히 드러났다. 그리고 그것이 외부 세계를 향해 그들이 스스로에 대한 정의를 내릴 수 있는 유일한 가능성이었다.

대중들 앞에서 이런 애정관계들을 비밀로 유지함으로써 두 사람은 어쨌든 그들 관계의 일부분을 평범한 부부의 사생활로 만들고 말았다. 세상 사람들 앞에서 사르트르와 보부아르는 모범적인 부부였던 마리안네와 막스 베버와 다를 것이 없었다. 지성적인 한 아내와 지성적인 한 남편. 파리에 살았던 지인들에게 그들의 삶은 숱한 연애사들을 통해서만 들여다볼 수 있는 것이었을지도 모른다. 생각할수록 의아한 것은, 이전의 그 어떤 사람들보다 지성과 자유라는 관념을 단호하게 추구했던 그들이 그들의 삶을 진실하게 공개하는 일은 감행하지 못했다는 것이다. 때문에 그들이 남긴 문서들로 진실을 재구성해야 하는 일은 후대의 몫이 되었다.

보부아르는 그녀의 상속녀 실비 르 봉에게 모든 편지들을 출판할 것을 위임했는데, 그녀는 자신의 에로틱한 삶이 변화해간 과정이 여성해방운동만이 아니라, 직업과 사랑에 있어서의 새로운 요구들에 맞닥뜨리는 모든 커플들에게 하나의 모델을 제시할 수 있다는 것을 통찰하고 있었던 것 같다. 실비 르 봉에 따르면, 보부아르는 1960년대 학생운동이 에로티시즘의 해방을 위한 프로그램들을 추진하는 것을 보면서 그에 대해 침묵했던 것을 나중에 후회했다고 한다. 그녀는 사랑의 관계를 숨기는 것이 그 사랑을 평가절하한다는 것을 깨닫게 된 것이었으리라. 비밀에 부쳐두어야 하는 관계는 결국, 시민사회가 그렇고 그런 것으로 치부했던 '스캔들'로 전락하고 마는 것이다.

보부아르와 사르트르의 '지성인의 결혼'에 있어서 성욕은 신체적 섭생법에 지나지 않았다. 다만 거기에 에로틱하면서 우스꽝스러운 결과들이 따르기도 했을 뿐. 그것은 이 어쩔 수 없는 떠돌이 두 명이 파리의 이 카페에서 저 카페로, 이 레스토랑에서 저 레스토랑으로 옮겨 다니며 함께 즐겼던 저녁식사에 비유할 수 있다. 성적인 자유에 대한 그러한 태도는 프랑스 귀족들의 관습을 이어가는 것이었는데, 파리라는 대도시가 제공하고 있는 것처럼, 천차만별의 공간들을 필요로 했다. 에로티시즘은 두 사람의 지성인에게 토론의 소재가 되고, 서신 교환과 저작들 속에서 철학적 테제를 발전시키는 동기가 된다. 선동에 나섰던 이 커플이 두 사람의 에로틱한 자유는 단 한 번도 대중 앞에 공개하지 않았지만, 그것을 정치적 이슈로 부각시키고 싶어 했음은 분명하다.

트리오

교양 있는 두 프랑스인이
자신들이 태어난 나라의 귀족주의적 전통으로부터 물려받은 방탕, 그들
이 구상했던 삶의 그림은 그런 것이 아니었다. 그들의 구상은 에로틱한
문제에서의 관대함이나 다정한 인내심 같은 것, 그 너머를 목표로 했다.
한눈파는 파트너를 무심하게 여기는 태도는 그들이 인생을 걸고 했던
실험에 어울리지도 않았다. '외박(dècoucher)'이라는 것 자체가 각자의 집
에서 따로 살았던 (물론 정신적으로는 하나였던) 그 커플에게는 성립할
수 없는 개념이었다. 그들 모두 파트너의 애인을 최소한 친구로서 받아
들이려고 노력했다. 비록 그 관계를 충분히 이해할 수는 없는 경우라 해
도 말이다. '우연한 사랑'은 '필연적인 사랑'과 나란히 있는 것이 아니라,
그 속으로 파고들어왔다.

관계의 초기에 보부아르와 사르트르는 그들 스스로 '트리오'라고 불렀던 일종의 특이한 삼각관계를 함께 실험했다. 두 사람은 같은 여자친구와 각각 에로틱한 관계를 받아들였고, 그 '부정(不貞)한' 관계로부터 함께 향유할 수 있는 열정이 만들어지기를 바랐다. 이 독특한 삶의 형태에 대한 실험은 1930년대 후반에 이루어졌고, 그들이 '지성인의 결혼'이라는 프로젝트를 어떤 하나의 극단까지 실험했다는 데 의미가 있었다. 그것은 소시민적 결합의 친밀성에 대해 단호하게 저항하는 마지막 단계였다.

사르트르와 보부아르는 그 '트리오'를 통해 사회의 기초가 되는 두 가지 제도에 의문을 제기했다. 그것은 결혼과 가족이다. 2차 대전은 이 사적인 실험에 종말을 가져왔다. 전쟁이 끝난 뒤 사르트르와 보부아르는 정치적 이슈들로 관심을 돌렸다. 종전 후 그들은 반전투쟁에 나서면서 사회주의 사상의 대표자로 활동했다. 어떻게 그토록 엄격한 규정을 지키며 친밀함을 유지하는 커플이 되었는지에 대해서는 이제 아무도 의문을 제기하지 않을 만큼, 그들은 하나의 표상이 되어 있었다.

'트리오'라는 삶의 모델은 루앙에서 시작되었다. 시몬 드 보부아르는 1932년부터 그곳의 한 고등학교에 철학 교사로 부임해 있었다. 르 아브르에서 교사 생활을 하던 사르트르는 그녀를 만나러 그곳에 오곤 했다. 올가 코사키에비츠는 보부아르의 제자였다. 그녀의 타고난 반항심은 보부아르를 매혹시켰다. 올가는 먼저 사르트르의 연인이 되었다. 그리고 사르트르와 보부아르 커플이 파리로 이주할 때 그들을 따라왔다. 세 사람의 관계, 특히 보부아르와 그 여제자 사이의 관계는 일생 동안 지속되었다. 시몬 드 보부아르가 물론 섹스를 완전히 포기하는 일은 거의 드물었지만, 성적인 관계를 넘어 우정을 돌볼 줄 알았다. 그럼에도 불구하고 올가 코사키에비츠가 겉으로 드러나 있는, 세 사람 사이의 그럴듯한 조화 안에서 어떤 불평등을 느끼기 시작하면서 강하게 반발하게 되고, 그럼으로써 그들의 우정은 위기에 빠지기도 했다.

보부아르의 소설 『초대받은 여자(*L'Invitée*)』(1943)는 바로 이 시도와 좌절의 기록이다. 그녀는 그들 사이로 들어온 여자친구가 이해할 수 있도록 설명하려고 노력했다. 소설 속 여자주인공은 그녀의 남자친구에게 말한다. "당신은 두 여자 사이에 양다리를 걸친 남자가 아니에요. 우리 세 사람이 함께 만들어가려고 하는 것은 아주 특별한 거예요. 그건 어쩌면 무척 어려울 수도 있겠지만, 대단히 아름답고 행복한 것이 될 수도 있어요."

교회와 국가의 공식적 인정을 받는 관계이기를 포기했던 보부아르와 사르트르는 공적인 자리에 동반자로 등장하면서 그들이 떼려야 뗄 수 없는 사이임을 증명해왔었다. 그렇다면 '트리오'의 관계가 인정받기 위해서는 얼마나 더 그런 행동이 필요했겠는가. 그들은 소설 속에서건 실제 삶에 있어서건, 셋이 함께 레스토랑과 카페 등에 나타났다. 특히 '카페 플로르'에 자주 갔다. 그곳은 소위 '의식이 깨어 있는 엘리트'들이 자기 집처럼 드나드는 카페였다. 그들 사이에서 이 삼각관계는 어떤 지적인 관계로 인정받았다. 그들에게 그것은 인간의 본능에 뿌리를 둔 어떤 것이 거둔 승리처럼 보였다.

"그들 하나하나를 따로 보았을 때는 눈에 확 띌 정도로 기묘한 데는 없었다. 그런데 셋이 함께 있을 때 그들의 모습은 거부할 수 없을 만큼 매혹적이었다."

보부아르의 소설 속에 나오는 이 구절은 '트리오'가 어떤 것이어야 하는지, 어떻게 보여야 하는지에 대한 그들의 개인적인 바람을 말해준다. 이 트리오가 남겼던 인상이 그들과 동시대를 살았던 많은 사람들, 특히―첫 번째 시도가 실패로 돌아간 후―트리오의 다음 후보로 선택되기를 바랐던 여자들에게 강력한 영향을 미쳤다는 사실은 확실하다.

역시 보부아르의 제자였던 비앙카 비넨펠드(Bianca Bienenfeld)는 올가 코사키에비츠의 뒤를 잇는 다음 후보자로 나섰다. 보부아르는 그녀의 애인 보스트에게 보낸 편지에서 그 이야기를 했다. "그녀는 나에게 정열적인 연애편지를 한 통 보여주었어요. 그건 그녀가 사르트르에게 쓴 편지였습니다. 그녀는 이 새로운 트리오 안에서 완전한 공산주의를 꿈꾸고 있어요."

나이 차이가 많이 나는 올가와 함께한 삼자동거(ménage à trois)에 쏟아부었던 교육열은 그 첫 번째 시도가 난관들에 부딪히면서 시들해졌다. 그 뒤의 어떤 시도들도 그만큼 떠들썩하게 화제가 되지는 않았다. 세 사람이 모두 서로서로 에로틱한 관계를 맺은 경우라고 해도 마찬가지였다.

보부아르는 그녀의 자서전 『한창때』에서 이 관계를 '삼위일체' 혹은 '셋 안의 독존(獨存)'이라고 불렀는데, 그것은 그녀가 골칫거리가 조금은 더 적었던 남자들과의 관계에 적용했던 틀이었다. 2차 대전이 일어난 직후 그녀는 사르트르의 제자이자 그녀의 연인이었던 '작은 보스트'에게 편지를 썼다.

"우리가 서로 얼마나 분리되어 있는지를 생각하니 두려움이 나를 온통 휘감았습니다. 당신과 사르트르와 나, 우리는 각자의 몸과 의식과 운명 속에 따로 고립되어 있어요. 그리고 그로 인해 우리는, 우리가 다시 만나게 될 어떤 공동의 세계를 만들지 못하는 것입니다."

그들의 관계 안으로 끌어들여진 여자들의 남자친구들은 반대로 '트리오'의 정신을 망쳤다. 이 유명한 커플에게 선택받았다는 명예에 눈이 멀었던 비앙카 비넨펠드는 이 커플을 위해 자신의 남자친구를 희생시켰고, 올가 코사키에비츠는 사르트르의 제자 보스트를 사랑하고 그와 결혼함으로써 이 커플에 보다 더 가까이 다가설 수 있다고 생각했다.

시몬 드 보부아르는 그녀의 과대 성욕을 던져버리고 사회정치적 문제들에 헌신한다. 사람들과 교류하는 일들도 그만큼 그녀의 마음을 사로잡았을 것이다. 관능을 그런 방식으로 도구화하는 것은 오토 그로스와도 공통점이 있다. 두 사람 모두 대단한 자기 확신을 가지고 있었다. 몽유병 환자처럼 휘청거리면서도 그런 힘 덕분에 복잡미묘한 상황들을 건너갈 수 있었다. 보부아르의 자아 관찰은 '지성인의 결혼'이라는 콘셉트에서 발생할 수밖에 없었던 문제들을 제대로 인식하는 데 도움이 되었다. 그녀의 경험들은 슈바빙의 보헤미안 오토 그로스의 경험들보다 훨씬 생산적이었다. 오토 그로스는 너무나 많은 결혼생활들을 파탄 내고 나서, 그대로 따르기가 너무나 어려운, 정열에 대한 교리문답서만 하나 달랑 남겼다. 그와 반대로 보부아르는 그녀 자신의 인생으로 새로운 삶에 대한 구상을 수십 년에 걸쳐 실험했다. 그녀는 자서전 『한창때』에서 고백한다.

"나는 '트리오'가 삐그덕대지 않고 원활히 작동할 수 있도록 부지런히 발언하고 행동했다. 하지만 나는 나 스스로도 만족하지 못했고, 다른 사람들에 대해서도 그랬다. 나는 미래에 대한 불안감이 있었다."

그녀가 게임을 이끄는 사람이고 심판관인데, 스스로 뭔가 부족하다고 느꼈던 것이다. 보스트에게 보낸 한 편지에서 그녀는 자신이 저지른 죄의 목록을 적었고, 평범하고 시민적인 커플관계의 도덕적 코드에 자발적으로 무릎을 꿇었다.

"당신은 내게서 아무것도 빼앗지 않으면서 나의 삶에는 어마어마한 행복을 가져다주었습니다.[5] 나도 그 보답으로 당신을 위해 뭔가 가치 있는 일을 하고 싶은데, 나는 적어도 올 한 해 동안은, 당신의 삶으로부터 무언가를 빼앗고 있어요. 나는 당신과 K(코사키에비츠)와의 관계에 방해가 되고 있어요. 나는 당신과 사르트르의 관계를 조금 망치기도 했습니다. 어쩌면 당신은 친절하기 그지없게, 이런 경우든 저런 경우든 잃은 것보다는 얻은 것이 훨씬 더 많았다고 말해줄지도 모르겠습니다. 당신은 나로 인해 무언가를 잃어버렸을 수도 있는데, 나는 아무런 대가도 치르지 않았습니다. 이것은 옳지 않아요. 그 생각을 하면 나는 혼란스럽고 부끄러워집니다."

이 편지에 드러나 있는 죄책감과 비슷한 감정을, 그녀는 자서전에서도 파트너 사이의 불평등에 대해 생각하는 부분에 다시 썼다. 거기서 올가 코사키에비츠의 자리를 차지한 주인공 크사비에르에 대해 다음과 같이 말하고 있다.

"그녀의 역할은 그럼에도 불구하고, 서로 떨어질 수 없이 결합되어 있는 두 어른을 상대로 투쟁하고 있는 어린아이 역할이다. 그녀에게 때때로 겸손하게 조언을 구하기만 하면, 트리오에 대한 감독권은 우리 손아귀에 있는 것이다."

그 어린아이가 반항을 시작했고, 그들 셋은 자신들의 손으로 직접 만든 그 '소형지옥기계'로 스스로를 밀어 넣었다.

트리오는 실패했다. 둘이 되어버린 그 커플은 그때부터 때때로 친구

---

5 보부아르가 보스트에게 보낸 1939년 1월 24일자 편지의 내용. 보부아르는 사르트르를 만나 그녀의 논문에 대한 이야기를 나누었던 날에도 보스트에게 다음과 같은 편지를 보냈다. "그리고 나서 라 쿠폴 레스토랑에서 식사를 했어요. 너무나 행복했어요. 오래 대화를 나누었지요. 코사키에비츠 문제로 내가 양심의 가책을 느 껴야 하는지, 그러지 않아도 되는지에 대한 이야기도 나왔어요. 그리고 그녀가 지금 누리고 있는 것이 사실상 가짜 행복은 아닌지, 잘못된 관계를 맺고 있는 것은 아닌지에 대해서도. 사르트르는 내 마음이 조금 가벼워지게 해주었어요. 나중에 당신에게 그에 대해 조금 더 이야기할게요."−원주

들과 이런저런 '듀오'를 만들었다.

"때때로 보스트를 만날 때 사르트르와 함께하기도 했다. 이 경우를 제외하면, '듀오 짜기'가 우세했다. 내가 카페 플로르에서 올가 혹은 리제와 시간을 보내고 있거나, 사르트르가 반다와 데이트를 하고 있거나, 리제와 반다가 마주 앉아 수다를 떨거나 할 때, 우리들 가운데 그 누구도 두 사람의 테이블에 끼어 앉아야겠다는 생각을 하지 않았다."

여러 '우연적인 사랑들'과 하나의 '필연적인 사랑' 속에서 이별은 피할 수 없는 것이 되어버렸다. 비앙카 비넨펠드와 피곤한 시간을 보낸 뒤, 자크 로랑 보스트와는 비교적 즐거운 시간을 보내고 들어온 날, 보부아르는 사르트르에게 편지를 썼다.

"지금 당장 당신을 만나고 싶어요. 다른 누구도 아닌, 바로 당신을. 당신과 함께 있으면 모든 것이 분명하고, 불필요한 것들이 사라지고, 너무나 행복해요. 당신은 나의 또 다른, 보다 더 진실한 삶이에요."

트리오로 인한 상실이 어떤 것인지 이제 명확해졌으니, 보부아르와 사르트르가 그 실험을 통해 무엇을 얻으려고 했었는지도 물어야 하지 않을까? 외도에 대해 두 사람이 나누었던 대화는 매우 사적인 관점뿐만 아니라 정치적인 관점도 갖는다. 그들의 결속 안에 존재했던 제삼자는 어떤 제스처로서의 에로틱한 혁명을 드러내 보여준다. 섹스를 추구할 자유는 한 관계를 이루는 기초로서 공적으로 인정받아야 한다. 그 관계 안에서, 소유욕의 에로틱한 형식으로서의 질투는 반드시 극복되어야 하는 것이다. 역설적이게도 제삼자가 되는 여자 혹은 남자가, 그때까지 대중들에게는 잘 의식되지 않았던 그 커플의 친밀성을 감각적으로 인식하게 만든다. 그들 사이의 정신적인 관심사들에서뿐만 아니라, 에로틱한 관심사들에서도 사르트르와 보부아르는 하나로 일치되었다. 욕망 자체도 공동의 취향에 종속되어 있었다. 그 취향이라는 것은 사르트르와 보부아르 커플이 오랜 시간 그들의 라이프스타일과 관심사들에 빚지며 키운 것이었다.

두 사람이 이룬 결합에서 비롯되는 지성적이고 에로틱한 모나드에 그들 사이로 끌어들인 제삼자는 그들의 이중적인 얼굴을 비추는 거울이었다. 자기 자신의 성욕이 제삼자의 성욕으로 묘사되며, 성찰의 대상이 된 것이다.

동성애자의
결혼

유럽에서 찾을 수 있는 문헌들에서 그와 같은 '트리오'에 대한 기록을 살펴보면, 거의 예외 없이 두 사람 중 한 사람 혹은 두 사람 모두가 동성애자이다. 막스 베버의 전기를 쓴 요아힘 라트카우는 마리안네 베버가 엘제 야폐에게 보낸 편지들 속에 나오는 다정한 호칭들에서 친구끼리 주고받는 우정 이상의 어떤 애정을 확인할 수 있다고 말하고 있다. 마리안네와 막스 베버는 엘제 야폐의 아름다움과 매력에 대하여 이야기를 나눌 계기가 얼마든지 있었다. 파리에서처럼 하이델베르크에서도, 삼각관계를 만들고 지배하고 유지하는 것은 아내 쪽이었다. 또 마찬가지로 이 탄탄한 첫 번째 삼각관계는 훗날 또 다른 삼각관계로 이어진다. 베버에게 음악이론을 사사했던 음악교사 미나 토블러의 경우가 그렇다. 그렇지만 하이델베르크의 이 '동반자적 부부'의 결혼 프로그램에 '트리오'가 애초부터 포함되어 있었던 것은 아니다. 하이델베르크에서 이 커플관계의 개방이 자동적으로 일어났다면, 파리에서는 도발적인 의도를 가지고 추진된 것이다.

시몬 드 보부아르는 자신의 가장 유명한 저서 『제2의 성』에서는 트리오에 대해 단 한 마디도 하지 않았다. 아마도 단 한 번의 실험만으로 여성이라는 성의 역사에 어떤 추론을 덧붙일 수는 없었을 것이다. 그에 반해 두 여자 사이의 동성애 관계는 매우 상세하게 다루고 있다.

"여자들 사이의 동성애는 겉으로 보기에는 전통적인 결혼의 모델을 따르고 있다. 하지만 레즈비언들은 결혼생활에서 요구되는 평등함을 선취하고 있다. (…) 구분이 사라지고, 투쟁도, 누군가의 승리도, 누군가의 몰락도 사라졌다."

여자들이 나누는 그런 동등함은 진보적인 결혼을 향해 다가서고 있었다. 그러나 동시에 유사-레즈비언적 결혼은 그 어떤 시민적 결혼보다 드라마틱하다. "욕구들, 비난들, 질투와 독재, 결혼생활에 따르는 그 모든 날카로움이 여기서는 극도로 날이 선 형태로 폭발하기 때문이다." 결혼생활에서 어떤 진정제 역할을 해주는, 다른 성(性)에 대한 자연스러운 낯가림이 두 여자의 관계에서는 존재하지 않는 것이다.

『진중일기』는 어떤 체험을 겪고 난 직후 이것저것 따지지 않고 거리낌 없이 써내려갔던 책인데, 거기에 보부아르가 그녀의 성적 취향을 묻는 사람들에게 보이곤 했던 태도가 묘사되어 있다. 보부아르는 어느 날 한 카페에서 아는 여자를 만났던 일에 대해 쓰고 있다. "나는 그녀 옆자리에 앉았다. 그리고 그녀가 나에게 내가 정말로 레즈비언인지 물었다. 우리는 신문을 읽었다."[6]

'작은 가족' 안에서도 그녀의 성적 취향을 추측해볼 수 있는 일들이 있었다. 또 다른 트리오를 만들고자 애썼던 비앙카 비넨펠드는 보부아르의 이중적인 삶과 자크 로랑 보스트에 대한 그녀의 사랑을 참지 못하고 분노로 얼굴을 일그러뜨린 채 비난을 쏟아냈다. 반다 코사키에비츠는 보부아르와 자신의 자매 올가와의 관계를 집요하게 질투했다. "반다는 나를 미워한다. 내가 올가와 만나고 있다는 허황된 소문 때문이다. (…) '카스토르, 그 사람은 남자예요.' 그녀는 불같이 화를 내며 사르트르에게 말했다."

파리에서 트리오의 등장은 사랑을 둘러싼 낭만과 결혼의 모럴을 매정하게 물리치려는 계획으로 이해되었다. 물론 그러한 도발은 지성적인 보헤미안 스타일이었다. 어쨌거나 시몬 드 보부아르가 그녀의 에로틱한 모험에 대해 침묵을 유지했던 것은 '작은 가족' 안에서와 마찬가지로 시민사회라는 외부세계에 맞선 일종의 전략이었다. 그녀의 이중생활이 발

---

6 시몬 드 보부아르의 『진중일기』 중
1939년 10월 13일 내용. – 원주

각되는 순간 그녀는 (보스트에게 보낸 편지에서 쓴 것처럼) "끔찍한 장면들(Scénes atroces)"에 맞닥뜨려야 했다. 자신의 딸에게 보내진 보부아르의 뜨거운 편지를 손에 넣은 비앙카의 어머니 비넨펠드 부인은 그러한 장면이 실제로 일어나게 만들었다. "그녀는 남편에게 편지를 썼다. 그녀는 나를 작은 소녀의 뒤를 쫓는 '더러운 암컷'으로 표현했다. 그리고 그녀는 밤새도록 울부짖었다."

그 사건으로 인해 보부아르는 결국 1939년 교사직을 내놓아야 했고, 작가로 변신했다. 그때부터 그녀는 지금 후대 사람들이 알고 있는 그런 인물이 되었다. 지성인, 소설가, 저항의 투사, 자유사상가, 모반의 주역, 그리고 무엇보다도 사르트르의 파트너. 하지만 레즈비언으로 알려진 적은 없었다.

'지성인의 결혼'에 있어서 동성애적 성향이 갖는 장점들은 분명하다. 한 사람이 떠나간다고 해도 남은 사람은 그를 오히려 이해해주기 마련이다. 늘 어떤 공감을 가지고 상대의 곁을 따른다. 심지어 그들의 동성애가 삼각관계가 아니라, 아내와 남편에게 같은 성의 섹스 파트너를 각각 갖게 만들어 외도를 하게 되는 경우에 있어서도 그들은 아웃사이더끼리 공유하는 서로에 대한 이해로 묶여 있을 수밖에 없다.

세 겹의 삶

시몬 드 보부아르는
자신이 체험했던 모든 것을 글로 남겼다. 그녀의 삶의 모든 상황들은 작
품 속에 세 번, 즉 세 가지 다른 장르—일기 혹은 편지, 소설, 그리고 자
서전—에서 다시 나타난다.

그녀가 사르트르와 커플관계의 새로운 형태를 추구했던 시기, 즉
1930~1940년대에는 서로 상이한 세 가지 도큐멘트가 태어났다. 그들
가운데 두 작품, 자서전(1960년과 1963년)과 소설『초대받은 여자』(1943)만
그녀가 죽기 전에 출판되었다. 1939~1941년 사이에 쓰인 편지들과
『진중일기』는 그녀의 바람에 따라 사후에 출판되었다.

작품의 분류는 경험에 대한, 세 종류의 상이한 성찰 단계를 제시한다.
일기와 편지들은 어떤 순간을 붙잡아둔다. 소설은 그런 순간을 매만져

거기에 허구적 의미를 부여한다. 소설가는 소설 속 체험에 대해 더 이상 사적인 권한을 갖지 않는다. 삼인칭 인물이 되어 하는 이야기는 책임감을 덜어준다. 저자가 자신에 대해 일인칭으로 이야기하며, 그럼으로써 자신의 삶에 대해 한 이야기를 책임져야 하는 자서전은 그가 살았던 순간을 삶의 한 정거장으로 만들며, 그 인생을 하나의 프로그램으로 만든다. 자서전의 작가가 목전에 두고 있는, 삶의 마지막에서 돌아보면 우연적으로 보였던 것이 하나의 주관적 의미와 객관적 가치를 획득한다.

보부아르가 남긴 작품들은 각각 장르의 성격에 맞게 그녀가 사르트르와 맺었던 계약의 성과, 즉 '필연적인 사랑'과 '우연적인 사랑'의 분리를 기록하고 있다. 보부아르의 저작들은 문학적 수준에 그 의미가 있는 것이 아니라, 철학적-도덕적 지향점에 있다. 즉 주체의 자기 성찰, 자기 계몽, 자기 교육에 있는 것이다. 그 급진적인 진실성으로 시몬 드 보부아르는 동시대 사람들을 혼란에 빠뜨렸다. 그녀의 자서전이 루소의 『고백록(Les Confessions)』에 가까이 가 있었음은 분명하다. 보부아르는 그 남성 고백자가 여자로 환생한 듯한 느낌을 주었다.

이 두 고백서의 차이는 물론 두 저작의 역사적 거리만큼이나 크다. 루소는 그의 도덕주의를 노출증의 경지까지 몰아갔다. 자신의 파렴치한 행동들, 작은 도둑질들, 거짓말들, 자위행위들을 그는 독자들에게 털어놓는다. 스스로를 비하하면서 자신이 쓴 글의 진정성은 끌어올리고 있는 것이다. 보부아르는 보다 홀가분하게 그녀의 내면적 삶을 발견하는 여행에 나서고 있다. 계몽주의가 이미 기독교와 기존의 도덕에 대해 문제를 제기했었기 때문에, 20세기에 들어서 사르트르와 보부아르 커플이 보여준 삶의 스타일이 누가 봐도 눈에 띄고 모든 면에서 충격적이긴 했지만, 그저 규범에 대한 하나의 반항으로 받아들여졌다. 다른 사람을 교화하는 일은 따라서 자기 교육에 대한 보고부터 하고 난 다음의 일로 미루어졌다.

사소한 죄들(물론 신부님이 아니라 보부아르가 그렇게 평가했던), 그녀 스스로가 규정해둔 삶의 구상을 위반하는 일들을 저질렀다는 것을 그녀는 사르트르와 보스트가 파리를 떠나 있는 동안 『진중일기』에 고백하며 속죄하고 있다. 보스트가 그의 여자친구 올가 코사키에비츠에게 쓰는 편지를 "사랑하는 나의 연인이여"라는 말로 시작한 것을 보았을 때 보부아르는 스스로 용납하고 싶지 않은 질투심에 사로잡혔던 것이다. "그의 말투는 나에게 충격을 주었다. 이것은 이치에 맞지 않았다. 그는 나도 사랑한다. 나는 그것에 만족해야 한다. 나도 그에게 모든 것을 주지는 않았다." 이 글을 쓰기 며칠 전에도 그녀는 비슷한 상황에서 이성적이 되어야 한다고 스스로를 다잡아야 했다. 보스트가 그의 여자친구를 사랑한다는 것은 그녀도 분명히 알고 있었다. "나는 알고 있다. 추상적으로 이야기하자면, 나는 그것을 받아들이고 있다. (…) 나는 우리 관계를 종합적으로 보려고 노력하고 있다. 그래야만 그가 그녀를 사랑하고, 내가 그를 사랑하는 일이 다시 가능해질 것 같기 때문이다. 하지만 그런 노력을 해야 한다는 것이 너무나 우울하다."

체념의 끝에서 그녀는 단정을 내려야만 했을 것이다. "슬픔, 우울함은 질투가 불러일으키는 이 팽팽한 긴장, 이 거부감, 이 집요한 느낌에 비하면 그저 사소한 것이다."[7] 비탄은 항복으로 이어진다. 그녀가 그러한 상황에 얼마나 자주 빠지고 있는지를 기록하는 일로 이어진다. "그것은 정말이지 대단히 견디기 어려운 저항감이다." 보부아르는 다른 여자들에 대한 그녀의 질투심을 그렇게 묘사한 바 있었다. "패배를 부정하기 위한, 스스로를 제어하기 위한, 더 이상 욕망하지 않기 위한, 그 질긴 투쟁과 핑계들!" 그러한 것들도 그녀는 참기 어려웠을 것이다. 그럼에도 불구하고 보부아르는 그 허락되지 않는 감정들을 억누르는 데 성공한다. 의지가 승리한 것이다. 그러나 여전히 "불쾌한 기분은 비현실적인 상황, 예컨대 잠에 빠져드는 순간처럼 현실의 경계가 모호해지는 때에 격렬해진다".

기독교적 교육의 원리들은, (그것은 루소에게서 엿볼 수 있었던 것과도 다르지 않은데) 그와 같은 자기 구상과 속죄 안에서 어렵지 않게 알아볼 수 있다. 양심의 가책은 사르트르와 맺은 계약을 굳게 지켜야 한다는 믿

---

7 시몬 드 보부아르의 『진중일기』, 1939. 10. 23. 며칠 전(1939년 10월 15일자 편지에서도)에도 그녀는 자신의 질투를 묘사하고 있다. "그녀가 보스트에 대해 이야기하는 것을 듣고 있으면 이상한 기분이 든다. 그렇게 불쾌한 느낌은 아니다. 하지만 질투심과 욕망이 거기 잠들어 있었다. 나는 매우 불편한 꿈을 꾸었다. 꿈속에서 그녀가 나에게 편지를 보여달라고 요구했다. 내가 보스트에게 쓴 편지를 말이다. 나는 두려움 때문에 땀에 흠뻑 젖었다."—원주

음까지 훼손한다. "나는 한동안 보스트를 생각한다. 우리의 관계가 시작될 때부터 얼마나 깊은 애정이 그곳에 함께했었는지 분명히 알 것 같다. 어쩌면 그건 첫 만남에서부터 시작되었을 것이다. (…) 나는 우리 둘이 언제나 이어져 있다고 느꼈다. 그리고 그와 함께 보냈던 순간들이 내게는 어떤 우연으로 여겨지지 않는다. 잠이 드는 순간마다 나는 과거의 그를 떠올린다. (…) 그것은 잔혹하지만 달콤하다." '필연적인 사랑'과 '우연적인 사랑' 사이의 경계가—"달콤한 체험" 위에서 "잔혹한" 인식이—희미해진다. 오로지 모든 감정을 시험하고 검열하는 엄격한 의무감에 의해서만, 보부아르와 사르트르 사이의 계약은 유지될 수 있었다. 그녀가 보스트에 대한 사랑에서 깨달았다고 말하고 있는 계약 위반은, 또 다른 한편으로는 그녀가 사르트르에 대한 소유권을 어떻게든 지키려 했던 열의에 상응하는 것이다. 친구들 앞에서, 일기장의 독백 속에서, 혹은 혼잣말로 그녀는 사르트르가 그녀의 것임을 분명히 했다. 비앙카 비넨펠드가 참전 중이었던 사르트르를 면회하러 가겠다고 통보했을 때, 보부아르는 크게 분노했다.

"그 일은 내 마음속에 격렬한 질투심을 일깨웠다. 그녀가 그를 독점하고, 그가 그녀의 것이라고 마음속 깊이 믿고 있다는 것이 나를 분노하게 했다. 그와 반대로 반다는 거슬리지 않는다. 그녀에게는 오히려 애정을 느끼기까지 한다. 하지만 그녀조차도 사르트르가 어느 정도 그녀의 것이라고 생각하고 있는 것은 슬픈 일이다."

시몬 드 보부아르의 가슴속에 일었던 폭풍, (삶을 송두리째 흔들었던) 열정과 자기억제 사이의 동요는 세계대전을 배경으로 일어났던 일들이다. 보스트와 사르트르는 군복무 때문에 파리를 떠나 있었다. 자신의 개인적인 위기는 쫓아냈지만 정치적인 위기는 도처에 현존하고 있었다. "아침에 눈을 떴을 때 몰려드는 불안은 거의 병적이다. 불현듯 모든 것이 다 거기 있는 것이다. 전쟁, 이별, 황폐." 파리에는 '우연적인 사랑'들만 남아 있었다. 보부아르는 그들 앞에서 '필연적인 사랑'에 대한 믿음을 관철시켜야 했다. 오늘날까지도 그들 사이의 계약 내용을 누가 만들었는지, 사르트르였는지 보부아르였는지 확실치 않지만, 여하튼 그녀는 그 계약을 자발적으로 지키고 있었다.

시몬 드 보부아르의 『진중일기』와 함께 지성인의 파트너십에 새로운 전기가 도래했다. 남자들과의 대창(對唱)에서 여자의 목소리를 독립시켰다는 데에만 그 발전의 의미가 있는 것이 아니다. 보부아르가 스스로에게, 그리고 다른 사람들에게 끈질기게 밀어붙였던 경험들이 바로 새로운 것이었다. 무엇보다도 그녀가 그것에 대해 이야기하는 방식이 새로웠다. 지성인의 관계는 언어에 의존하는 하나의 소통형식이다. 마리안네 베버의 살롱에서, 뮌헨의 보헤미안들 사이에서, 파리의 카페들에서 성욕과 그것이 지닌 가히 혁명적인 폭발력이 대화의 테마가 되었다. 그에 대해 쏟아지는 모든 말들은 남자에게 있어서든 여자에게 있어서든 이미 금기를 깨는 것을 의미했다. 그로부터 20년 뒤에 이루어진 보부아르의 독백들 속에는 에로틱한 욕구와 심리적 고뇌를 자유롭고 냉정하게 고백하는 이미 해방된 자아가 등장한다. 성욕에 대해 이야기하는 것은 이제 도발적인 성격을 잃었다. 그 대신 체험으로 풍요로워졌다.

보부아르가 섹스를 할 때 느끼는 감정이라든가 에로틱한 기분들, 질투심 등에 대해 말하는 솔직함, 냉정함, 간결함은 오늘날에는 이제 너무나 자명한 것이 되어 있지만, 그 대담한 시도의 비범함에 대해서는 다시한 번 돌아볼 필요가 있다. 오토 그로스와 막스 베버는 파토스 없이는 성욕에 대한 이야기를 할 줄 몰랐다. 보부아르의 일기에서는 에로틱한 체험들이 무관심하게 그려진다. 그리고 그 무관심함이 20세기 내내 통용된다. 보부아르는 에로틱한 센세이션을 일상적인 경험으로 말한다. 그것은 조금 눈길을 끌기도 하지만, 대단한 감정을 폭발시켜야 할 일은 아니다. 사랑과 성에 대한 이야기에서 파토스를 빼는 것, 그것을 누그러뜨리는 것은 근대로 이어지는 일상의 혁명이다.

초대받은
여자

전쟁이 지속되는 동안 남자들의 부재가 가져다준 자립성을 새롭게 획득한 후, 시몬 드 보부아르는 1943년 자신의 삶의 소재를 스스로 관리하면서 그것을 독자들에게 연구 대상으로 제시할 수 있었다. '트리오'를 시도했던 경험과 전쟁으로 인한 남자들과의 이별이 그녀를 소설가로 만들었다. 그리고 소설가가 된 보부아르는 지나간 실험을 미래를 위한 모델로 과감히 내보여주었다.

보부아르의 첫 번째 문학적 성과였던, 소설 『초대받은 여자』는 어떤 '트리오'의 동거를 그리고 있다. 파리의 친구들 사이에서는 이 소설의 실제 모델이 이미 알려질 대로 알려져 있었다. 게다가 그 책은 올가 코사키에비츠에게 헌정한 것이기도 했다. 소설 속 커플인 피에르와 프랑소아즈는 어린 처녀 크사비에르를 파리로 초대한다. 시골에선 그녀의 재능을 펼칠 기회를 잡을 수 없기 때문이다. 젊은 처녀는 그들의 초대를 받아들이고, 두 사람과 함께 파리의 카페와 재즈클럽 등을 전전한다. 하지만 그녀는 스스로 어떤 의미도 찾을 수 없다. 그녀의 마음속에는 멘토들의 보호와 감시에 대한 반항심만 쌓여갔지만, 그녀는 그들과 머물며 마조히즘적 자기 훼손을 통해 그들에게 저항한다. 그녀의 히스테리로 인한 긴장은 참을 수 없을 지경에 이른다. 프랑소아즈는 결국 짐이 되어버린 친구를 살해하는 것으로 짐에서 벗어나 해방된다.

이 결말은 이 책의 절제된 리얼리즘과 계몽적 의도를 위반한다. 『초대받은 여자』는 반(反)-간통소설이다. 다른 무엇보다도 그것이 삶의 조건에 대한 철학적 성찰을 바탕으로 하고 있다는 점에서 그렇다. 전통적인 간통소설이 부르주아의 도덕사에 기여한다면, 보부아르의 삼각관계 이야기는 그에 반해 사르트르의 실존주의를 보여준다.

『진중일기』에서, 훼손하면서 동시에 보호하고 있는 그 자의식은 소설 속에서 생을 위협할 만한 공격에 노출되어 있다. 사르트르의 여인들이 보이는 불손함에 대한 보부아르의 탄식, 보스트의 여자친구를 향한 그녀의 질투심, 이성(理性)의 프로그램에 반하는 이 모든 작은 죄악들은 소설 속에서 엄청난 자리를 차지한다. 커플의 삶에 끼어 들어온 크사비에르는 프랑소아즈에게 있어서 자아상을 비춰주는 거울이다.

프랑소아즈의 자의식에 대한 가장 날카로운 공격은 이 소설의 2부

4장에서 나타난다. 소설의 가장 중요한 이 부분에서 세 사람은 담배 연기 가득한 어느 레스토랑에 간다. "아주 작은 것 하나하나까지 세비야의 무도장을 모방해서 만든" 레스토랑이다. 그곳은 1930년대 만남의 장소에 유행했던 특징들을 보여준다. "실내의 공기는 찌는 듯 뜨거웠고" 플라멩코와 스페인 노래들이 손님들을 몽롱하게 만들었다.

세 사람 모두가 통제력을 잃게 되는 위기는, 피에르와 프랑소아즈가 주고받는 다정한 눈빛이 마음에 들지 않는다는 크사비에르의 트집으로 시작된다. 그때부터 세 사람의 마음속에 퍼지기 시작하는 분노와 증오로부터, 프랑소아즈는 마침내 스스로를 해방시킨다. 그러고는 그때부터 고독하게, 정체성의 위기 속으로 더 깊이 침잠한다. "그녀는 어느새 크사비에르의 눈으로 공간들, 사람들, 그리고 피에르의 웃음을 보고 있었다. 그녀는 심지어 크사비에르가 그녀에게 가져다주었던 감정들 속에서만 자기 자신을 알아볼 수 있는 지경에 이르렀다. 그러면서도 더욱더 크사비에르와 융화되려고 노력했다. 그러나 이처럼 불가능한 것을 향한 노력 끝에 그녀가 도달한 곳은 자신을 완전히 파괴하는 일이었다." 자아의 파괴는 자의식의 문제 속으로 더 깊이 이어진다. 이 자의식의 위기는 보부아르가 『진중일기』에서 묘사하고 있다. 그 안에서는, 시기와 질투, 소유와 무소유, 다른 여자들과의 경쟁, 소유물에 대한 강탈 등 제어되어야 했던 문제들이 그려진다. 그와 반대로 소설 속에서는 경쟁자와의 대립 속에서 인물의 해체가 이루어진다.

소설의 뒷부분에 나오는 대화 속에서 피에르와 프랑소아즈는 그들의 경험을 낯선 주체의 출현으로 인한 실존적 위협으로 이론화한다. 몸으로 겪은 이 이론은 프랑소아즈의 구원 시도에서부터 그녀의 결단, 즉 타자를 살해하고 마는 행위에 이르기까지 결정적인 동인이 된다. 이 해방의 행위가 있고 난 뒤에야 비로소 '나'는 확고해지고, 소설은 부조리한 성공사례 보고로 끝을 맺는다. "그녀의 행위는 단지 그녀의 것이다. '나는 그것을 원한다.' 그녀의 의지는 그 순간 완성되었다. 그 어떤 것도 그녀를 그녀 자신에게서 분리시키지 않는다. 그녀는 마침내 선택하였다. 그녀는 스스로 선택하였다." 이러한 결론으로 소설은 그것의 모토를 제시한다. 그것은 헤겔의 『정신현상학(*Phänomenologie des Geistes*)』에 나오는 하나의 문장인데, 보부아르가 조금 변형하여 그녀의 것으로 만들었다. "마찬가지로 모든 자각은 타자의 죽음을 향해 가는 것이다."

주체가 자신의 도플갱어로 시뮬레이션한 대립자의 죽음은 철학적으로 정당화될 수 있는 것처럼 보인다. 그러나 실존주의라는 극적 갈등이 소설의 본래 기능을 변조한다. 세 사람의 모든 문제점, 『진중일기』에도 기록되어 있는 문제점들을 허구의 인물들을 도구 삼아 다시 이야기하고 있는 심리분석적 연구. 다른 무엇보다도 여자 주인공이 어린 소녀에게 보이는 애착, 그다음에는 그녀를 향한 시기, 질투, 소녀의 부정한 행동, 그리고 소설의 새로운 모티프, 두 번째 연인이 다른 남자들과 바람피우는 것을 견디지 못하는 남자 주인공 피에르(혹은 아예 사르트르라고 말하는 것이 좋을까?)의 지배욕과 질투.

　자서전에서 보부아르는 그 소설에서 사랑과 섹스에 대한 이야기는 배제했다고 설명한다. 그러지 않았다면 이 소설이 독자들에게는 진부한 오락소설로 받아들여졌을 것이기 때문이라고. 그녀는 사람들이 그 소설을 유치한 사랑 이야기라고 생각할까 봐 두려웠다고 한다. "나는 주인공으로 두 여자를 선택했다. 그렇게 함으로써 (…) 그들의 관계에서 섹스라는 측면을 걷어낼 수 있다고 생각했다." 그 연애소설은 그렇게 한 편의 철학적 교양소설이 되었다. 한 장 한 장 소설을 읽어갈수록 세 인물 모두에게 고조되기만 하는 불행은 독자들로 하여금 이런 질문을 던지게 만든다. 그들 셋은 왜 차라리 모두 헤어지지 않는가? 소설 속 인물인 프랑소아즈도 이 질문에서 벗어나지 못한다. "그들의 사랑은 어째서 오로지 서로를 괴롭히는 것에만 집착하고 있을까? 이제 그들을 기다리고 있는 것은 어두운 지옥뿐이다." 이 소설의 작가인 시몬 드 보부아르는 그에 대한 답을 물론 알고 있다. 그것은 성적 본능을 자극하는 매혹 때문이다. 하지만 보부아르는 성적 매혹이라는 명백한 이유를 우정 어린 애정으로 순화하기로 결심한다. "부풀어 오른 감정으로 그녀(크사비에르)는 프랑소아즈의 얼굴을 두 손으로 감싸고 열정적으로 키스하기 시작했다. 그것은 경건한 숭배의 키스였다. 그것으로 크사비에르는 모든 더러움에서 정화되고 자아에 대한 존중을 되찾았다. 그녀의 부드러운 입술을 느끼며 프랑소아즈는 심장이 부풀어 오를 만큼 너무도 고귀하고, 지상을 벗어난 것 같은 신성한 기분이 되었다. 그러나 그녀는 우정을 원하지는 않았다." 그녀는 그렇게 젊은 동성 애인이 자신에게 바친 존경에 대한 성찰을 마친다. 그것은 "무방비 상태의 우상인 그녀에게 바치는 열광적이고 동시에 당당한 의식"이었다.

이 소설이 복잡한 장치들을 동원하며 하나의 새로운 라이프스타일을 보여주었는지는 모르지만, 그 새로운 삶의 구상이 갖는 장점, 필연성, 그리고 근대성을 부각시키는 일은 소홀히 했다. 사랑의 행복(레즈비언으로서 나누는 사랑도 포함해서)에 대한 고백이 드러나지 않는 한, 그 많은 희생자를 낳은 미래 지향적 프로젝트는 그저 하나의 답답한 관념에 머물 뿐이었다.

두 사람 사이의
희생자

"우리는 매우 조화롭고 균형 잡힌, 셋의 공동체를 구축하고자 했다. 세 사람 가운데 어느 누구도 희생을 감수했다는 느낌을 갖지 않아도 되는 공동체. 그것은 어쩌면 무모한 모험이었을 것이다. 하지만 이루어질 수만 있었다면, 충분히 가치 있는 일이었을 것이다! 크사비에르가 질투심 가득한 어린 소녀가 되고, 당신이 스스로를 불행한 희생양으로 느끼게 되고, 나는 나대로 둥지에 틀어박힌 수탉이 되면, 우리들의 이야기는 말도 안되는 수준으로 추락하기 시작한다."

소설의 인물 피에르는 실패한 삼각관계에 좌절하며 그렇게 말한다. 소설 속에서뿐만 아니라, 실제 삶에 있어서도 '트리오'는 어떤 수준의 문제였다. 그것을 위해 얼마만큼의 희생을 감수할 만한가, 하는 수준의 문제. 소설 속에서 세 사람은 셋이서 황홀했다. 그들이 파리의 카페들에 나타날 때도 그런 인상을 주위 사람들에게 각인시켰다. 피에르 혹은 사르트르가 요구했던 수준은 이성으로 충동을 지배하고, 성욕을 침착하게 통제하고, 운명 따위는 물리치고, 일상을 사려 깊게 관리하는 것이었다.

이 목표를 위해 그 커플은 스스로를 제물로 삼았다. 또한 다른 사람들도 목표를 위해 희생시켰다. 보부아르가 관계를 맺었거나 사르트르와의 관계를 주선했던 여학생들은 그런 교제를 받아들일 만큼 성숙하지 않았다. 인생의 경험 측면에서도 그렇고, 지성적인 능력 면에서도 마찬가지였다. 이런 것을 확인하기 위해, 그들을 알고 있었던 어떤 여성이 올가 코사키에비츠에 대해 했던 말을 끌어올 필요도 없을 것이다. "그녀는 그만큼 강하지 않았어요. 철학과 '체험한 것' 사이의 지난한 균형과 강한 인성을 요구하는, 그 삼각관계를 실제 삶에 적용할 수 있을 만큼 강한 사람이 아니었어요."

보부아르는 '우연적인 사랑'이라는 프로그램을 관철하기 위해 그녀가 어린 소녀들에게 주는 매혹적인 인상을 충분히 이용했다. "아마도 나는 이 소녀들이 그 나이 때 으레 갈구하기 마련인, 그런 신화적인 이미지에 어울리는지도 모르겠다."라고 보부아르는 1939년 『진중일기』에 썼다. 그 무렵 첫 번째 '트리오'가 실패로 끝나고, 비앙카 비넨펠드(일기에서는 베드린(Védrine)이라고 불렸다)가 새로운 트리오를 제안했었다. '진정성'은 사르트르의 철학에서 주체와 커플의 교육 목표로 제시하고 있는 것이다. 보부아르의 회상에 따르면, 베드린 비넨펠드도 사르트르-보부아르 커플과의 '트리오'에서 동등해지기 위해 진실한 모습을 보이려고 노력했다. 어린 소녀가 그것을 추구하며 보였던 폭풍 같은 열정을 보부아르는 불편하게 느꼈다. "그녀가 나 때문에 혼란을 겪고 있는 모습을 보면, 그건 마치 어떤 습격처럼 느껴진다." 이렇게 불편한 느낌을 받는 이유는 그들의 저돌성 때문이었을 것이다. 올가 코사키에비츠에 대해서도 그런 판단을 내린 적이 있듯이, 어린 그녀들의 저돌성이 보부아르의 마음에는 거슬렸던 것이다. 또 다른 이유는 다른 사람의 열정을 그녀 자신의 관념으로 길들이는 것에 따르는 어려움이었다. 소녀들은 보부아르-사르트르 커플이 자제하기를 요구했지만 거부했다. 그들은 사랑하고, 반항하고, 몽상하고 그리고 슬퍼했다. 그들은 행복에 빠졌다가, 이내 울부짖기도 했다. 모든 것이 엉망진창이었다. 여하튼 이 모든 것들은 우아하게 카페에 오가는 그 커플의 침착함에는 어울리지 않았다.

보부아르의 자서전에서 이들은 모두 보조역할에서 벗어나지 못한다. 오로지 비앙카 비넨펠드(결혼한 뒤에는 비앙카 람블린)만이 그에 대한발언권을 손에 넣었다. 보부아르의 편지와 일기들이 출판되면서 그녀가 이 커플과 맺었던 관계가 세상에 알려지고, 비넨펠드 자신도 그것을 통해서야 비로소 그 계약 커플이 그녀의 우정을 얼마나 우스꽝스럽게 농락했는지를, 그리고 그녀가 이 프로그램을 위해 얼마나 문제가 많은 방식으로 교육되었는지를 깨닫게 된다. 그리하여 그녀는 보부아르의 『얌전한 처녀의 회고담(*Mémoires d'une jeune fille rangée*)』(1958)을 비꼬는 제목으로『방탕한 처녀의 회고담(*Mémoires d'une jeune fille dérangée*)』(1994)을 출판했던 것이다. 비넨펠드는 그 커플을 감싸고 있던, 오늘날까지도 그들을 감싸고 있는, 그 아우라를 벗겨내고자 했다. 그녀의 책은 다음과 같은 비난으로 끝난다.

"의심할 여지 없이, 보부아르의 죽음은 나를 해방시켰다. (⋯) 나는 그녀의 진실이 가진 형체와 우리들의 오랜 관계에 대한 진실을 코앞에 대면하게 되었다. 마침내 내 눈이 뜨였다. 결국 사르트르와 시몬 드 보부아르는 내게 나쁜 짓만을 했다."

그것으로 비앙카 람블린은 사르트르와 보부아르가 그녀뿐만 아니라 그들의 '트리오'에 들어왔던 다른 모든 제삼자들을 위해 고안한 교육 프로그램을 최종적으로 거부한 것이다. "그녀는 나를 이념에 따라 변화시키려고 했다. 그 이념은 그녀와 사르트르가 고안했던 것들이었다." 그 커플이 추구했던 라이프스타일에 대한 교육도 당시 열일곱 살이었던 비앙카 비넨펠드에게는 버거운 것이었다. 후에 비넨펠드는 그녀가 받았던 교육을 관통하고 있던 이념을 "지배욕"이라고 표현한다. 물론 그것은 그 커플보다는 교육 프로그램을 지칭하는 말이다. 사르트르-보부아르 커플조차도 그 프로그램 안에서 괴로워했음이 틀림없다. 비넨펠드의 보고를 그대로 믿어본다면, 사르트르는 그녀의 유혹 앞에서 충동보다는 어떤 의무감을 따랐다. (오토 그로스라면 어땠을지 한번 생각해보라.) 처음 사랑을 나누었던 밤은 그다지 황홀하지는 않았던 것 같다.

"어떤 감정적 온기가 긴장을 풀어주지 않았다. 진정으로 마음에서 우러나온 몸짓이라고는 하나도 없었다. 나는, 이 남자는 지금 이미 만들어져 있는 어떤 학습된 프로그램에 따르고 있구나, 하는 인상을 받았다. 마치 일종의 외과 시술이 준비되어 있는 것 같았다. 내가 그저 내 몸 위로 가만히 받아들이기만 하면 되는 수술. 어쨌거나 그날은 아무 일도 일어나지 않았다."

그와 반대로, 일생 동안 지속되었던 시몬 드 보부아르와 비넨펠드의 우정은 조금 더 진실하고 에로틱한 애정에 뿌리를 두고 있었다. 비넨펠드도 고백하고 있듯이, 그들은 여제자였던 그녀가 먼저 애인이 되기를 자처함으로써 맺어진 사이다. 그리고 보부아르는 그로 인해 매우 행복했던 것 같다.

"사르트르와는 달리, 그녀는 다행스럽게도 관심을 기울이는 법을 알았다. 나를 만나고, 나와 이야기하는 것을 그녀가 무척 좋아하는 듯이 보였다. 그녀는 차갑게 느껴지지 않았다. 그녀의 상냥함은 진심인 것 같았다."

물론 보부아르는 비앙카 비넨펠드를 대할 때도 사르트르와의 계약에 복종했다. 다른 사람과 열정을 나누는 것은 허용했지만 감정적 친밀감을 쌓는 것은 허용하지 않았다.

"카스토르가 나에게 그녀의 근심에 대해 이야기한 적은 단 한 번도 없었다. 때때로 그녀를 무섭게 사로잡는 공포에 대해서도 마찬가지다. 그녀는 사르트르와 맺은 계약의 '공식적인' 규율을 따라야 한다고 말했다. 그녀의 동반자가 저지르는 빈번한 사랑의 모험들을 눈앞에 보면서도 그녀는 침착함을 유지했다."

비앙카 람블린은 회상 속에서 보부아르의 침착함이 진실이었을지 의문을 제기한다. (소설 『초대받은 여자』는 그녀의 의문이 정당하다는 것을 증명하고 있다.) 보부아르는 사르트르가 제안한 계약 조항들 때문에 과도한 스트레스를 받았으며 걷잡을 수 없는 질투에 사로잡혀 쓰러지기도 했었다.

"그 당시에는 전혀 짐작하지 못했다. 내 앞에서 보인 그녀의 울적한 기분이 내가 사르트르와 벌이고 있던 목가적 연애와 관계가 있는 거라고는 생각도 못했다. 내가 그녀에게 바친 악의 없는 신뢰 때문에 그녀가 '세 사람'의 관계를 조율해나갈 수 있긴 했지만, 때때로 병적인 질투심에 사로잡히곤 했다. 그녀가 나를 변덕스러운 기분으로 대할 때면 나는 고통을 느끼지 않을 수 없었는데, 적어도 그런 기분의 일부는 그녀가 가진 희미한 두려움, 사르트르가 새로운 관계를 시작할지도 모른다는 두려움과 맞닿아 있다."

'트리오'를 이루고자 하는 유토피아를 위해, 그렇게 그들 모두는 대가를 치러야 했던 것이다. 보부아르, 사르트르, 그리고 그들의 연인은.

위기의 핵심

비앙카 람블린이 입을 열지 않았더라면, 사람들은 지금까지도 시몬 드 보부아르가 동성 애인들과의 관계에 대해 직접 했던 말들만을 믿고 있었을 것이다. 극단적인 정직함(그것 때문에 그녀 또한 겪어야 했던 어려움들을 후대에 전하고 있기도 한데), 그것은 보부아르가 바쳐야 했던 하나의 희생양이었다. 보부아르가 자서전의 2부에서 그녀와 사르트르의 미성숙함에 대해 고백했던 부분은 매우 특이하다. 그들이 스스로 기획했던 프로젝트를 이행하기에 두 사람 모두 충분히 성숙하지는 못했다는 것이다. 『한창때』는 '지성인의 결혼'에 대한 고백의 거울로 읽힌다. 커플관계의 근대화 과정에서 그때까지 이미 많은 남자들이 앞다퉈 의견을 피력했었지만, 여성의 목소리가 또렷하게 울리기 시작한 것은 그것이 처음이었다. 보부아르는 페미니즘 운동과 거리

를 두고 있었다. 자신의 사명은 남성과 여성의 화해와 어떤 지배로부터
도 자유로운 공동생활 구조를 만들어내는 데 있다고 보았기 때문이다.
그럼에도 불구하고 후세의 명성은 그녀를 페미니스트로 만들었다. 여성
들은『제2의 성』에서 자신을 누르고 있던 억압이 메아리치는 소리를 들
었다. 하지만『한창때』에는 그다지 주목하지 않았다. 이 책이야말로 남
자와 여자의 소통에 대하여 쓰인, 제대로 된 계몽서인데도 말이다.

　『한창때』에서 사르트르는 관습을 벗어난 새로운 기획의 창조자로 등
장한다. 다만 그 기획을 너무나 관습적으로 관철시킬 줄밖에 모르는.
그 숱한 '우연적인 사랑'을 고백하면서도 그는 자신에게 유리한 해석을
내놓는다. 그럴 때 보면 "순수하게 감정적인 지배자적 욕구"만이 문제가
되었다고, 보부아르는 지적했다. 사르트르는 올가 코사키에비츠의 마
음이 보스트에게로 기울어지는 것도 인정하지 않았는데, 그것을 곁에서
지켜본 보부아르가 이와 같은 판단을 내렸던 것이다. 이 모던한 남자의
고루한 질투에 대해 변증법적 해석을 하고 있는 보부아르의 말은 마치
무슨 유감 표명처럼 들린다. "이 관계의 특별한 성격은 부정의 방식을 통
해서만 드러난다. 사르트르는 배타적 권리를 요구했다. 올가에게 그 누
구도 사르트르보다 더 중요해서는 안 되었다." 그러한 통찰은 그녀가
한때『초대받은 여자』속에서 보여주었던 비판을 부인하고 있다. 그 소
설 속의 남자 주인공, 즉 사르트르와 동일시되는 등장인물은 사랑에 빠
진 바보가 되어 체면도 내던지고 연인의 방문 앞에 쭈그리고서 열쇠구멍

을 통해 그녀가 사랑을 나누는 장면을 몰래 엿본다. 그러나 올가와 사르트르가 만나고 있을 때 그 문 앞에 서 있었던 것은 보부아르였다.

"올가는 나와 인사를 나눈 뒤 싸늘하게 돌아섰다. 그러고는 크게 웃으며 사르트르와 함께 밀회를 즐기러 갔다. 그들은 꿈같은 시간을 보냈다. 둘이 함께 세상을 보고, 그것들을 향유했다. (…) 나는 완벽한 박탈감에 빠졌다. 허무함 속에서 헤매고 있었다."

자아 파괴에 대한 위협은 너무나 심각한 체험이라는 것을, 보부아르는 그로부터 25년 뒤에 출간한 자서전에서 또 한 번 강조한다.

"올가는 내가 이제까지 별 탈 없이 (…) 회피해왔던 진실에 얼굴을 맞대게 만들었다. 다른 여자들도 나와 똑같이 존재하고 있다는 진실. 똑같이 명백하게. (…) 그녀는 내 옆에 서서 낯선 눈빛으로 나를 쳐다보고 있었다. 어떤 물체를 바라보듯 나를 대하는 눈빛이었다. 때로는 하나의 우상이고, 때로는 한 명의 적인 물체."

사르트르가 다른 여자들에게 쏟는 애정은 때때로 너무 진해서, 보부아르에게 어떤 우선권이 있다는 걸 인식할 수도 없을 정도였다. 보부아르에게는 악몽 같은, 그런 인물들 가운데 한 사람이 카미유라는 여자였다. 사르트르의 친구들은 그녀를 거의 신화적인 인물로 치켜세웠다. 보부아르는 이 매력적인 여자를 만나보기로 결심했다. 그 만남에서 보부아르는 경탄이 아깝지 않은 여자를 보게 되었다. 그때까지 여자친구들을 지휘하고, 그녀들을 사르트르에게 선사하는 일에 능숙했던 보부아르는 이 눈부신 경쟁자 앞에서 자신이 소멸되어버리는 기분을 맛보았다.

"나는 그 순간까지 내가 겪었던 불편한 느낌들 가운데 최악의 감정에 사로잡혔다. 그것은 '시기심'이라는 감정이었다. 카미유는 우리 둘 사이에 어떤 감정 게임도 일어나지 않게 했다. 그녀의 우주 속에서 하나의 부수적인 역할을 맡으라고 나에게 지시했다. 나는 그녀에게 그런 요구를 할 만한 자부심을 더 이상 느낄 수 없었다. 그녀의 모든 것이 단지 허상일 뿐이라는 확신을 가질 수도 없었다. 사르트르의 판단, 나 스스로의 확신이 그것을 막았다. (…) 나는 카미유에 대한 생각에서 벗어날 수 없었다. (…) 나 스스로가 그녀 앞에서 떠벌렸던, 우월함에 의지해보고자 했다. 그러나 거기서 비롯되는 모순이 시기심을 고문으로 바꾸었다. 몇 시간 동안을 나는 고통스러워했다."

보부아르가 말하고 있는 것처럼, 그녀를 무릎 꿇게 했던 것은 질투심이 아니라 현혹이었다. 이것은 지성에 의지한 결혼 혹은 파트너십이 야기하는 병적 증상으로 간주될 수 있다. 그것은 파트너의 에로틱한 감정이입에서 비롯된다. 지성적인 파트너십이 길들이고자 했던 감정의 카오스는, 파트너의 정신적 작업뿐만 아니라 그의 에로틱한 탈선과 방탕도 함께할 것을 요구한다. 만약 사교 모임의 많은 여자들 중 한 사람으로 카미유를 만났다면, 보부아르는 그녀 앞에서도 '충분한 자신감'을 가질 수 있었을 것이다. 상대방의 외모에서 뿜어져 나오는 광채를 인정하고

안 하고 하는 문제와는 아무 상관 없이. 그러나 사르트르의 찬양은 이 여인에게 아우라를 주었다. 보부아르가 알고 있는 사르트르의 에로틱한 부분이 이 경쟁자를 더 돋보이게 만든 것이다. 이것은 그 어떤 화려한 경쟁자의 등장보다 더 심각한 사고의 마비를 초래한다.

보부아르와 카미유가 만나는 장면은 '지성인의 결혼' 혹은 모든 자유로운 파트너십에 있어서 위기의 핵심이 무엇인지 밝혀준다. 두 사람 사이의 감정적 친밀함은, 둘 중 하나의 애정관계로 인해 그들 사이에 끼어들게 되는 제삼자가 더욱 에로틱한 매력을 지닌 것처럼 느끼게 만든다. 우연히 엮이게 된 그 제삼자에게 걸맞지도 않은 찬사들을 늘어놓게 되면서, 서로에게 베풀 수 있는 관용의 한계를 위태롭게 한다.

보부아르는 이런 위기에서 벗어나는 길을 찾아냈지만, 그에 대해 구구절절 쓰지는 않았다. 그 길은 현혹에서 관음증으로 이어지는 길이다. 즉 눈이 먼 상태를 벗어나 눈을 크게 뜬 관객이 되는 것이다. 보부아르가 그녀의 자서전에서 스파이와 중매인의 역할을 보여주었다면 현실에서 그녀는, 비록 억울하기는 하지만, 제2의 메르티유 후작부인이 되어 이야기에 끼어들었다. 관음증으로 비앙카 람블린을 유혹하면서 보부아르는 처음으로 그녀를 분노하게 만든다. 희생양의 당연한 분노를 받아내며, 보부아르는 『진중일기』의 어떤 부분을 읽어보라고 말한다. 파리에 머물러 있던 보부아르와 전장에 나가 있던 사르트르가 포르노그래피 같은 편지들을 무수하게 주고받았던 일을 기록한 부분이다.

"실제로 보부아르는 다른 사람의 은밀한 삶을 들추는 것이 화제에 오르면, 부끄러워하지 않고 무엇에 대해서든지 이야기했다. 때때로 아주 미세한 디테일들에 대해서까지 탐닉했다. 그녀는 종종 이야기를 듣는 사람, 즉 섹스가 주는 안락함을 박탈당한 그 가엾은 군인의 상상력을 북돋우기 위해 유혹적인 장면들을 요란하게 장식했다."

관음증적인 태도로 관여하자 보부아르는 시기심이 잦아들었다. 어쨌거나 파트너의 모든 부분들을 다 받아들이는 것, 다시 말하면 그의 에로틱한 사생활까지도 구석구석 다 알아야만 하는 것은 이 새로운 결혼 프로그램에서는 불가피한 일이었다. 외설스러운 이야기는 친근함을 상승시킨다.

『한창때』에서 보부아르는 자신을 하나의 인물로 창조해놓았다. 그것은 그녀가 세상 앞에, 그리고 후대 앞에 보이고 싶었던 모습 그대로를 재현한 인물이다. 루소와 같은 솔직함으로 그녀는 고백한다. 그 고백은 그녀의 실패를 감추지도 않고, 그녀의 업적을 축소시키지도 않는다. 관습으로 묶여 사는 부부의 친밀함이 그때까지는 침묵에 에워싸여 있었다면, 이제 여기서 현대적인 부부관계의 내적 삶에 대한 이야기가 최초로 이루어진 것이다. 성관계의 개혁을 추구했던 하이델베르크의 학술적인 논문들과는 다르게, 보부아르는 자신의 삶과 체험으로 구상한 바를 직접 보여주었다.

그러나 그녀를 가장 깊은 위기로 몰아넣은 것은, 사르트르의 방탕이

나 다른 여자들과의 경쟁이 아니었다. 보부아르는 그녀의 혁신적인 실존에 가장 격렬한 충격을 사르트르와의 관계에서 경험하게 되었다. 그토록 오랫동안 추구해왔던 행복이 바로 그 결합의 밀접함 때문에 위협받게 되었던 것이다. 성적인 욕구는 고통스러운 방법으로 그녀에게서 자유를 앗아갔다.

"그의 격렬함은 나의 방어할 수 있는 범위를 넘어서는 것이었다. 그리움이 정신적인 고통으로 그치는 것이 아니라 육체적 통증이 될 수도 있다는 것을 알게 되었다."

당시(20세기 초) 평범한 결혼생활을 하던 여자들과 달리 보부아르는 성욕을 마음껏 해소하지 못했을 것이다. 사르트르는, 오토 그로스처럼 결혼의 구속에서 여자들을 해방시키는 구원자가 아니었다. 그는 오히려 의식 있는 여학생들에게 자부심을 안겨주는 한 대학생에 불과했다. 사르트르는 새로운 삶의 모델을 제시하며 보부아르를 놀라게 했다. 그 삶의 모델은 진보적으로 사고한다고 자부하는 여자라면 동의할 수밖에 없는 것이었다. 그것이 어떤 결과를 낳을지는 예측할 수 없으면서도. 열등감도 분명히 있었다.

"나의 자유가 내 몸을 바치며 얻어낸 것이라는 사실을 내가 느끼지 못했더라면, 나의 지적인 기생생활이 나를 조금 덜 불안하게 했을지도 모르겠다. 그러나 이 불타는 듯한 광기, 내 작업들의 무의미함, 다른 사람을 위해 나 자신을 포기하는 것, 이 모든 일들이 나를 죄의식과 패배감으로 몰아넣는다."

즉 사르트르의 외도뿐만 아니라 그의 지적인 우월함이 보부아르에게 가장 힘겨운 위기를 가져온 것이다. 보부아르의 '지적인 기생'과 '육체적 의존'이 사르트르에게 과도한 우위를 부여한 것이다. 정신적 합일과 감각적 쾌락을 나눌 수 있는 이상적인 결합일지라도 파트너 사이의 동등함이 불확실해지는 순간 깨어져버릴 수 있다. "이런 말을 해야 할 때는 마음이 흔들린다. '우리는 하나다.' 두 개인 사이의 조화란 결코 존재하지 않는다. 그것은 항상 끊임없이 새로 성취되어야 하는 것이다."

보부아르는 페미니즘과는 거리를 둔 채, 여성해방운동의 파르티잔이 되었다. 그것을 위해 남자들은 여자들만큼의 대가를 치르지 않았다.

"나 자신에게 묻게 되는, 그런 순간들이 있었다. 나의 행복이란 것이 끔찍한 거짓말들에 의존하고 있는 것은 아닌가, 하고 묻게 되는 순간들이."

사르트르의 관점에서

장 폴 사르트르라는 남자는 도대체 이 실험에서 어떤 의미를 지닐까? 첫 번째 실험의 시기, 이 커플에게 가장 중요한 시기였던 '트리오' 실험 시기, 그리고 1930년대 '작은 가족'이라는 실험의 시기에 사르트르는 보부아르보다 훨씬 많은 수의 저작들을 다양한 분야에서 쏟아내었다. 희곡, 일기, 편지, 학술논문, 철학 보고서 등. 보부아르의 저작들처럼, 사르트르의 저작들 속에도 간과할 수 없을 만큼 그의 삶이 반영되어 있었다. 에로티시즘의 해방을 경험하며 사르트르는 거기서 하나의 철학을 만들어냈다. 실존주의였다.

1940년대 이후, 누구나 알고 있는 실존주의의 주인공은 사르트르였다. 실존주의는 1930년대에 시도되었던 에로틱한 실험들에 근거하고 있다. 초기 저작에 나타나는 에로티시즘에 대한 논의는 전후에 사르트르와 보부아르가 정치적 행동에 나서기 위한 준비 과정이었던 셈이다. 그들의 정치의식은 독일이 프랑스를 점령한 뒤에야 깨어났다. 카스토르와 사르트르, 이 쌍둥이 형제는 하나로 결합하여 독일의 협력자들에게 저항하며 '사회주의와 자유(Socialisme et liberté)'라는 운동을 펼쳐나갔다. 전쟁이 끝난 뒤에는 낙태할 수 있는 권리, 베트남 전쟁 반대, 인권을 박탈당한 사람들을 위한 데모에 참가했다. 1970년대에 사르트르는 이미 널리 알려져 있다시피, 슈탐하임 교도소에 감금되어 있는 독일 적군파(RAF)의 일원들을 방문하기도 했다.

어쨌든 이전의 에로틱한 실험은 두 사람에게 함께 흘리는 땀이 무엇을 뜻하는지, 저항을 실천하는 과정에서 무엇이 필요한지를 가르쳤다. '트리오'는 보부아르와 사르트르가 실존주의적 자유라는 철학적 구상을 현실에서 실험했던 첫 번째 시도였다. 초기 저작들에서 이미 그는 신이란 무엇인가에 대해 생각하는 것이 무의미하다고 말하고 있다. 자기 자신을 창조하는 것은 인간에게 맡겨진 일이라고 보았다. 어떤 본질도 선행하지 않는 인간의 실존을 구상하는 것도 마찬가지였다. 따라서 사르트르와 보부아르는 본질적이라고 여겨지는 모든 것, 자연적이라고 간주되었던 모든 것에 반대했다. 그들의 삶은 부자연스러운 것이어야 했다. 그들은 과도하게 담배를 피웠고, 술을 마셨고, 글을 썼고, 카페에 둘러앉아 무위도식했다. 정절도 필요 없었고, 집도 아이도 그들을 묶어두지 못했다. 사후의 삶은 오직 글쓰기를 통해서만 준비했다.

말로 형용할 수 없는 사랑에 빠졌을 때에도 말의 힘은 입증되어야 했다. 편지와 저서들 속에서 사르트르는 그의 에로틱한 체험을 논쟁들이 맞부딪치는 시험대로 던졌다. 말[8]들 사이에는 해석할 수 없는 틈이 있어서는 안 되었다. 두 사람에게는 성생활보다, 비이성적인 것을 이성적으로 조정할 수 있는 시도가 더 중요했다. 보부아르와 사르트르는 그들의 책으로 살아갔다. 세상의 혼란을 어떻게 보고와 논쟁, 구문의 질서 속으로 가져갈 수 있는지를 보여주기 위해 스스로 대변인이 되었다.

오직 사랑에 대해서만 이야기하고, 감정의 매 순간순간을 만끽하고, 거대한 열정 대신 소소한 즐거움을 누리는 것이, 그들이 살았던 시대에는 뻔뻔스러운 일이었다. 더군다나 그런 일을, 마치 무슨 혁명적 대범함인 양, 인류에 대한 봉사라고 주장하는 것은 있을 수도 없는 일이었다. 보부아르와 사르트르는 오토 그로스처럼 자신들의 에로틱한 실험을 구원의 행위로 보았다. 다만 오토 그로스와 다른 점이 있다면, 여기에서는 해방에 참여하는 여성이 이미 스스로 해방된 여성이라는 점이다. "나 자신을 선택하면서 나는 인간을 선택한다." 사르트르는 그의 저서 『실존주의는 휴머니즘이다』에서 이렇게 말하고 있다. 새롭고 진실한 인간은

---

8 『말(*Les Mots*)』(1964): 사르트르의 자서전. 그는 이 작품으로 노벨 문학상 수상자로 선정되었으나, 수상을 거부했다. 2부로 되어 있으며, 각각 '읽기'와 '쓰기'라는 부제를 달고 있다.

가족의 테두리 속에서는 현실화될 수 없다.

"내가 (…) 결혼을 하거나 자식을 가지려 한다면, 설사 이 결혼이 전적으로 나의 처지나 나의 열정 혹은 나의 욕망에 달려 있는 문제라고 하더라도, 그로 인해 나는 나 자신뿐만 아니라, 전 인류를 일부일처제로 끌고 들어가는 것이다."[9]

사르트르의 저서들은 그가 파리의 여기저기에 일상적인 모습을 드러냈을 때와 같은 기능을 수행했다. 사르트르와 보부아르 커플이 그들의 결합을 문서화하는 것은 포기했기 때문에, 그의 책들이 사상의 유대 위에 자리 잡은 그들의 결합을 세상에 증명해주었다.

보부아르는 그 무렵 사르트르가 쓴 문학과 철학 저서들 속에, 비록 그녀가 직접 언급되지는 않더라도, 편재하고 있다. 특히 1939년과 1940년의 일기 (거기서 그는 다음 소설의 초안을 잡고자 했는데) 안에서는 그녀와 나누었던 대화들이 거듭 등장하고 있다. "우리는, 카스토르와 나는, 자주 그 일에 대해 토론했다."[10] 1940년, 한번은 이렇게 쓰고 있다. "카스토르와 내가 위협적인 전쟁의 원인이 무엇인지에 대해 토론하려고 했을 때, 우리가 부딪쳐야 했던 어려움이 어떤 것들이었는지 나

---

9 사르트르의 『실존주의는 휴머니즘이다』에 나오는 문장으로, 인간이 스스로 선택을 할 때, 이 선택이 온 인류와 연관되어 책임이 따른다는 의미이다.

10 사르트르의 『일기』 중 1940년 3월 7일자. - 원주

는 기억한다." 또다시 등장하는 표현. "카스토르와 나." 이것은 신화에 나오는 쌍둥이 형제를 칭하는 것인데, 한쪽이 어떤 생각을 던지면, 다른 한쪽이 그에 이의를 제기한다. 사르트르는 보부아르를, 이 생산적인 반항아를, 그의 철학적 알레고리로 치켜세웠던 것이다. "그녀의 의자 위에 앉아 있는 카스토르는 정말로 작은 형이상학적 존재였다. 그녀는 온 마음을 다해 스스로를 형이상학적으로 만들었다. 그녀는 시대 속으로 몸을 던졌고, 그 시대를 살았다. 그녀가 곧 그 시대였다." 그녀와 함께 그는 불확실한 윤곽들을 개념으로 첨예화하려고 노력하면서 시대와 맞서 싸웠다. "우리는 엄격한 정의들을 고수하려고 했기 때문에, 우아하고 연약한 사상들은 모두 던져버렸다. 우리는 날카로운 칼을 휘두르듯이 생각하는 사람들처럼 보였다. 그것을 우리는 혁명적 사고라고 불렀다. (…) 개념들을 분리하는 사고, 그것은 도덕주의자 혹은 복수를 꿈꾸는 자로 행동하는 것과 마찬가지다."

세상을 변화시키는 것, 그것은 결혼의 혁명을 꿈꾼 모든 이들이 원하던 바였다. 오토 그로스까지 거슬러 올라가면서 다시 살펴보아도, 그들이 선호했던 수단은 딱 하나였다. 섹슈얼리티. 그리고 단 하나의 매개체. 아내(혹은 여자). 보부아르와 사르트르는 단순히 한 커플의 에로틱한 관계를 변화시키는 것에서 더 나아가 사회적 관념들로 구성된 어떤 완전한 체계를 구축하고자 했다.

보부아르는 이 특별한 결합을 지배했던 지위의 격차를 인식할 만큼은 충분히 똑똑했던 사람이었다. 사르트르가 줄곧 주장했던 (그러나 아마도 실제로 그렇게 믿지는 않았을) 내적인 평등은 공적인 삶에서는 존재하지 않았다. '트리오'를 실험할 당시, 사르트르는 이미 널리 알려진 작가였고, 보부아르는 시골 고등학교 여교사였다. 사르트르는 소설 『구토(*La Nausée*)』(1938)로 첫 문학적 성과를 거두었다. 그 직후 그의 초기 논문들을 『자아의 극복(*Transcendance de l'Ego*)』이라는 책으로 출판했다. 희곡 『벽』(1939)과 『파리떼(*Les Mouches*)』(1943)는 그를 파리 연극계에서 가장 잘나가는 작가로 만들었다. 그가 이 모든 성과를 올리는 동안, 보부아르는 씁쓸한 좌절들을 맛보아야 했다. 그리고 1943년 마침내 그녀의 첫 번째 소설 『초대받은 여자』를 출간할 출판사를 찾게 된다. 그러나 바로 그해에 (처음에는 아무도 관심을 두지 않았으나) 사르트르의 가장 중요한 저작으로 꼽히는 『존재와 무』가 출간된다. 1944년 그는 오늘날까지도 최고의 작품으로 간주되는 『출구 없음(*Huis-clos*)』을 무대에 올린다.

보부아르는 자서전에서 스스로를 '지적 기생충'이라 비난했던, 열등감으로 인한 고통을 고백하고 있다. 마리안네 베버는 그녀와 막스 베버 사이에 엄연히 존재했던 지위의 격차에 대해, 남편에게 합당한 경탄을 보내며 헌신하는 것으로 응대했다. 그에 반해 시몬 드 보부아르는 격차에 대해 인정하면서도 시기와 분노를 느꼈다. 그사이 여성의 자의식이 얼마만큼 성장했는지를 그녀가 증명하고 있는 것이다.

사르트르는 스스로를 낮추는 제스처를 취하면서 열등감에서 비롯되는 여자들의 고통을 먼저 달래줄 만큼 충분히 영리하고 매너가 좋았다. 그가 보부아르에게 바칠 수 있었던 가장 값비싼 선물은 그의 자유였다. 그의 철학의 근본이 되는 사상은, 인간이란 자유 속에 내던져진 존재라는 것이었다. 그런 그가 이 소중한 자산을 단호하게 오직 '카스토르'에게만 바친 것이다. 그것은 그가 결혼과 비슷한 결합을 그녀에게 제안했다는 뜻은 아니다. 오히려 그 선물은 그녀에게 사회적 관습 따위에 구애받지 말고 아무런 조건 없이, 스스로 책임을 지며 자신과 함께 삶의 실험을 관철시키자고 제안하면서 부담을 주는 것이었다. 그는 일찍이 청소년 시절에 실험적으로, 그의 자유를 가져가라고 여자친구들에게 제안한 적이 있었다고 일기에 적었다. 그러나 그 제안은 한 번도 받아들여지지 않았다. "언젠가 나는 이 놀이에 빠진 적이 있었다. 카스토르는 이 자유를 받아들였고 그것을 간직했다. 1929년의 일이었다."

'필연적인 사랑'에서는 어쨌거나 두 개의 자유가 서로 만난다. 사르트르는 보부아르에게 내면의 도덕적 입법을 관장할 자유를 넘겨주었다. 그래서 카스토르는 종종 사르트르 앞에 원고(原告)이자 재판관으로 등장한다. 그녀와 나누었던 어떤 대화에 대해 그는 이렇게 보고한다. "카스토르가 다시금 내 앞에 나의 비열한 태도를 들이댔다." 자유에 중독된, 우월한 남자친구를 상대로 '남자의 영혼'을 가진 이 여자가 그와 같은 공개적인 저항을 벌였음에도 불구하고, 두 사람은 어쨌거나 행복한 결말을 맞았다. "그러고 나서 우리는, 카스토르와 나는 저 벌거벗은, 순간적 의식의 현기증을 경험했다. 격렬하고도 순결한 느낌이었다. 그것은 너무나 숭고해서 나는 내 생애 처음으로 다른 이 앞에 겸허해지며 무장 해제되는, 무언가를 배우고 싶은 기분에 빠졌다."

사르트르의 드라마 『출구 없음』은 오랫동안 그의 철학이 희곡으로 구현된 것으로 간주되었다. 아무튼 극에 등장하는 세 인물 속에서 '트리오'를 이뤘던 세 사람을 쉽게 알아볼 수 있다. 세 명의 죽은 자들이 있다. 여자 두 명과 남자 한 명. 그들은 아직 자신들의 죄를 고백할 준비가 되어 있지 않다. 그들이 지옥에 함께 감금되어 있는 상황이다. "형리—우리 각자는 다른 두 사람에게는 형리다." 극의 등장인물 이네스가 그렇게 말한다. 이네스는 레즈비언인데, 함께 갇혀 있는 다른 여자를 사랑하게 된다. 그리고 실제로 등장인물들은 서로 지속적으로 염탐하면서 서로를 꼼짝 못하게 한다. 이 작품은 저주에서 빠져나올 수 없음에 대한 두려움 가득한 조소와 자주 인용되는 다음과 같은 문장으로 끝이 난다. "유황, 장작더미, 석회 (…) 아, 말도 안 돼! 창살은 필요 없어, 지옥, 그건 바로 다른 사람들이야."

보부아르가 소설 『초대받은 여자』에서 '세 사람'을 지옥의 도깨비, 즉 "우리가 직접 만든 소형지옥기계"로 표현했던 것을 기억할 것이다. 사르트르의 희곡과 보부아르의 소설, 이 두 작품은 같은 경험을 다루고 있는 것으로 보인다. '일어났던 일'은 어쨌든 보부아르의 소설 속에서 더 사실에 가깝게 묘사되고 있다. 보부아르가 그 실험의 실패에 대한 보고를 하고 있다면, 사르트르는 그것에서 철학적 결론을 도출하고 있다. 보부아르의 소설은 전기적 경험들을 넘어선 곳에서, 사르트르의 사상 안으로 접어 들어간다. 『초대받은 여자』의 여주인공, 프랑소아즈가 끌어내는 자아 분석은 사르트르의 주저 『존재와 무』의 테제를 받아들이고 있다. 무엇보다도 「시선」이라는 장(場)은 보부아르가 구상한 인물들에 두드러진 영향을 미쳤다.

사르트르는 다음과 같은 격언으로 보는 것과 인식하는 것에 대한 분석을 집결시키고 있다. "'타자에 의해 관찰되는 것'은 '타자를 보는 것'의 진실이다." 이것이 또한 그의 드라마의 플롯(필연적인 상호 관찰)을 끌고 가는 원리이다. 어떤 주체가 인지한 대상을 타자가 바라볼 때, 타자는 주체를 다시금 그의 입장에서 바라볼 수 있어야만 대상과 구분될 수 있다. 주체는 타자의 시선 속에서 "있을 법한 객체"로서 존재하는 자신을 발견하고 경악한다. 주체는 자신을 관찰하는 타자로부터 어떤 대상처럼 거리를 유지할 수 없다. 왜냐하면 주체 그 자체가 보이는 객체로서 관찰자의 시선 속에 포함되어 있기 때문이다. "(타자의) 눈이 표현하는 시선은, 그것이 어떤 종류이든 간에 그 자체로 나 자신에 대한 순수한 설명이다. (…) (타자의) 시선은 그렇게 나에 의해 나를 지시하는 중간 부분이다."

보부아르는 두 여자, 즉 프랑소아즈와 크사비에르의 관계를 분석하기 위하여 자신의 소설 속에서 시선과 관찰의 현상학에 의존했다. 프랑소아즈는 자신의 경쟁자에게 내던져진 셈이었다. 왜냐하면 그녀는 경쟁자의 시선이 자신에 고정되어 있는 것을 느끼고 있었기 때문이다. 그리고 그녀가 그 시선에 묶여 있었기 때문이다. 그 시선은 주인공의 자존감과 그녀가 세상과 맺고 있는 관계를 파괴한다. 사르트르가 다음과 같은 분석에서 말하고 있는 방식으로. "관찰되는 것, 바로 그 자아의 낯설게 되기는 곧 내가 조직하는 세상이 낯설어지는 것을 함축한다."

프랑소아즈는 그녀의 파트너 피에르에게 정체성의 문제에 대해 이야기한다. 그녀는 크사비에르의 시선에 의해 위험에 처하게 되고, 해체되고, 사라지게 될 것 같은 위협을 느낀다고 말한다. 크사비에르의 관찰이 프랑소아즈를 위기에 빠뜨리는 것이다. 경쟁자인 크사비에르는 지배하는 인물이 되고, "유일한 현실"이 된다. 왜냐하면 프랑소아즈는 그녀의 초월적 "자아"를 구원할 수 없기 때문이다. 그녀는 여자친구의 동공 속에서 클리셰로 축소된다. "프랑소아즈는 모형을 가진 창백한 소재일 뿐이다." 바로 이것이 사르트르가 관찰하는 타자의 눈 속에 만들어놓고, 시선에 대한 장(章)에서 분석했던 모형이다.

보부아르의 소설, 사르트르의 철학 저서와 희곡은 두 사람의 끝없는 대화의 기록들이다. 그 작품들이 서로 밀접한 테마를 다루고 있다는 것은, 사르트르가 자아 인식의 조건으로 "관찰되는 것"을 설명한 예만 보아도 알 수 있다. 그것에 대한 예로 사르트르는 연인의 문 앞에서 웅크리고 있는 질투심 가득한 남자를 선택한다. 그는 또 다른 '타자'에 의해 관찰되고 있다. 거기서 질문이 생겨난다. 그는 무엇인가, 도대체 그가 스스로 그렇다고 믿고 있는 그런 사람이기는 한가, 혹은 그는 타자의 시선 속에서 또 다른 타자가 되지는 않는가? 보부아르의 소설에 나오는 장면, 피에르가 사랑하는 여인의 방문 앞에 웅크리고 앉아 그녀가 벌이는 사랑의 유희를 엿보는 장면은 다시금 사르트르가 창조한 인물(보부아르의 등장인물과 똑같이 피에르라고 불리는)을 떠오르게 한다. 두 작품 속에서 질투는 의식철학의 난제로 기능한다.

두 사람의
결론

보부아르와 사르트르는
세 단계를 거치며 해방되어온 '지성인의 결혼'의 역사를 마무리 짓는다.

첫 번째 단계는 프랑스혁명의 시기였다. 낭만적인 사랑의 이데아와
파트너 간의 조건 없는 애정이라는 관념과 더불어 첫 번째 저항이 깨어
났다. 관습에 따른 결합 대신 커플이 되고자 하는 사람들이 스스로 개
인적인 결정을 내리고자 했다. 19세기가 흘러가는 동안, 서로에 대한 관
심을 바탕으로 맺어졌던 결합에 또 다른 요청이 뒤따랐다. 그것은 이혼
을 통해 결합을 다시 해제할 수 있도록 허용하자는 목소리였다. 20세기
에 들어서야 비로소 결혼생활 안에서도 완전한 자유를 인정하는 어떤
관계의 유토피아적 표상이 나타났다. 보부아르와 사르트르 커플이 시
도했던 결혼과 유사한, 일생 동안 지속된 결합이 '지성인의 결혼'이라는

이 유토피아를 어떻게든 가장 가깝게 실현시켰던 것으로 보인다.

그러나 누구보다도 사르트르가 피해가려고 애썼던 시도가 얼마나 힘든 것이었는지를 간과해서는 안 될 것이다. 올가 코사키에비츠와의 실험은 (사르트르의 해석에 따르면) 두 사람을 단지 그들이 스스로 갇혔던 편협함으로부터만 구원했다.

"우리는 지성인으로서 한 치의 흐트러짐도 없어야 하는 우리 양심에 대한 시험들이 지겨웠다. 우리가 살아가고 있던, 그 점잖고 정돈된 삶. 그것을 우리는 당시에 '고안된 것'이라고 불렀다."

일기는 그의 초조함, 불안 그리고 자유의 충동을 더욱 분명하게 표현하고 있다.

"우리에겐 무절제한 것이 필요했다. 왜냐하면 우리는 오랫동안 온통 절제 속에 살아왔기 때문이다. 그 모든 것이 그해 3월경 광기로 변해버린 저 우스꽝스러운 우울과 함께 끝나버렸다."

사르트르는 어떤 의식현상을 연구하기 위해 스스로 마약을 체험하는 실험을 감행했고, 그 때문에 결국 우울증에 빠지고 말았다. 그리고 그의 우울증은 좀처럼 치유되지 않았다.

"그리고 마침내 O(올가)와의 만남으로 모든 것이 끝났다. 우리가 동경해왔던 그 모든 것이."

그러나 바로 여기에서, 사르트르의 희곡과 보부아르의 소설에서 묘사되는 그 지옥 같은 상황이 마침내 발생한다.

"나는 더욱 어두운, 그러나 조금 덜 진부한 세상에 발을 들여놓았다."

보부아르에게 보낸 사르트르의 편지들은 대부분 자아 탐색과 자아 비탄으로 가득하다. 보부아르의 시선이 그를 계속 뒤쫓고 있으며, 그의 철학적 결단을 이행하라고 요구하고 있다고 사르트르는 말했다. 끊임없이 관찰당하고 있는 이러한 상황이 시선에 대한 분석을 하게 만든 동기가 되었는지도 모른다. 그리고 관찰하는 시선에 대한 자신의 반응은, 죄의식과 소멸에 대한 공포를 다룬 장(章)의 소재가 되었을 수도 있다.

사르트르는 자신에 대한 보부아르의 판단은 그 어떤 상황에서도 모두 받아들였다. 그는 그녀에게 묻곤 했다. 그가 어떤 상을 받아도 좋은지, 사랑하지 않는 여자와 절교해도 좋은지를. 그가 사랑하지 않았던 이 여인에게 실제로 이별을 선고한 냉혹한 편지는 보부아르의 질책을 사기도 했다. 그리고 사르트르는 즉각 죄의식에 어쩔 줄 몰라 하는 죄인처럼 쩔쩔맸다.

"나는 깨끗한 성생활, 깨끗한 감정적 삶을 단 한 번도 영위해본 적이 없소." 그는 행동을 속죄하며 보부아르에게 대답했다. "나는 진심으로 내가 나쁜 놈이라고 느꼈소. 그것도 어설픈 나쁜 놈. 사람들이 역겨워하는, 학술적 사디스트이고 관료화된 돈 주앙이오. 더 이상 이대로는 안 될 것 같소. (…) 여자들을 유혹하는 영웅으로서 나의 이력은 끝날 것이오. 당신은 이 모든 것을 어떻게 생각하는지 나에게 이야기해줘요."

사르트르는 보부아르에게 보낸 편지들 속에서 그의 "사디즘과 통속성"을 부끄럽게 생각한다고 말한다. 그러면서 보부아르가 그의 행동을 충동적 본능으로 설명하고, "감각이 충만한 그를" 용서하며 내주었던 면죄부를 슬쩍 사양한다. "쉽게 흥분하는 욕망"이란 것이 "핑곗거리"가 될 수는 없다는 것이다. 저주라도 받고 싶어 하는 듯한 사르트르의 희망사항에 마조히즘적 어조가 전혀 없다고는 할 수 없을 것이다.

"나는 오히려 이 모든 것 때문에 나 자신에 대해 역겨움을 느끼오. (…) 그러나, 나의 작은 재판관, 나는 기꺼이 당신의 의견을 듣고 싶소. 나는 내가 생각하는 바를 당신에게 다 말할 것이오. 당신에게 면죄부를 달라고 하는 것은 절대로 아닙니다. 나는 다만 당신이 그것에 대해 진지하게 생각해주기를 부탁하는 것이오."

보부아르는 절대적 헌법의 최고 판관이었다. 그 헌법의 조항들 가운데 어떤 것은 두 사람이 민주적으로 파기하기도 했고, 또 어떤 것은 새롭게 시험하기도 했다. 사르트르의 희곡 『출구 없음』에서는 그 판관의 역할을 레즈비언인 이네스가 맡았다. 그녀는 진실에 대해 광적인 집착을 보이며 다른 두 명의 저주받은 죄인들에게 죄를 고백하라고 강요한다. 이네스(혹은 보부아르)가 그들의 삼각관계를 이용해 가동시키고, 사르트르가 그의 철학적 급진주의로 완결시키는 "소형지옥기계"는 지성과 성욕이라는 에너지를 필요로 한다. 하지만 이 기계는 여성들로부터 (오토 그로스가 여자들 속에서 찾으려고 했던) 천사도, (막스 베버가 숭배를 바쳤던) 운명의 여신도 만들어내지 않는다. 성적 자유에 대한 요청은 역설적이게도 특이한 형식의 엄격한 준법정신으로 이어지며, 이것은 결국 어떤 억압과 같은 것이 된다.

사르트르는 『존재와 무』에서 다음과 같이 말하고 있다.

"사람들은 자유로운 선택에 따른 사랑을 받고 싶어 한다. 그러면서도 이 자유가 자유로서 더 이상 자유롭지 않기를 바란다. (…) 이 자유가 스스로에 의해 속박되기를 바란다. (…) 이 자유가 스스로의 속박을 원하기를 바란다."

비록 장 폴 사르트르와 시몬 드 보부아르는 그들이 구상한 '지성인의 결혼' 안에서 불운했을지도 모르지만, 이 선구자들이 시도한 결혼의 형태는 세속적인 행복에 대한 지속적인 이데아로서 그들보다 오래 살아남았다. 이 행복은 오직, 가능한 것의 한계를 존중하는 철저한 이성을 가진 자들만이 향유할 수 있는 것이다. 사르트르가 사망한 뒤 보부아르는 『이별의 의식』에서 그들의 실험은 영웅적 니힐리즘에서 비롯된 것이었다고 인정했다.

"그의 죽음은 우리를 갈라놓았다. 나의 죽음이 우리를 다시 만나게 하지는 않을 것이다."

결혼의 예비학교

소설과 삶

"삶이 마땅히 흘러가야 할 곳으로,

지금 비로소 몇몇 사람들의 삶에서 실현되고 있지만

언젠가는 모두의 삶에서 구현될,

그런 방향으로 흘러가게 된다면,

세월이 조금 더 흐르면 인생은 훨씬 더 나아져 있을 것이다."

— 체르니세프스키, 『무엇을 할 것인가』 중에서

불륜소설과
중매소설

　　　　　　　　　　　　　문학작품 안에서나 가능할 법한
성공적인 사례를 실제 삶에서 너무나 분명하게 증명한 이는 베아트리체
웹이었다. 그녀는 사회학자 시드니 웹의 아내였다. 1892년에 결혼한 이
부부는 아내와 남편 공동의 학문적, 정치적 활동으로 맺어진 최초의 커
플들 가운데 하나였다. 그들은 함께 사회학을 전공했고 각자 고유의
관심 분야에 매진했지만, 그와 동시에 상대의 분야에 개입하기도 했다.
공적인 자리에서도 베아트리체 웹은 남편의 뒷자리로 물러나 있지 않았
다. 두 사람은 '지성인의 결혼'을 이룬 행복한 커플, 성공적인 사례로 간
주될 만했다.

　　베아트리체 웹이 이러한 독립에 이르기까지 밟았던 교육과정은 여느
부르주아 집안 출신의 딸들과 별반 다르지 않았다. 그녀의 지적 독립성

은 독서에서 비롯했다. 즉 그녀가 꿈꾸는 삶을 위한 이상을 문학작품들 안에서 찾았던 것이다. 그녀가 청소년기에 이상형으로 꼽았던 인물은 조지 엘리엇(George Eliot)의 소설 『미들마치(*Middlemarch*)』(1874)의 여주인공 도로시어 브룩이었다. 소설 속 인물은 지성적인 조언을 해주고 자신을 학문적으로 이끌며 인정해줄 수 있는 학자를 남편감으로 원했지만 그런 남자와 결혼하지는 못한다. 그러나 베아트리체 웹은 현실에서 그런 남자를 찾았다.

19세기 이후 소설은 결혼의 예비학교였다. 연애와 결혼을 테마로 한 소설들은 단행본으로 출간되거나 신문 문화면에 연재되면서 보다 폭넓은 독자층에 다가갈 수 있었다. 소설은 남성과 여성의 관계에 관한 개혁 사상을 담았던 그 어떤 선동적인 글들(예컨대 그것이 설령 베벨의 『사회주의 속의 여성(*Die Frau im Sozialismus*)』일지라도)보다 더 호소력이 있었다.

소설 속에서 낭만적인 사랑에 빠져 있는 동안 여성 독자들은 물론 현실 속의 결혼은 잊고 있었다. 그들은 사랑을 '결혼의 의미'로 생각하기 시작했다. 영혼과 영혼의 낭만적인 합일을 일생 동안 지켜가야 할 전제조건으로 삼게 된 것이다. 문학은 그들의 마음을 움직였다. 그와 동시에 그들의 비판적인 오성을 단련시켜, 어떤 남자를 보든 남편으로서 적합한 능력과 미덕을 갖추었는지 알아볼 수 있게 해주었다. 시민계급의 아버지들은 비교적 개방적인 사고와 딸들의 행복에 대한 책임감을 갖추고 있었는데, 그들이 자식들에게 가져다준 것을 "마음의 교양"이라고 불렀다.

18세기 말 실러의 『간계와 사랑(*Kabale und Liebe*)』(1874)에 보면 재상 발터가, 독서를 통해 저항적인 삶의 모델을 수립한 아들과 그의 연인을 언급하는 장면이 나온다. 이 귀족은 반항심 가득한 아들의 낭만적인 감정들이 앞으로 결혼의 혁명을 낳게 될 원천임을 예감하고 있었다.

낭만적인 사랑은 항상 결혼을 꿈꾸었다. 왜냐하면 결혼에 이르러야만 몽상적인 독서의 세계가 비로소 현실적인 이성이 믿을 수 있는 예비학교로서 인정받을 수 있었기 때문이다. 마리안네 베버가 자기 자신과 막스 베버에게 까다롭게 요구했던 것들은, 약혼한 처녀가 충분히 가질 법한 환상들이었으며 결혼으로서만 그 정당성을 입증받을 수 있는 것들이었다. 막스 베버와 인생의 동반자로서의 삶을 시작하면서 그녀가 독서로부터 얻었던 지성적인 행복은 곧 현실에서의 지성적인 행복이 되었다. 그렇지만 낭만적인 사랑에 있어서 마리안네 베버는, 그녀뿐만 아니라 소설을 즐겨 읽던 많은 여성 독자들의 경우도 마찬가지였는데, 정신적 열정만 사실로 인지할 수 있었을 뿐, 감각적 열정은 느낄 수 없었다. 문학이라는 예비학교는, 두 사람의 몸이 가까워지게 하기보다는 두 사람의 머리를 보다 쉽게 연결시켰던 것이다.

혼자 하는 독서는 사고와 판단력을 고양시켰다. 그럼에도 불구하고 책을 읽은 여자들은 입을 다물고 있어야 했다. 그녀의 아버지들, 오빠들, 남편들이 내밀한 영역들에 대해서는 토론을 거부했기 때문이다. 따라서 개인적인 경험이나 욕구들에 대해 이야기를 해보기 위해서는 소설을 정신분석적 방법으로 해체하는 길밖에 없었다.

기다란 소파 위에서 책을 읽고 "관계들"에 관해 대화하는 것은, 지금도 인생을 대비하는 가장 중요한 소통의 매체다. 물론 문학의 역할은 점점 축소되고 있는 것이 현실이다. 그 자리를 영화 같은 매체들이 대신하게 되었다. 문자메시지를 통해 이성교제를 하는 젊은 여성이 자기 이야기로 연애소설을 쓰기도 한다. 그런 여성들은 비록 독서를 거의 하지 않더라도, 연애나 결혼을 소재로 한 소설들을 통해 이미 예비학습은 끝낸 것이다. 출근길에 문자메시지로 글을 쓰는 이 젊은 여성과 옆에서 소설책을 읽고 있는 중년 여성 사이로 여성의 자의식이 발전해온 역사가 유유히 펼쳐지고 있는 것이다.

결혼은 애초에—사랑과는 달리—문학에 있어서는 별 매력이 없는 소재였다. 19세기 문학도 결혼에는 별반 관심을 기울이지 않았다. 기껏해야 불륜을 다룬 소설들에서 혼외 연애가 승리를 거두며 결혼이 파경에 이르는 결말을 맺어야 겨우 눈길을 끌었을 뿐이다. (『클레브 공녀(*Princesse de Clèves*)』(1678)[1]를 쓴 라 파이예트 부인 등 몇몇 선구자들이 작업했던) 불륜

---

1 유부녀인 주인공이 젊은 귀족에 대한 정열을 억제하는 이야기를 묘사하는 심리분석적인 소설. 프랑스에서 2000년에 영화 〈정절(Fidelity)〉로 만들어졌다.

소설이라는 장르가 바로 이 시기에 태어났다. 그리고 19세기 문학 작품들 가운데 무엇보다 오래 기억되는 것들이 불륜소설들이다. 괴테의『빌헬름 마이스터』를 모르는 사람도『친화력(Wahlverwandtschaften)』은 알고 있다. 플로베르[2]의『감정교육』[3]을 모르는 이도『보바리 부인(Madame Bovary)』은 읽고 싶어 하며, 폰타네의『슈테힐린 호수(Der Stechlin)』가 너무 지루하다고 생각하는 사람도『에피 브리스트』[4]의 비극적인 운명에는 기꺼이 휩쓸린다.

　그러나 이와 같은 불륜소설들은 결혼의 개혁을 지원했다기보다는 발목을 잡았다. 물론 불륜소설들은 여자들이 성적 욕망에는 아무런 관심도 없다고 말하는, 19세기의 왜곡된 여성상에 나타난 거짓말을 꿰뚫어 보기는 했다. 그러나 남편이 있는 여자가 자신의 욕망을 따른 대가로 치러야 하는 죗값은 당시의 가부장적 질서가 얼마나 확고했는가를 다시금 증명해준다. 불륜소설들 속에서 섹슈얼리티는, 자유라는 문제의 관점에서가 아니라 단지 정욕의 관점에서 다루어지고 만다. (남자를 주인공으로 삼은 불륜소설은 생각할 수 없다. 왜냐하면 남자의 불륜은 시민질

---

2 귀스타브 플로베르(Gustave Flaubert, 1821~1880): 프랑스 작가.

3 플로베르의『감정교육(L'Éducation sentimentale)』(1869)은 자전적 요소가 짙은 작품이다. 지방 출신의 젊은이 프레데리크는 파리로 나와 사교계 여인과 관계를 맺기도 하고 유부녀인 아르느 부인과도 관계를 맺지만, 결국은 아무런 결실을 맺지 못한다. 이런 과정을 통해 프레데리크의 '감정'은 환멸, 권태와 허망함을 배운다.

4 여주인공이자 유부녀인 에피는 남편 인스테텐의 무관심 속에서 크림파스 소령과 애정관계를 갖는다. 이 관계는 오래가지 않지만, 크림파스가 아내에게 보낸 편지를 우연히 보게 된 남편은 결투 끝에 크림파스를 죽이고 에피와 이혼한다. 아이도 빼앗긴 에피는 베를린의 허름한 집에서 외롭게 살아가다 병이 들고, 결국 비극적으로 삶을 마감한다.

서에 대한 위반이라고 하기에는 그다지 도발적이지 않기 때문이다.)

18세기 이전에는 여자가 불륜을 저지르는 사건이 조금 저급한 장르들, 예컨대 소극, 풍자극, 노벨레 등에서만 나타났다. 보카치오의 『데카메론』에 나오는 대부분의 이야기들은 한 여자가 불륜에 빠지는 사건을 다루고 있는데, 이야기 속에서 여자 주인공은 아무런 처벌도 받지 않는다. 노벨레는 여자들의 계략이 빠짐없이 등장하는 장르다. 남자 주인공인 간통남들은 남편을 희화화한 인물들이다. 그들은 남편이 자기 부인의 정절에 집착하며 내세웠던 요구들을 패러디한다. 남편이 그러한 요구들을 관철시킬 수 없는 순간부터 결혼은 웃음거리가 되고 마는 것이다.

19세기, 그리고 20세기에 들어선 이후에도 결혼 풍자극은 부르주아 계급의 오락거리로 비극적인 불륜소설보다 훨씬 인기를 끌었다. 통속극을 주로 상연하는 극장에서든, 가십거리로 가득 찬 신문에서든, 가벼운 희가극에서든 결혼은 풍자의 대상이 되었다. 발자크의 처녀작이었던 『결혼의 생리학(Physiologie du mariage)』도 바로 이 장르에 속한 작품이었다. 비록 그 작품에서는 풍자 사이사이로 부르주아 출신 부부의 일상에 대한 날카로운 관찰들이 엿보이기는 하지만 말이다. 거기서 드러나는 관찰의 결과들은, 사회제도로서의 결혼의 의미는 더욱더 견고하게 하지만 삶의 한 형식으로서의 결혼에는 미심쩍은 시선을 던진다.

노벨레에서와 마찬가지로 발자크의 소설에서도 여자가 집안의 화근이다. 여자들의 교태, 낭비벽, 변덕스러움뿐만 아니라 그들이 갖춘 미덕

들조차도 남편들을 지치게 만든다. 발자크의 소설을 읽은 여성 독자들은 어쨌거나 그 책을 통해 남자들이 얼마나 멍청한지 알게 되었다. 그리고 그로부터 그들 나름의 교훈을 얻었다. 발자크의『결혼의 생리학』은 부르주아 계급의 질서에서 이탈해 있는, 결혼에 대해서는 잘 알지 못하는 젊은 보헤미안의 사회비판을 보여주는 작품이다. 이 소설의 시작 부분에서 그 독신 남자는 "인류가 쌓아온 지식들 가운데 가장 뒤처져 있는 것이 결혼에 대한 우리의 앎이다."라고 말할 때, 그것은 결혼을 하고자 하는 사람들의 용기를 북돋아주려는 의도를 띠는 것이 아니라, 결혼 따위는 하지 말라고 오히려 그들을 말리고 있는 격이다. 어떻게 하면 결혼 생활이 행복해질 수 있는가에 대해서 발자크는 전혀 관심이 없다.

19세기가 흐르는 동안 "결혼의 본질에 대한 지식"은 증가했다. 이제 사회와 문학이 남자들이 처한 상황에 대해서도 관심을 기울이기 시작했다. 캐리커처와 잡지 만평들은 남성을 멍청이로 그렸다. 사랑에 빠진 몽상적인 남자를 환멸에 찌든 속물로 만들고 싶다면 결혼을 시켜버리기만 하면 되었다. 기혼남들은 근본적으로 위엄을 잃은, 불만족스러운 상황에 처해 있었다. 쿠르트 투홀스키[5]가 쓴 어느 시의 제목은 '그후에'였는

5 쿠르트 투홀스키(Kurt Tucholsky, 1890~1935): 독일 작가.

데, 그는 결혼을 코앞에 둔 사람들에게 경고하기 위해 이 시를 썼다. 결혼의 일상이란 것은 부엌일, 자녀 돌보기, 우울한 기분들, 권태와 피로 같은 것들로 채워진다는 것이다. 그러한 인생의 끝에 이르러서야 비로소 남편들, 그러니까 이 멍청이들은 왜 세상의 모든 영화가 결혼 직전의 장면에서 끝이 났었는지 비로소 깨닫게 된다는 것이다.

그 늙은 남자는 추억에 잠긴다.
그는 행복에서 무엇을 얻었는가?
결혼의 대부분은
권태로 데워진 우유
그러기에 대체로
영화는 해피엔드에서 끝난다.

결혼에 대한 풍자들은 짤막한 문학 형식들을 선호한다. 말하자면 그것은 더 이상 어떻게 해볼 도리가 없는 상황에 대한 간단명료한 비꼬기, 익살, 탄식이었다. 19세기 후반에 이르러서는 짧고 코믹한 장르들이 후퇴하고, 결혼의 풍경들을 가감 없이 모두 드러내는 연애소설이 부상했다. 시민계급이 향유했던 소설들의 리얼리즘은 근대 초기의 영웅주의 소설과는 달리 다른 무엇보다도 결혼이라는 테마를 다루고자 했다. 말하자면 이제 소설 속 커플들이 사랑에 빠지는 과정은 짧게 다루어지고, 결혼생활 자체가 길게 묘사되기 시작한 것이다. 무조건적인 사랑에서 깨어나 여러모로 제한된 세계로 들어가는 것이다.

　19세기의 연애소설과 불륜소설은 두 가지 이야기로 구성되어 있다. 하나는 결혼으로 점점 다가가거나 혹은 결혼에서 탈주하는 연애 이야기. 그리고 다른 하나는 부르주아적 삶과 집안을 둘러싼 환경에 대한 묘사. 그런데도 소설을 다 읽은 독자들이 나중에 이야기하는 것을 들어보면 대부분은 연애 이야기만 요약한다. 책을 읽는 동안에는 자신이 살고 있는 집을 닮은, 주인공이 머무르는 시골과 도시의 장소들, 가족과 친지들이 모이는 공간들 속을 끊임없이 오갔으면서도 말이다. 괴테는 그의 첫 번째 소설 『젊은 베르테르의 슬픔(Die Leiden des jungen Werthers)』에서 이 두 영역의 모순을 소설의 모티프로 썼다. 베르테르의 사랑이 로테의 현실에 부딪혀 좌절하고 마는 것.

　19세기 소설에서 불륜녀는 시민계급의 가정, 가족, 그리고 친구들 사이에 자리 잡은 복잡한 삶의 연관성을 교란하는 존재다. 소설 속에서 불륜녀에게 내려지는 처벌은 소설 밖의 시민계급들이 따랐던 질서의 기준으로 보더라도 현실적인 것이었다. 에피 브리스트의 남편 인슈테텐 남작은 아내의 불륜 상대에게 결투를 신청하면서 한 치의 망설임도 없는 태도를 취한다. 당시 사회 분위기로는 여자들의 과오에 심리학적 이해를 기울일 여지가 없었던 것이다. 아내가 남편의 명예에 흠집을 내면, 남편들은 한층 신분이 높은 사람으로서 아내를 심판했다. 그에 반해 결혼의 개혁은 결혼의 사회 규범을 더 이상 인정하지 않는 지성인들에 의해 이루어졌다.

불륜소설들은 대부분 남성 작가들에 의해 쓰였고, 많은 여성 독자들을 거느렸다. 영국에서만 유일하게, 1800년 이후 여성 작가들이 결혼중매소설이라고 부를 만한 새로운 유형의 소설을 발전시켰다. 오랫동안 널리 읽히며 수차례 영화화되기도 했던, 제인 오스틴의 소설들이 그에 대한 전형적인 예이다. 남편이 되기에 적합한 남자를 찾아가는 것이 이 소설들의 라이트모티프이다. 그러한 주도적인 동기 아래 한 무리의 인물들이 저마다 탐정 역할을 하면서 등장한다. 무도회는 주요한 관측소가 된다. (사실 소설 전체가 하나의 무도회장 같다. 산책 모임, 차 모임, 친목회 등 어떤 모임이 등장하느냐에 관계없이.) 날카로운 눈빛들이 서로 스치고, 원하는 파트너를 차지하기 위한 눈싸움도 벌어진다. 결혼, 혹은 결혼이란 모름지기 어떠해야 하는가에 대한 것은 이런 소설들의 묘사 대상이 아니다. 오히려 하나의 결혼이 이루어질 때까지 벌어지는 온갖 암투들이 소재가 된다. 그때까지 코믹한 문학작품들에서 일반적으로 보이던 방식과는 사뭇 다른 방식으로 이야기가 전개되었다. 결혼이 맺어지는 것으로 사랑 이야기가 끝나는 것이 아니라, 작품의 시작부터 인물들의 생각들, 감정들, 대화들이 바탕이 되고 있었다. 우선 상대방이 결혼에 적합한지 아닌지를 결정해야 하는 시험의 시기를 결혼이 끝냈다. 그러고 나면 비로소 사랑이 허용되었다. 결혼이라는 행위는 시험에 합격했음을 확인해주는 것이다. 한 사람을 파트너로 결정하기까지 오랜 시간을 필요로 하는, 망설이는 마음과 스스로를 시험하는 마음이 결혼이라는 과정에서 처음 맞닥뜨리게 되는 비평가인 셈이다.

결혼중매소설은 리얼리즘 소설이라는 다른 장르의 뒤에 숨어버리기도 한다. 폰타네의 『슈테힐린 호수』에서는 늙은 두브슬라프 슈테힐린이 제국의회 의원에 선출되기까지의 장황한 이야기와 젊은 여자 농장주가 그다지 주목받지 못하는 선거를 치르는 이야기가 젊은 슈테힐린에 의해 나란히 서술된다. 작가는 사건이 많이 일어나지 않는 자신의 소설을 다음과 같이 간략하게 요약하고 있다. "마지막에 한 늙은이가 사망하고 젊은 두 사람이 결혼했다." 아버지와 아들은 내내 같은 것을 추구했다. 그것은 루피너 지역의 보호이다. 소설의 결말에서 가장 적합한 농장주가 누구인지 밝혀지고 옛 질서가 유효함을 확인한다.

톨스토이는 『전쟁과 평화』의 에필로그에서, 폰타네의 소설만큼 두드러지는 방식은 아니지만, 결혼이라는 관계에 조금 더 감정이입이 될 수 있도록 다양한 부부들의 삶을 스케치하고 있다. 여기서는 전쟁을 배경으로 결혼의 평화가 보인다. 톨스토이는 커플들의 관계를 근대화 경향에 대한 저항으로 보여주고 있다. 두 커플이 결혼생활에서 느끼는 사랑은 가족의 사랑으로 분류된다.[6] 어쨌거나 톨스토이는 그때까지 문학작품 속에서 좀처럼 찾아볼 수 없었던, 결혼생활의 일상에 대한 매우 세세한 묘사(아이들을 재우기 전에 침실에서 함께 놀아주는 풍경 등)를 해내고 있다. 톨스토이의 전쟁 영웅들의 평화로운 모습은 (그것은 체르니셰프스키[7]의 『무엇을 할 것인가』[8]와 대비되기도 하는데) 당시 러시아에서 결혼의 현대화를 두고 펼쳐졌던 격렬한 토론에 불씨를 제공했다.

6 여기에서 말하는 두 커플의 사랑은 피에르와 엘렌의 결혼과 이혼, 안드레이와 나타샤의 슬픈 사랑 이야기를 말한다. 그리고 가족의 사랑이란, 소설의 마지막 부분에서 엘렌과 안드레이가 죽은 다음, 피에르와 나타샤가 가족들과 누리는 행복한 결혼생활을 의미한다.

7 체르니셰프스키(Nikolaj Gavrilovich Chernyshevskii, 1828~1889): 러시아의 혁명적 민주주의자이자 철학자. 1860년대 러시아에서 생겨난 공산적 사회주의인 운동인 나로드니키주의의 창시자이다.

8 이상적인 생활 공동체를 추구하는 소설. 새 시대를 위한 혁명과 자유가 결혼과 사랑을 통해 이루어지는 것을 보여주었다.

엘리엇과 톨스토이의
결혼생활에 대한 소설

제인 오스틴의 소설에서는 결혼에의 의지가 있던 주인공들이 때때로 결혼의 행복을 발견하기도 한 것처럼 묘사되었다면, 그로부터 반세기쯤 흐른 뒤 조지 엘리엇은 『미들마치』에서 결혼의 필수불가결한 종착지는 실망이라고 표현한다. 불륜소설들조차도 그러한 실망을 암시하는데, 그 이유를 결혼으로 맺어진 관계들에서 찾는 것이 아니라 죄를 지은 여주인공의 그릇된 욕정에서 찾는다. 도로시어 브룩(앞서 베아트리체 웹의 우상으로 언급했던)과 목사 캐소본(완고하고 무능력했던)의 공동생활에 대한 상세한 묘사[9]는 결혼이라는 제도 안에 도사리고 있던 그 모든 단점들을 낱낱이 드러낸다. 거기에는 에로틱한 문제들뿐만 아니라 지적인 판단을 요구하는 문제들도 있다.

엘리엇은 소설 속에서 여러 부부들의 결혼생활을 동시에 묘사했다.

엘리엇의 소설보다 몇 년 늦게 출간된 『안나 카레니나(*Anna Karenina*)』(1877)에서 톨스토이도 여러 부부들의 결혼생활을 비교하고 있다. 다양한 결혼들을 펼쳐 보여주면서 작가들은 일종의 사회학적 객관성을 획득하고자 한다. 소설 속 화자는 현장 연구자의 자세로 등장한다. 그러고는 그를 에워싸고 있는 현실에서 결혼의 다양한 사회적 형태를 관찰한다. 그의 연구와 관찰은 즐거움을 목적으로 하는 것이 아니라, 궁극적인 계몽을 목표로 한다. 톨스토이는 안나의 여동생 키티와 그녀의 남편 레빈의 행복한 결혼생활에 대한 이야기를 안나 카레니나의 이야기만큼 자세히 다루었다. 이 큰 그림들 사이에 키티의 동생 돌리 오브론스키의 불행한 결혼과 같은 몇 가지 작은 스케치들이 더 첨가된다. 불행한 결말로 치닫게 되는 안나 카레니나의 불륜 이야기는 톨스토이로 하여금 다른 결혼생활과 가족들에 대해서도 연구하게 했다. 그에 반해 조지 엘리엇은 간통이라는 소재가 지닌 자극적인 효과를 포기하고 소설 속 남편에게 평화로운 죽음을 안긴다. 그녀의 소설은 언제나 같은 템포를 유지한다. 어떤 드라마틱한 장치 하나가, 인생의 소소한 일들 하나하나에까지 깊숙이 파고들고 있는 그녀의 눈길을 빼앗는 일은 일어나지 않는다.

---

9 『미들마치』에 나오는 캐소본에 대한 묘사는 프랑스의 실존했던 고전학자를 바탕으로 한 것이다. 캐소본이 쓰려던 저서 『세계 신화의 핵심』이 미완성으로 남게 하여, 엘리엇은 그를 탁상공론가인 현학자로 묘사한다.

그러나 이 두 소설에서 결혼이 실패하는 이유는 같다. 그것은 남편과 지적으로 어울리고자 하는 아내들의 욕구 때문이다. 브론스키가 안나를 데리고 그의 농장에 돌아왔을 때, 그녀는 농민경제학 전문서들을 공부하기 시작한다. 도로시어는 그녀의 파트너를 통해 교양을 쌓고, 배움을 얻기를 기대한다. 이 두 여자는 (그것이 '지성인의 결혼'을 위한 첫 번째 단계인데) 그들의 지적인 관심이 사랑과 공동의 작업을 위한 전제조건이라고 이해한다. 그러나 두 경우 모두 아내가 품었던, 관습에서 벗어난 이와 같은 희망은 그녀의 요구에 남편이 동의하는 것을 거부함으로써 좌절된다. 아내들을 불행으로 내모는 것은 명예에 상처 입은 남편이 아니라 이해심 없는 파트너이다. "그는 내가 마음속으로 무슨 생각을 하는지 전혀 알지 못한다. 그런 것은 알려고 하지도 않는다." 도로시어는 캐소본에 대해 이런 불평을 남겼다. 조지 엘리엇이 관심을 가졌던 것은 여성의 고통을 드러내는 것이 아니었다. 결혼생활에서 서로에 대한 몰이해가 얼마나 심각한 문제가 될 수 있는가 하는 것을, 엘리엇은 로자몬드와 테르티우스 리드게이트 부부를 통해 보여주었다. 여기서 도로시어만큼이나 자신이 이해받지 못한다고 느끼는 사람은 남편 리드게이트이다. 예쁘지만 멍한 그의 아내에 대한 소설 속 묘사는 다음과 같다.

"서로를 끊임없이 생각하고 있는 두 사람 사이에서라면 좀처럼 일어나지 않을 일이 그와 그녀 사이에서는 항상 벌어지고 있었다. 말하자면 그들은 상대가 남긴 생각의 흔적, 즉 상대가 무슨 생각을 하고 있는지를 철저히 간과하며 살고 있었다."

결혼생활을 바라보는 엘리엇의 여성적 관점은, 아내에게 배신당하고 그것 때문에 명예에 상처 입은 남편이라는 이미 새로울 것 없던 인물 유형 외에 새로운 인물을 발견한다. 그것은 모욕당한 남편이다. (이런 인물의 전형으로는 샤를르 보바리를 들 수 있다.) 신혼여행지에서부터 도로시어와 캐소본 사이에는 불협화음이 나타나기 시작한다.

도로시어는 남편의 학술적 지식에 진심으로 감탄하면서 그것을 책으로 출간하라고 격려한다. 그런데 바로 이런 격려가 학계에서 인정받지 못한 그의 상처를 건드린다. 아내의 외도로 체면을 잃은 남편과 달리, 모욕을 느끼는 남편은 스스로 방어할 핑계가 없다는 점에서 더 불리하다. 어긋난 상황을 무마하며 친근감을 표시하기 위해 도로시어는 자신이 그를 얼마나 지성적인 인물이라고 생각하는지에 대해 장황하게 이야기를 늘어놓으려 한다. 하지만 그녀의 남편은 정신적 의사소통을 할 마음이 전혀 없었기 때문에, 그런 아내에게서 오로지 가까이 하고 싶지 않은 비평가의 모습만 발견할 뿐이다.

도로시어가 결혼생활에서 간절히 원했지만 얻을 수 없었던 것은 박학한 남편으로부터의 배움이었다.

"이 폭넓은 가르침들이 그녀의 것이 되리라. 캐소본 씨는 언젠가 그녀에게 모든 것을 알려줄 것이다. (…) 지침이 될 만한 비전을 심어주고, 종교적인 고해를 받는 이 시간이 지나가기만 한다면, (…) 지식 이외에 그 어떤 다른 불빛이 존재할 수 있겠는가?"

종교의 위기와 결혼의 위기는 여기서 서로 맞물려 돌아간다. 시민계급의 남편들은 소설 속에도, 현실에서도 "지침이 될 만한 비전"을 제공할 수는 없었다. 그래서 성직자가 사라진 뒤의 빈자리를 남편들이 채우지 못하고, 여성해방의 사도가 그 자리를 차지한 것이다. 그 시대의 여성들은 결혼이 보장하는 실용적인 일상, 아니면 성적인 해방이 가져다주는 혼란, 그 둘 중 하나를 선택해야 했다. 베아트리체 웹과 마리안네 베버는 전자를 선택했고, 오토 그로스가 사귀었던 여자들은 후자를 선택했던 것 같다. 하지만 그 시대 소설들이 보여준 회의적인 시각은 그들 모두 결혼이라는 제도의 문제점에 주목하게 해주었다.

불륜소설이나 중매소설, 그리고 결혼에 회의적이었던 소설들은, 전통적인 결혼제도에 비판적이기는 했지만 미래의 대안을 제시하지는 못했다. 그럼에도 불구하고 19세기에는 결혼의 행복을 그리는 소설들이 나타났다. 프리드리히 슐레겔의 『루친데』, 체르니셰프스키의 『무엇을 할 것인가』, 폰타네의 『라둘테라』를 그 예로 들 수 있을 것이다. 슐레겔의 작품은 '지성인의 결혼'이 걷게 될 역사에 의미가 있는 작품이다. 자신의 삶에서 직접 체험한 것들을 슐레겔이 그 소설 속에 이론으로 응축해놓았기 때문이다. 프리드리히 슐레겔이 청년기 그의 작품 속에서 일찍이 성취했던 문학과 삶의 그토록 밀접한 결합은, 보부아르와 사르트르에 이르러서야 비로소 다시 발견하게 되는 것이었다.

프리드리히 슐레겔의
'루친데'

　　　　　　　　　1800년 9월 26일 하노버 대학 감독기관은 하노버의 영국령[10]에 속해 있던 괴팅엔 대학 총장 대리에게 통보했다. 소위 칙령이라고 불러야 했던 이것은 서로 가족관계인 세 사람에 관한 것이었다. 그들은 프리드리히 슐레겔과 아우구스트 빌헬름 슐레겔 형제, 그리고 아우구스트의 부인 카롤리네다. 추밀고문관 킬만제게는 다음과 같이 썼다. "예나 출신의 아우구스트 빌헬름 슐레겔이 뵈머의 미망인이자 미하엘리스 집안의 딸인 그의 부인과 함께 그곳으로 가고 있다고 여

---

10 하노버는 독일 북서부의 왕국으로, 1837년까지 하노버의 군주는 영국의 왕이었다.

기저기서 듣고 있습니다." 카롤리네와 아우구스트 빌헬름 슐레겔은 대중들의 이목을 끄는 부부였음에 틀림없다. 그렇지 않고서야 어떻게 예나 출신 문헌학 교수가 괴팅엔의 교수 집안 딸인 아내와 여행길에 오른 일이 국가 권력의 관심을 끌 수 있겠는가? 괴팅엔 대학 총장은 이런 지침을 내렸다.

"이미 1794년 8월 16일자로 갓 결혼한 슐레겔에게 그곳에서의 체류를 허락한 바 있었다. (…) 만약 슐레겔 교수의 부인이 여행 중 그곳에 며칠 더 머무르고자 한다면, 그녀의 친지들이나 본인에게 직접 통보하여 그곳을 떠나라고 지시해야 한다. 물론 그것은 슐레겔 교수의 부인에게만 해당되는 것이며 슐레겔 교수는 다른 학자들과 마찬가지로 그곳에 체류해도 좋다. 하지만 풍기문란을 조장하는 책을 써서 오명을 얻고 있는 슐레겔 교수의 동생, 프리드리히 슐레겔 씨가 그곳에 나타난다면 그것 또한 허락할 수 없는 일이다. 그에게도 괴팅엔을 떠나라는 통보가 전달되어야 한다."

이러한 지시는 오늘날뿐만 아니라 당시에도 무자비하게 여겨졌다. 칙령은 한 교수의 아내에게 남편과 함께 여행하는 것을 금지하는 것이었다. 그러면서 한 대학 도시(그곳은 그녀의 고향이기도 했는데)의 명예로운 시민들을 보호해야 한다는 것을 명분으로 삼고 있었다. 여기서 매우 명확하게 드러나는 것은 카롤리네 슐레겔에게서 "악녀"를 본 것은 프리드리히 실러만이 아니었다는 것이다. 그녀와 평생 우정을 나눈 친구인 테레제 하이네의 아버지, 괴팅엔 출신의 고대 연구가 크리스티안 고트립 하이네가 말했던 것처럼, 그녀는 많은 사람들에게 "여자 악마", "관심을 둘 가치도 없는 불쌍한 여자", "저주받을 인간"으로 간주되었던 것이다. 카롤리네 슐레겔이 1794년 2월 20일에 그녀의 친구 프리드리히 루드비히 빌헬름 마이어에게 보낸 편지를 보면 그러한 비난들은 그녀의 친구 테레제 하이네에게도 쏟아졌던 것 같다. "그 누가 있는 그대로의 나를 알고 있단 말인가? 누가 나를 알 수 있단 말인가! 사람들은 나를 저주받은 미물로 여긴다. 바닥에 내동댕이쳐지고 짓밟혀도 싸다고 생각한다. 테레제를 향한 저주들이 내게도 날아와 박힌다."

  칙령은 세 사람을 각각 다르게 분류했다. 부부 사이라든지 형제 사이라든지 하는 인척 관계에서 기대하는 바와는 어긋나는 결과였다. 오히려 그것은 하나의 새로운 집합을 낳았다. 즉 카롤리네 슐레겔과 프리드리히 슐레겔, 괴팅엔 성문 밖에서 발길을 돌려야 했던 두 사람 말이다. 하노버 대학 감독기관은 법적으로 인정받는 부부가 제출한 일종의 혼인 신고서를 인정하지 않았다. 아우구스트 빌헬름 슐레겔이 1796년, "버림받은 여인"을 결혼으로 구원하려 했던 시도를 무시해버린 것은 행정관리들뿐만 아니라 당시의 사회 전체였다. 카롤리네는 프리드리히 슐레겔의 정신적 동지처럼 인식되었다. 프리드리히 슐레겔이 "풍기문란을 조장하는 저서"로 수년 전 대학을 다녔던 도시 괴팅엔에서 박대를 당했다면, 카롤리네는 그녀의 삶에서 겪어야 했던 일들 때문에 박해를 당해야 했던 것이다. 실제로 슐레겔의 초기 저작들은, 그가 저서나 편지들에서 종종 자신의 "공동 작업자"라고 언급했던 형수와의 만남과 토론에서 유래한다. 그는 그녀의 삶에 텍스트를 부여하고, 그녀의 저항에 이론적 설명을 달았다. 동시대 사람들은 슐레겔의 글들을 카롤리네의 삶에 대한 해명이라고 보았다. 비록 카롤리네의 남편은 아우구스트 빌헬름 슐레겔이었지만, 카롤리네와 프리드리히 슐레겔 두 사람도 정신적으로 맺어진 커플이었던 셈이다. 그러니까 법적으로 공인된 관계는 아니었지만, 일종의 '지성인의 결혼'에 해당하는 관계에 놓여 있었다고 볼 수 있다.

괴팅엔 대학 교수의 딸로 태어난 카롤리네 슐레겔은 언제고 이러한 역할을 맡을 준비가 되어 있었다. 18세기 후반 독일에서는 대학이 지성적인 삶의 중심으로 떠올랐다. 대학들은 독일에서, 그곳에 결핍되어 있던 것들, 예컨대 프랑스 귀족의 살롱 문화나 영국 상류층의 별장 문화를 대체하는 것이나 다름없었다. 남자들에게만 허용되었던 대학에서의 삶에 여자들이 합류했다. 그들은 나중에 사교 모임에서 중심역할을 하게 되었다. 프랑스식 살롱 문화를 이끌었던 "팜므 사방(femme savante)"의 자리에 교수의 딸들이 들어섰던 것이다. 그들은 대학생들, 학자들, 작가들을 자신들의 주위로 불러 모았다.

카롤리네 미하엘리스와 그녀의 친구 테레제 하이네(후에 테레제 후버(Therese Huber)라는 이름으로 활동하며 여류 작가이자 편집자로 이름을 날렸다)는 문학계에서 각각 독자적 업적을 남긴다. 두 소녀의 아버지들,

고전 어문학자 크리스티안 고트롭 하이네(Christian Gottlob Heyne)와 동양학자 요한 다비드 미하엘리스(Johann David Michaelis)는 젊고 자유롭고 계몽되어 있는 괴팅엔 대학을 이끌던 학자였다. 신학과 고대문학, 그리고 역사학을 가르쳤던 그들은 권위적인 주장을 내세우기보다는 비판적인 해석에 주력했다. 그들의 집은 괴팅엔에 사는 학자들과 잠시 그곳을 스쳐가는 학자들의 집합지가 되었으며, 의식이 깨인 아버지들은 딸들을 그 학구적 분위기로부터 몰아내지 않았다. 테레제 하이네는 훗날 한 편지에 그녀가 당시 박학한 학자들과 직접 만나며 받았던 영향들에 대해 다음과 적고 있다.

"나는 아버지가 고고학에 대해 이야기하는 것을 들었다. 블루멘바흐[11] 선생님이 자연사에 대해 이야기하는 것을 들었고, 오빠가 해부학과 의학에 대해, 나의 삼촌 브란데스가 정치학과 국사에 대해 하는 이야기들을 들을 수 있었다. 그들과 함께 밤늦게까지 깨어 있었고, 우리가 알제노르 교황처럼 죽을 수만 있다면 단두대 위에서도 포기하지 않을 것들에 대해 곰곰이 생각했다."

카롤리네 미하엘리스도 비슷한 자극을 받았던 것 같다. 두 여자는,

---

11 요한 블루멘바흐(Johann Friedrich Blumenbach, 1752~1840): 독일의 해부학자·생리학자, 자연인류학의 시조라 일컬어진다.

비록 프랑스 살롱 안주인들의 우아함은 지니지 못했지만, 그들과 거의 같은 교육을 받았고 관습을 벗어난 삶을 스스로 결정했다.

테레제 하이네는 청소년기부터 똑똑하고 독립적인 성격으로 주변의 감탄을 자아내며 이름을 알렸다. 카롤리네 미하엘리스는 친구에게 질투 섞인 경탄을 보내며 그녀의 흠을 잡기도 했다. "그녀는 쉬지 않고 말을 했다. 그리고 언제나 재미있었다. 그래서 몇몇 사람들에게는 거부감을 주었지만, 어떤 사람들은 매혹시키고도 남았다. 대체로는 사람들이 그녀에게 호의적이지 않았다. 물론 여러 부류의 사람들이 그녀를 공공연하게 숭배하기도 했다."

카롤리네의 약혼자이자 보건소 의사인 뵈머가 테레제 하이네에게서 받았던 상반된 인상이 카롤리네의 질투심을 조금 가라앉혔다. "그는 그녀를 매우 높이 평가한다. 그녀가 똑똑하다는 것을 인정하고 존경한다. 그러나 그는 그녀를 처음 만났던 그날 오후에 이미 그녀 안에 잠재되어 있는 교태와 방탕을 누구도 막지 못하리라는 것을 알 수 있었다고 했다. 그녀 또한 그것을 굳이 숨기려 하지도 않는다."

테레제 하이네도 지난날을 돌아보며 자기 스스로에 대해 이렇게 고백했다. "생각하는 것을 배운 이후로 나는 단 한 번도 기도를 할 수 없었다."

카롤리네 미하엘리스는 "방탕아"로서, 즉 종교를 경멸하는 사람으로서의 유명세는 거의 누리지 못했다. 그녀는 오히려 유명한 남자들의 친구로 알려졌다. 테레제 하이네와 달리 그녀는 그녀가 썼던 편지들에서 사람들이 사회적 일탈로 인식하는 사건들은 드러내지 않으려고 했다. 숱한 삶의 굴곡들을 겪으면서 그녀는 그토록 꿋꿋했으면서도 그 변화들의 정당성이 문제가 되는 순간들에는 소심해졌다. 그녀의 인생에 일어난 예기치 않은 일들을 새로운 삶의 형식을 위한 진보적인 구상들로 해석해줄 용감한 남자가 필요했다. 후에 카롤리네 뵈머가 되고, 그다음에는 카롤리네 슐레겔이 되었다가, 마지막에 카롤리네 쉘링이 되는 카롤리네 미하엘리스는 (어떤 이름으로 그녀를 부르는 것이 가장 적합한지 결정하기 어렵다는 사실 자체가 그녀의 유별난 삶을 보여준다) 프리드리히 슐레겔이 자유로운 한 인간의 창조적 에너지로 이해했던 열정적 사랑의 이론을 현실에서 창조했다. 교수의 딸들은 남자들의 대담한 실험에 참여했고, 여성으로서 그 어떤 남자보다 더 강한 영향을 남기며 시민사회의 모럴을 훼손했다. 그리고 그것을 통해 (카롤리네가 디오티마가 되고, 도로시어가 루친데가 되듯) 남자들에게 그들의 이념을 표상하는 알레고리가 되어주었다. 리베르티나주의 세 꼭지점, 아우구스트 빌헬름 슐레겔, 프리드리히 슐레겔, 그리고 카롤리네 슐레겔의 관계는 카롤리네만 끼어 있지 않았다면 그렇게 불쾌하게 받아들여지지는 않았을 것이다. 그 관계 안에서 여자였던 카롤리네는 새로운 이념들을 운명으로 견뎌야 했다. 카롤리네 슐레겔은 단지 혁명적으로 생각만 한 것이 아니라, 그런 삶을 살았다.

정치에 참여하지 않았다면 괴팅엔 대학 교수의 딸들을 전 독일의 교양계층이 거론하지는 않았을 것이다. 자연과학자이자 자코뱅당원인 게오르크 포어스터(Georg Forster)와 테레제 하이네의 불행한 결혼은 그녀를 마인츠로 데려갔다. 마인츠는 당시 독일 공화주의의 중심지였다. 프랑스 혁명군에 의해 점령되고 나서 마인츠는 공화국이 되었다. '자유와 평등의 친구들'이라는 클럽의 공동 설립자인 포어스터는 마인츠를 프랑스에 합병시키는 절차를 준비하기 위해 부의장이자 국회의원의 자격으로 파리로 파견되었다.

그 정치적 실험은 포어스터의 집에서 재회하게 되는 괴팅엔의 두 여자를 열광시켰다. 테레제 포어스터의 "방탕한 기"는 그때부터 카롤리네 뵈머에게도 영감을 주었다. 그녀는 포어스터가 대변하는 새로운 이념에 동조했다. 프랑스인들이 1792년 10월 마인츠를 점령하기 위하여 라인강을 건너기 이전인 그해 4월 카롤리네는, 만약에 전쟁이 터지면 어떠한 역사적 전환을 경험하게 될 것인가에 대해 친구인 루이제 고터(Luise Gotter)에게 상세히 설명했다.

"훗날 나의 손자손녀에게 이런 이야기들을 들려주게 된다고 생각해 봐. 전쟁 중에 어떻게 포위당했었는지, 늙은 성직자들의 긴 코를 잘라 민주당원들이 그것을 모두에게 공개된 광장에서 어떤 식으로 불태웠었는지. 우리는 지금 정치적으로 대단히 흥미로운 시간을 지나고 있어. 이것이 나에게 저녁 식탁에서 듣게 되는 현명한 처세에 대한 이야기들보다 훨씬 더 많은 것을 생각하게 해."

얼마 후 카롤리네 뵈머는 예전의 괴팅엔 친구에게 다음과 같은 자랑을 늘어놓았다. "세계 역사가 시작된 이후 발간된 것 중 가장 흥미로운 신문을 읽었어." 그러면서 그녀는 거리에게 마주치는 사람들이 자신의 운명과 상황에 대해 "곰곰이 사고하고 명확한 비판을 하는 것을 듣게 될 때" 얼마나 기쁜지 묘사했다.

정치 참여는 카롤리네 뵈머에게 운명이 되었다. 그녀는 "새로운 프랑켄"에 대해 열정을 바친 대가를 자신의 몸으로 치렀다. 프러시아가 도시를 재탈환한 뒤 그녀가 마인츠 자코뱅당원의 일원으로 체포되었던 타우누스 산맥의 쾨니히슈타인에서 그녀는 한 프랑스 장교의 아이를 임신하게 되었다. 그곳에서 석방된 뒤 그녀는 슐레겔 형제의 도움을 받는다. 아우구스트 빌헬름 슐레겔의 부탁으로 프리드리히 슐레겔은 그녀를 루카(알텐부르크 옆)로 데리고 갔고, 그녀는 그곳에서 아이를 낳았다. 아이는 양부모 집으로 보내졌으나 얼마 후 사망하고 말았다. 아우구스트 빌헬름 슐레겔은 이 "버림받은 딸"과 결혼함으로써 그녀를 사회로 다시 이끌어주었다.

그때까지 아직 미망인이었던 카롤리네는 아우구스트 빌헬름 슐레겔과 결혼하면서 공인이 되었고, 그녀의 삶은 하나의 스캔들이 되었다. 프리드리히 슐레겔은 사람들의 수군거림을 입막음하기 위해 실질적인 행동을 했을 뿐만 아니라 그녀의 삶을 옹호하는 글들을 발표했다. 그러한 상황에서 쓰인 논문 『디오티마에 대하여(*Über die Diotima*)』는 이와 같은 개인적인 불행들로부터 판에 박히지 않은, 다른 결론들을 끄집어내는 길을 동시대인들에게 가르쳐주려는 것이었다. 카롤리네가 그녀의 에로틱한 갈망이나 정치적 열정 때문에 처하게 되었던 당황스러운 상황들을 슐레겔은 이 글 속에서 분명하게 다루었다. 카롤리네의 운명에 시선을 둔 채 그는 고대 그리스의 관용을 찬양하고 있다. "고대 아테네에서 공적인 판결은 모든 형상 안에서 선함과 아름다움을 알아보았다. 그리고 전사자에게 귀향의 길을 열어두기도 했다. 과거의 전쟁 속에서 한 끔찍한 우연이 시민계급의 자유와 고상한 윤리 속에서 교육받은 소녀들을 얼마나 쉽게 노예의 운명으로 몰락하도록 만들었는가!"

소설 속에서 율리우스가 자신에게 강한 인상을 남긴(왜냐하면 "그녀도 용감한 결정을 내려 모든 지레 걱정들과 모든 굴레를 찢어버렸고 완전히 자유롭고 독립적으로 살았기 때문에") 루친데를 알게 되었을 때, 그녀는 그에게 다음과 같이 고백한다. "나는 이미 한 아름답고 건장한 남자의 아이를 낳은 적이 있어요. 죽음이 나에게서 아이를 곧 앗아가버렸지만요."

프리드리히 슐레겔은 아홉 살 연상인 카롤리네를 가정교사로 받아들일 만큼 젊었다. 당시 남성들이 숭배를 바칠 때 쓰던 그 모든 찬사들, 그리고 이 귀족 여인이 "팜프 사방"으로서 달고 다녔던 꼬리표들 대신에 그는 그녀를 어떤 새로운 고귀함을 표상하는 존재로 받아들였다. 그는 그녀를 "자립적인 여성"이라고 불렀다. "이제 앞으로 따라올 일들은 당신의 신을 위한 것입니다, 자립적인 디오티마여." 1796년 그는 그들이 만난 지 3년이 된 날을 기념하며 다음과 같은 말을 남겼다. "오늘로 내가 당신을 처음 보았던 날로부터 3년이 되었습니다. 내가 당신 앞에 서 있다고 생각해보십시오. 당신이 나를 위해서 했던 일들, 그리고 내 곁에서 했던 모든 일들에 대해 내가 말없이 감사하고 있다는 것을 생각하십시오. 지금의 나, 그리고 미래의 나에 대해 나는 감사하고 있습니다. 나는 당신의 일부인 나 자신이 되었음을 고맙게 생각합니다." 그는 그녀에게 『디오티마에 대하여』를 함께 쓰자고 강력하게 청한다. 1789년에도 그가 쓰고자 했던 책 『그리스인에 대하여(Über die Griechen)』를 위해 그녀의 도움을 간청했다.

프리드리히 슐레겔이 이 글을 계획했을 때, 그는 훗날 아내가 될 도로테아 파이트를 이미 알고 있었다. 그녀도 여덟 살 연상이었다. 그는 1979년 헨리에테 헤르츠의 살롱에서 그녀를 처음 보았다. 그녀는 베를린의 지식인 모임에서 한 부유한 남자와 함께하는 자신의 불행한 결혼 생활을 위로받고 있었다. 슐레겔은 그녀를 이혼하게 하고, 그와 함께 살도록 만들었으며, 유대교에서 기독교로 개종하게 했다. 1799년 『루친데』가 출간되었을 때, 그 소설과 슐레겔의 자전적 이야기의 연관성은 누구나 명백히 알 수 있었다. 슐레겔은 자신의 삶에 정당한 설명을 부여하면서 독자들을 불편하게 만드는 책을 출판하고자 했다. 삶을 이론으로 옮기고, 검증할 수 있는 실재를 통해 이 이론에 신빙성을 더하는 것, 그것이 그의 미학적 기획이었다.

이 작품의 내용에 대해서뿐만 아니라 작품의 형식을 둘러싸고도 동요가 일어났다. 도덕적 도발과 문학적 도발이 손에 손을 잡고 나타났다. 슐레겔은 『루친데』를 "소설"이라 명명하였으나 소설에 대해 독자들이 소위 기대하는 것들은 이 작품 안에서 사라지거나 실험대에 올랐다. 예컨대 시작과 끝이 있는 플롯이라든가, 사랑하기도 하고 고통당하기도 하는 인물들이 특정한 배경에서 등장하는 것 같은 구성들. 이들 가운데 그 어느 것도 이 소설 안에서는 찾아볼 수 없다. 슐레겔의 책은 편지, 독백, 알레고리, 송가, 전원시, 한 인물의 성장사에 대한 짤막한 요약으로 구성되어 있다. 어떤 인물의 환상이 수 페이지에 걸쳐 이어지는가 하면, 문득 작가가 작품 전면에 나서서 간결한 아포리즘들을 들려주기도 한다. 소설 속의 텍스트들은 어떤 상태들을 묘사하고 있다. 사랑에 빠진 상태, 정절이나 불륜의 상태, 게으름과 권태로움의 상태. 그리고 그런 상태들로부터 나오는 성찰들과 몽상들. 이러한 심리적 스케치로부터 도출되는 것은 (비록 율리우스라는 사람과 루친데라는 사람이 등장하기는 하지만) 일관적이고 문학적인 인물들이 아니다. 하나의 장편소설을 완성시키는 과정들로부터 슐레겔은 벗어나 있는 것처럼 보인다. 그리고 바로 이와 같은 단편적 불완전성이 독자들로 하여금 개념과 이론들, 문제들에 관심을 쏟게 만든다. 『루친데』는 독자들에게 그들의 보충작업을 요구하는 소재로 제공되고 있다. 그러한 방식으로, 한 권의 소설이 사랑과 열정과 결혼에 대한 교과서가 되었으며, 그 자체로 하나의 스캔들이 되었다.

문학과 삶의 뒤섞임을 표현하는 데 있어서 결혼은 매우 적절한 주제
다. 결혼생활은 사랑을 따른다. 현실이 꿈을 좇듯이. 19세기 문학작품
들 속에서 '결혼'은 항상 현실과의 연관 속에서 다루어졌다. 결혼을 테마
로 한 소설은 위대한 한순간으로서의 사랑, 영원에 대한 약속으로서의
사랑을 어떤 장소와 시간에 정착시킨다. 슐레겔은 이런 사랑을 으레 그
러한 것으로 내버려두지 않고, 사랑을 *공부했다*. 율리우스는 연인에게
경배를 바치는 숭배자의 태도를 피한다. 대신에 그는 파트너로서 자신
을 내세운다. 그는 "그대"라는 말만큼이나 "우리"라는 말을 자주 사용
한다.

"나는 이제 더 이상 나의 사랑 혹은 그대의 사랑이라는 말을 쓸 수 없
소. 그 둘은 같은 것이나 마찬가지이고, 완벽하게 하나요. 사랑이라는
것이 결국 누군가로부터 받은 사랑에 대한 반응으로서의 사랑이라면."

이러한 발언으로 그는 연인과 함께 자발적 결단으로 결속된 한 쌍의
커플로 나선다.

"그것이 결혼이다. 우리들의 영혼이 영원히 하나로 결합되는 것. 우리
가 이런 저런 세계라고 명명하는, 그런 것이 아니라 유일무이하게 진실
하고, 분리될 수 없는, 뭐라 이름 붙일 수 없는 무한한 세계, 우리들의 완
전하고 영원한 존재와 삶을 위한 그것."

관계가 더 밀접해질수록 슐레겔은 지성적 결혼에 필연적으로 따라오

는 요소들을 발견하게 된다. 그것은 육체와 영혼이다. 육체는 다른 육체로 파고 들어가고, 정신은 지식과 경험을 추구한다. 그러므로 문화, 교양, 역사 따위는 작품 속에서 오직 겉으로 볼 때만 사랑과 열정의 문제로 파악되는 테마들이다. 등장인물 율리우스의 성찰들, 예컨대 그의 연인의 지성에 대한, 그와 그녀의 열정에 대한, 파트너들 사이의 질투에 대한, 결혼과 가족의 유용함에 대한 그의 성찰들은 한 편의 사랑 이야기를 넘어 이성 간의 관계가 새롭게 규정되는 또 다른 세계로 나아간다.

1790년대의 저서들에서 프리드리히 슐레겔은 그때까지 그다지 관심의 대상이 되지 않았던 여성들의 특질을 찾아낸다. 그것은 관능과 지성이다. "새로운 프랑켄"적 여성성의 두 가지 양극을 슐레겔은 각각 다르게 강조하고 있다. 『디오티마에 대하여』에서 그는 전적으로 여성들의 교육을 다루고 있으며, 『루친데』에서는 그들의 관능을 다루고 있다. 졸렬함과 위선을 가차 없이 공격했던 탓에 『루친데』는 커다란 스캔들로 인식되었다. 슐레겔이 『루친데』에 덧붙였던 「어린 빌헬미네」에 나오는 소녀의 초상, 아름답고 관능적인 어린아이의 초상은 감각적인 몸짓의 천진난만함과 순결함으로부터 태어났으며, 그것에 다시금 자연스러움의 품위를 되돌려주고 있다. 작은 빌헤미네가 바닥에 넘어져 치마가 배 위로 들춰졌을 때, 슐레겔은 그 광경이 부끄러워 시선을 돌리려 하는 시민에게 다음과 같이 말한다. "오, 편견이라는 부러울 만한 자유여! 그대는, 친애하는 친구여, 잘못된 부끄러움의 잔재를 던져버려라. 내가 빈번하게 너의 고약한 옷을 벗겨버리고 아름다운 혼란 속으로 던져버렸듯이!" 『루친데』의 다른 장(章), 즉 에로틱한 열정에 대한 학습을 다룬 「남성성의 수업시대」에서 율리우스는 수줍음을 타는 여자친구 때문에 상한 마음을 그대로 드러내고 있다. 여자친구는 교양 있는 집안 출신인데, 유치한 순결 관념과 새침함을 고수하며 그의 애무를 거부했다. "그것은 여성의 자만이고, 그녀가 동물적이고 조악하다고 여기고 있는 것에 대한 거리낌이다."[12]

리베르티나주는 여성들에게 지성을 요구한다. 왜냐하면 관능은 고백이기 때문이고 지적인 자립과 결단을 전제로 하기 때문이다. 그때까지는 오로지 그리스의 매춘부들만이 그것을 증명해주고 있었다. 이토록 교양을 쌓은, 사랑의 여자 파트너들은 플라톤의 『향연』에 나오는 인물 디오티마를 능가한다. 그녀는 사랑을 하면서 동시에 그것을 개념으로 파악할 수 있는 인물이었다. 그녀는 무엇보다 성찰할 수 있는 능력, 자

---

12 이는 관용적 사랑을 즐기는 모든 이에게 그 시대가 내리는 판단이었다. 계몽주의의 신선한 비평가인 프리드리히 하인리히 야코비(Freidrich Heinrich Jacobi)는 다음과 같이 주장하고 있다. "모든 인간은 내면 깊숙한 곳에 자신의 동물적 본성에 대한 부끄러움을 숨기고 있다." 실러는 자신의 『인간의 미적 교육에 관한 서한(Über die ästhetische Erziehung des Menschen in einer Reihe von Briefen)』의 세 번째 편지에서 "육체적인 사랑에 대한 욕구를 표현하는 일의 저급한 성격"에 대해 썼다. 야코비도 그의 소설 『볼데마르(Woldemar)』에서 육체적인 사랑을 "저급한 사랑"으로, "근친상간과 같은 혐오스러운 행동"으로 명명하고 있다. 슐레겔조차도 보다 일찍 계몽된 카롤리네와 도로테아가 그의 잘못을 바로잡아주기 전에는 그렇게 생각하고 있었다. 이러한 가르침을 받고 나서도 그는 충동을 그대로 따라서는 안 된다고 충고하고 있다. "왜냐하면 다른 인간과 그처럼 저질스러운 행위를 한다는 것은 사고의 품위에 반하는 일로 보이기 때문이다."

유와 위트, 생각들을 발전시킬 수 있는 능력을 지니고 있었다. 디오티마는 피타고라스의 늦깎이 제자였다. "그는 크노톤에 정착하고서 여자들도 지도했다. 그들은 그리스의 다른 어떤 여성들보다 높은 교양을 쌓을 수 있었다. 게다가 학문적 교양까지. 이로부터 다음과 같은 (다른 보고들은 입을 꾹 다물고 있지만 사실상 전제하고 있는) 결론이 필연적으로 도출되는 것 같다. 즉 그리스의 여인들은 남자들과 자유로운 교제를 할 수 있었다는 것이다."

슐레겔의 친구들은 디오티마의 추종자가 되어야 했을 것이다. 그는 자발적으로 그녀들의 피타고라스가 되려고 했다. 노발리스는 『루친데』가 이러한 철학적 전통에서 태어났음을 알고 있었고 다음과 같은 의견을 남겼다. "내 눈에는 크라테스[13]에게 빚진 듯한 표현들이 드물지 않게 보인다. 여하튼 그것의 최종적 결론은 이것이다. 냉소적이 되어라!" 그는 슐레겔과 그 곁의 여인들을 꾸짖는다. 그들이 마치 디오게네스처럼 "신

피히테는 결혼이 "서로 다른 성에 대한 육체적 충동에 근거를 두고 있기는 하지만, 결혼을 하려고 하는 두 사람 중 한 사람이 반드시 그것을 고백할 필요는 없다. 더구나 여성은 그런 일을 절대로 할 수 없다. 여성은 단지 사랑을 할 뿐이다."라고 말한다. (요한 코트립 피히테, 『자연법의 기초(Grundlage des Naturrechts)』, 피히테 전집, Hrsg. von Immanuel Hermann Ficht., Bd. 3. 1971, 315쪽 이하) ─ 원주

13 고대 그리스의 시인.

방(新房)을 시장바닥에 들였다."는 것이다. 따라서 그 책은 "도덕적으로 마이스터의 수준에 도달한 사람들에게만" 추천할 만한 것이라고 했다. 슐레겔은 『디오티마에 대하여』에서 이러한 부류의 몇몇 저항들에 대해 동의하고 있다. "나는 견유학자들이 주장하는 근본 원칙들을 정당화할 마음은 결코 없다. 마찬가지로 크라테스의 편견 없음의 수준에 경탄하려는 것도 아니다. (…) 어떤 규율이 인간의 본성을 파괴해서는 안 된다. 다만 그것은 질서를 부여하는 것이다. 그런 맥락에서 수치심을 버려서는 안 된다. 그것은 오성과 도덕의 법칙에 복종해야 한다." 피타고라스는 여성들이 그들의 자연스러운 욕구를 표현하는 것이 가능해지도록 만들었다. 자연스러운 욕구를 표현하지 않고서 자유로운 삶에 대해 사고한다는 것은 불가능하다. 삶의 자연스러운 법칙들을 참구하는 이 성찰적 철학의 전통[14]에 슐레겔은 그의 두 저서를 위치시킨다. 그의 여성해방 프로젝트 안에서는 체험과 고백, 느끼기와 생각하기가 문제다. 거기에 새로운 것이 있다면 여성들도 참여하게 되었다는 것이다.

지성적인 커플관계가 훗날 도달하게 될 단계를 선취하면서, 슐레겔은 『루친데』에서 근본적으로 성적인 자유를 주장한다. 진정한 사랑을 할

---

14 니클라스 루만(Niklas Luhmann)은 슐레겔이 이러한 자연스러움을 발견한 시대의 특성을 다음과 같이 표현한다. "18세기 중엽에는 자연이라는 개념이 그동안 숱하게 토론의 주제가 되었던 성욕과 정열적인 감정들을 함께 설명해줄 수 있는 명명을 마침내 발견하게 되었다. 그것은 동시에 사랑을 사회적 구속에서 해방시키고 그것에 자연 그 자체로의 권리를 부여했다." (니클라스 루만, 『열정으로서의 사랑(Liebe als Passion)』, 139쪽). – 원주

자격이 있는 사람은 오직 자기 자신에 대한 정절을 지킬 수 있는 사람, 스스로를 존중할 수 있는 사람, 관능이 규제당하는 것을 거부할 수 있는 사람이라는 것이다. 그에 따르면 나약한 사람들만이 질투심을 드러낸다. 왜냐하면 질투란 "자기 자신을 향한 사랑과 믿음이 부족하다는 증거"이기 때문이다. 질투는 결혼, 재산, 자녀들에 매여 있는 시민적 관계들에 자리를 잡는 것이다. "거기에서는 정절이 의무이자 미덕이다. 그리고 거기에서는 질투도 자기 자리에 있다. 왜냐하면 그들과 같은 사람들이 많다는 것, 누군가는 인간으로서 다른 어떤 사람보다 훨씬 더 가치가 있다고 그들이 묵묵히 믿는 것이 정말로 올바르게 느껴지기 때문이다."

그 시기에 쓰인 슐레겔의 저서들이 대부분 그렇듯이, 성실한 부정(不貞)에 대한 이러한 이론이 그의 자전적 체험에서 유래했다는 것은 여기서도 쉽게 알아차릴 수 있다. 카롤리네에게 보내는 편지들에서 슐레겔은 도로테아 파이트와 자신의 관계의 경계선을 "나의 솔직함을 모두 끌어내야 하는" 지경이라고 정의한다. 젊은 슐레겔은 자신이 도로테아 파이트와 함께 정말로 일평생 나이 들어가고 싶어 하는지, 그렇지 않은지에 대해 회의하고 있는 상황을 현명한 카롤리네가 이해해주기를 기대한 것 같다. "지금은 우리 둘 다 충분히 젊기 때문에 그녀가 나보다 여덟 살 연상인 것은 아무 문제가 되지 않습니다. 그러나 그녀가 나의 부인으로 사는 것이 그녀에게 더 이상 어울리지 않는 날이 왔을 때 그때도 나는 아직 너무도 젊을 것이고, 낯선 사람에게 하듯 나 자신에 대해 가차 없는 판단을 내린다면, 막역한 동거녀와 함께하는 생활에 만족할 수는 없을 것입니다. 그러므로 그녀는 아마도 나의 마지막 사랑이 되지는 않을 것 같아요."

슐레겔은, 실제 삶 속에서나 작품 속에서나, 사랑을 한정된 시간의 제약을 받는 어떤 집중력이라고 정의한다. 그에게 사랑은 지속적으로 지켜야 할 의무가 아니다. 이러한 상황에 있어서 전통적인 의미의 결혼만큼 부적절한 틀도 없다. 슐레겔은 전통적인 의미의 결혼 대신에 지성적인 친구들이 모여 일종의 엘리트 그룹을 만드는 것이 더 적합하다고 주장한다. 그 그룹의 정점은 물론 서로 사랑하며 정신적으로 풍요로움을 누리는 한 쌍의 커플이다. 율리우스는 "탁월한 사람들을 서서히 자기 주변으로 이끌었고, 루친데는 그들을 결속시키며 하나의 전체로 유지했다. 그렇게 하여 하나의 자유로운 모임, 아니 오히려 하나의 대가족이라고 불러야 할 집단이 탄생했다. 그것은 끊임없이 구성되며 늘 새롭게 남아 있는 집단이다." 커플을 이루는 두 사람은 그들이 창조하는 한 세계의 중심이 된다. 결혼은 그들에게 있어서 일종의 이상적인 모임의 형태이며, 그로부터 수많은 우정의 관계들이 확산되어갈 수 있다. 슐레겔이 베를린에서 살롱이란 것을 처음 알게 되었을 때, 그것은 지성적인 두 사람이 서로 만날 수 있는 이상적인 장소였다. 동등한 권리를 가지고 비슷한 생각을 공유하는 친구들이 모여 있는 곳에서 결혼과 유사한 사랑의 관계들 사이의 구분은 점점 희미해졌다.

슐레겔은 시민적 결혼을 거부하는 것으로 카롤리네 뵈머의 생애의 한 시기에 대해 응답했다. 첫 남편이 세상을 뜨고 난 뒤 여러 친구들로부터 재혼을 해서 다시 행복해져야 한다는 말을 수없이 들었을 때, 카롤리네 뵈머는 자신 안에서 "독립적이고자 하는 매우 단호한, 거의 본능에 가까운 충동"을 발견하고 다시 결혼하는 것을 거부했다. "나는 나 자신이 무엇을 해야 하는지 알 것 같다. (내가 무엇을 할 수 있는지 느끼고 있기 때문이다.) 그 누구도 내가 비이성적이라고 비난할 수는 없을 것이다. (…) 결과에 대해 결코 한탄하지 않을 것이라고 확신하는 사람은 자신이 맞다고 여기는 일을 해도 좋다." 카롤리네의 친구인 루이제 고터는 그러한 고백들에서 "단지 아름다운 궤변만"을 보았다. 그리고 그녀의 친구가 "자유라는 너무도 몽상적인 개념에 의해서만 이끌리고 있다."고 비난한다. 카롤리네 슐레겔은 단 한 번도 한 가정의 안주인이 되려 한 적은 없었다. (그러다 비록 세 번 결혼을 했지만.) 그녀는 항상 "독립적인 여인"이 되려고 했다. 프리드리히 슐레겔은 그녀를 보며 그런 점을 정확하게 알아챌 수 있었다. 결혼은 일종의 비상대책이었다. (그것은 아우구스트 빌헬름 슐레겔과의 결혼에서 가장 분명하게 드러난다.) 그리고 사회에 의해 강제된 일종의 결합이었다. 그 표면 아래에서는 남성 파트너들과 시간상 제약이 따르는 관계가 끊임없이 새롭게 형성되었다. 죽음이 그녀가 사랑하지 않았던 남자와 헤어지게 해주지 않았기 때문에 그녀는 스스로 이혼을 결심했다. 1804년 그녀는 아우구스트 빌헬름 슐레겔과 헤어지고, 셸링과 새로운 관계를 다시 시작했다.

  그후 수십 년 동안 프리드리히 슐레겔이 1790년대에 공식화했던 그모든 혁명적 이념들은 포기되었다. 그것은 그 자신에 의해, 카롤리네 뵈머에 의해, 관념론적 철학, 즉 피히테, 셸링, 헤겔에 의해 포기되었다. 슐레겔은 도로테아 파이트와 결혼했고, 그녀와 정상적인 결혼생활을 영위했으며, 가톨릭으로 개종했고, "교황을 신봉하는 기사 수도회의 기사"가 되었고, 귀족이 되었다. 카롤리네 뵈머-슐레겔은 훨씬 젊은 셸링[15]과결혼했다.

---

15 프리드리히 셸링(Friedich Schelling,
1775~1854): 독일의 철학자.

체르니셰프스키의
'무엇을 할 것인가'

세계문학사에 의미를 남긴 소설 중
니콜라이 체르니셰프스키의 『무엇을 할 것인가』처럼 '지성인의 결혼'에 대
한 분명한 모델을 제시한 작품은 없다. 슐레겔의 『루친데』가 하나의 스
캔들이었다면, 1863년 출간된 소설 『무엇을 할 것인가』는 어떤 움직임
을 촉발시켰다. 물론 60년 이상의 시간이 두 작품 사이에 놓여 있다. 젊
은 시절의 슐레겔이 계몽주의자로서 프랑스혁명을 대변하긴 했지만, 그
는 여전히 문학 엘리트, 지성적 엘리트 그룹에 속해 있었다. 그에 반해 체
르니셰프스키는 니콜라이 1세의 전제정치에 대항해 투쟁했고, 농노와 민
중의 해방을 위해 일생을 바쳤다. 슐레겔에게 그 이념을 고안했던 제3계
급의 개체들에게 그것을 관철시키는 것이 중요했다면, 체르니셰프스키
에게는 프랑스혁명을 직접 수행했지만, 혁명의 혜택은 결국 누리지 못했

던 계층으로 이념을 전파하는 것이 중요했다. 그에 상응하게, 슐레겔의 작품에 등장하는 인물, 율리우스와 루친데는 교양시민계급 출신이며, 체르니셰프스키의 주인공들, 베라, 로푸초프, 키르사노프는 소시민계급에 속한다. 이 세 등장인물은 대학에 다닌 뒤, 혹은 자수성가하여 교양과 재산을 얻게 된다.

두 장편소설이 각기 다른 정치적 지평을 지니고 있었던 만큼 서로 다른 방식으로 독자들에게 수용되었던 것은 자명한 일이다. 『루친데』는 문학을 전문적으로 다루는 소수 그룹에서 읽었고, 『무엇을 할 것인가』는 정치에 관심을 가진 러시아의 젊은이들이 두루 읽었다. 체르니셰프스키의 소설은 슐레겔이 사랑으로 맺어지는 결혼이라는 이념을 가지고 어렴풋이 하려고 했던 이야기를 한층 더 발전시켰다. 슐레겔이 남녀관계에 대해 계몽된 사고를 할 수 있는 커플을 단지 교육과 교양을 쌓은 계층 안에서만 상상할 수 있었던 데 반해, 체르니셰프스키는 하층계급, 교양을 쌓지 못한 계층, 교육을 받지 못한 계층에서 어떤 결혼의 방식이 가능할 수 있을까를 구상했다. 루친데는 디오티마가 교육받았던 만큼 교육을 받아야 했다. 체르니셰프스키의 베라는, 비록 대담한 결혼의 혁명을 몸소 겪지만, 옷 만드는 가게의 여주인으로 등장한다. 지성적인 결혼이라는 개념이 결혼 주체의 교육 수준으로만 유추되는 것이 아니며, 무엇보다 자신의 행동을 결정하고 결단할 수 있는 능력과 관련된 것이라면 그것은 비로소 체르니셰프스키가 창조한 인물들에 이르러 제대로 구현된다.

그럼에도 불구하고 그 소설은 우선적으로 사회주의자 체르니셰프스키가 만든 정치적 팸플릿으로 간주되었으며, 그런 맥락에서 게오르크 루카치[16]는 그 작품을 "세계사적 의미를 지닌 민주주의 혁명의 이상적 선취의 하나"로 꼽았다. 레닌은 이 소설의 제목을 그의 정치적 저서들 가운데 한 권의 제목으로 그대로 쓰고 있다. 그 작품을 이런 방식으로 해석하는 것도 놀랄 일은 아니다. 왜냐하면 『무엇을 할 것인가』는 체르니셰프스키가 저술했던 다수의 정치서들과 철학서들을 제쳐두고 독자들의 뇌리 속에 남게 된 유일한 문학작품이기 때문이다. 체르니셰프스키는 누가 뭐래도 혁명가였다. 그는 평생을 자신의 정치적 지향을 위한 대가를 치르며 보냈다. 1862년 그는 자신이 주관한 잡지 《동시대인(Sowremennik)》에 실렸던 글들 때문에 시베리아로 추방당해 강제 노역을 하다가 몇 년 뒤에 사면되어 강제 이주되었다. 1883년이 되어서야 그는 고향 도시 사라토프로 귀향해도 좋다는 허락을 받았다. 그곳에서 그는 1889년에 눈을 감았다. 『무엇을 할 것인가』는 감금 생활을 하던 1862년에 썼다. 그 원고가 감옥에서 몰래 빼돌려져 "둔감한(검열을 조금 덜 받았던) 잡지" 《동

---

16 게오르크 루카치(Georg Lukács, 1885 ~1971): 헝가리 출신의 마르크스주의 철학자이자 미학자.

시대인》에 실렸다. 소비에트 연합 말기에는 체르니셰프스키가 소설이라는 장르를 선택했던 일이 하나의 전술적 "무기 교체"로 해석되었다. 소설을 한 개인의 사적인 삶의 구석구석까지 영향을 미치게 될 정치적 이상의 은신처로 보았던 것이다. 그러나 그 같은 해석은 이 작품의 특별한 의도를 간과한 것이다. 그것은 한 개인이 꿈꾼 삶의 혁명이었다. 사생활을 테마로 한 최초의 유토피아적 소설인 『무엇을 할 것인가』는 새로운 국가 형태를 제시한 유토피아적 소설이라고도 할 수 있을 것이다. 19세기 중반 러시아에서 일어났던 사회개혁 정신을 따르며 포이어바흐[17]의 사상을 실현하고자 했던 움직임의 의미 안에서의 "새로운 인간"에 대한 추구를 그가 기록한 것이다. "우리의 이상은 잘 교육받고, 완벽하며, 전방위적인, 실제로 온전한 인간이다." 나폴레옹 3세, 빅토리아 왕조, 혹은 호엔촐른 가문의 치하에서 1848년 이후 정치적 사회적 휴면 상태에 들어섰던 서유럽에서와는 다르게 러시아에서는 1850년 이후 민주적 저항이 거세졌다. 노예제 폐지를 요구했으며 막 등장하기 시작한 부르주아 계층과 귀족들에 대항했다. 이런 분위기에서 체르니셰프스키는 "새로운 인간"을 위해 『무엇을 할 것인가』에서 제시한 이상적 결혼의 모델을 고안

---

17 포이어바흐(Ludwig Andreas Feuer
bach, 1804~1872): 19세기 독일의 철학
자. 그는 관념론적 헤겔 철학의 비판
을 통하여 유물론적 철학을 제기하였
다. 그의 철학은 마르크스와 엥겔스
에 의하여 계승되었다.

할 수 있었다. 체르니셰프스키는 1848년 일기에 다음과 같이 적고 있다.

"아, 신사 여러분, 여러분은 공화주의라는 말이 엄연히 존재하고 있으며, 권력은 당신들의 것이라고 믿고 있습니다. 하지만 그것이 문제가 아닙니다. 문제는 보다 하층계급의 사람들이 법 앞에서가 아니라 사물의 필연성 앞에서 노예화로부터 벗어나야 한다는 것입니다. 먹고 마시고, 결혼하고, 아이들을 양육하고, 부모를 봉양하고, 스스로 교양을 쌓기 위해서, 남자들이 시체가 되거나 자포자기 인간이 되지 않기 위해서, 여자들이 몸을 파는 사람이 되지 않기 위해서는 그것이 필요합니다."

작가 체르니셰프스키는 소설의 도입 부분에서 우선 대중의 기대에 부응한다. 그는 한 범죄 사건으로 소설을 시작한다. 한밤중 다리 위에서의 총성, 수면에는 총알에 꿰뚫린 모자, 그다음 날 아침 어느 호텔방, 그곳에 때늦게 도착했던 투숙객의 행방불명. 이런 시작은 여느 결혼소설과는 뭔가 다르다는 느낌을 준다. 하지만 이미 여기서부터, 그리고 소설이 진행되는 과정에서 화자(話者)는 그 사건을 두고 흥미로운 추리를 기대한 독자들에게 재차 찬물을 끼얹는다. 독자의 참여는 사실상 불필요하다. 왜냐하면 여기서 희생자와 살인자는 하나이기 때문이다. 그 한밤중의 살인은 자살로 밝혀지고, 결과적으로는 정신질환의 문제가 테마가 된다. 자살의 이유는 소설의 주요 등장인물 세 명 가운데 하나인 로푸초프가 아내 베라에게 보낸 한 통의 편지로 금세 밝혀진다. 그 편지에서 로푸초프는 아내를 위해 자신의 삶을 버린다는 말을 남긴다. 그녀가 그보다 더 사랑하는 남자가 있음을 오래전부터 알고 있었으며, 그녀가 그 남자와 결혼할 수 있도록 자신이 떠난다는 것이다. 로푸초프의 이별의 편지는 아내의 행복을 위한 헌신이라는, 자기 헌신이 도달할 수 있는 최고점을 보여준다.

"내가 당신에게 저지른 일은 당신이 나에게 한 일보다 결코 덜한 것이 아니오. 우리 둘 모두 잘 알고 있지 않소. 한 인간에 대해 애정을 기울인다는 것의 의미는 그의 행복을 간절히 빌어주는 것이오. 행복은, 그러나, 자유 없이는 있을 수 없소. 당신은 나를 절대로 속박하지 않을 것이오. 그리고 나 또한 당신을 속박하지 않을 것이오. 하지만 당신이 나로 인해 구속받고 있다고 느낀다면, 나는 몹시 우울할 거요. 그러니 제발 그러지 말아요. 당신에게 무엇이 최선인지, 늘 그것만을 직시해야 하오."

감정적 평정 상태에서 이러한 희생을 받아들이는 것은 불가능하다. 로푸초프가 한 행동의 이성적 논리 앞에서 베라는 소시민적 경악에 휩싸였고, 그것에서 해방되기 위해서는 무정부주의적 지성인이자 엄숙주의자인 라하메토프가 필요했다. 라하메토프가 들려주는 소피스트 같은 가르침은 베라를 인간 영혼의 심연까지 끌고 내려가 그가 "이성적 이기주의"라고 명명한 것을 통찰하게 한다. 그에 따르면, "질투란 일종의 왜곡되고, 옳지 않은, 역겨운 정서다." 로푸초프가 질투 때문에 그런 행동을 했다고 해석하는 것은 그의 명예를 더럽히는 일이 될 것이다. 결국 베라는 그의 희생을 받아들이고, 진심으로 사랑했던 다른 남자, 의사 키르사노프와 결혼하기로 결심한다. 이 부분이 로푸초프가 다시 등장해도 되는 순간이다. 그는 베라가 홀가분한 마음으로 새로운 삶을 시작할 수 있도록 자살극을 꾸몄던 것이다. 그동안 그는 미국에 건너가 유능한 매니저가 되기 위한 교육을 받았다. 그리고 런던에 있는 어느 회사로부터 스카우트 제의를 받고 러시아로 돌아온다. 그도 다시 결혼하고, 두 쌍의 커플은 한집에서 따로, 또 같이 살아간다. 소설은 작은 향연, 두 커플의 공동 결혼피로연으로 끝을 맺는다. 거기엔 달콤한 술과 포도주와 러시아의 옛 노래들이 함께 어우러져 있다.

로푸초프의 희생은 미래지향적이면서 동시에 전통적 사고에 짓눌려 있는 것이기도 하다. 새로운 이성을 따르는 것이면서 이미 낡은 문학적 도식에 맞춰진 것이다. 그보다 훨씬 앞서 보카치오가 쓴 책에서도 이미 한 남자가 친구에게 부인을 양보하는 희생 가득한 우정의 모티프가 나온다. 에로틱한 노벨레들을 모아놓은 『데카메론』을 보카치오는 그 열 번째 편에서 영웅적 위업들에 대한 짤막한 이야기들로 끝맺는다. 체르니셰프스키의 소설에 등장하는 신식 커플이 저녁에 마주 앉아 보카치오에 대해, 그리고 그가 살았던 시대의 사랑이, 그들의 사랑과 비교할 때 얼마나 다른 것이었는지에 대해 이야기를 나누는 것도 우연은 아니다. 물론 두 사람은 그들이 『데카메론』에 나오는 경우와 얼마나 유사한지는 인식하지 못한다. 열흘째 날의 여덟 번째 스토리는 친구 사이인 티투스와 기시푸스가 똑같이 한 소녀를 사랑하게 되는 이야기다. 집안끼리의 혼담으로 사모하는 여인을 아내로 얻게 된 기시푸스는 상사병으로 파멸의 지경에 이른 친구에게 아내를 양보한다. 결혼으로 유부녀가 된 이 여인은 낮에는 기시푸스의 공식적인 부인이고, 밤에는 티투스의 아내가 된다. 보카치오의 이 이야기는 흔히 찾아보기 어려운 남자들 사이의 우정에 대한 이야기다. 여성은 여기서 그 이상 어떤 역할도 하지 않는다.

게오르크 루카치가 "체념의 소설"이라 명명한, 예컨대 『클레브 공녀』나 『친화력』 같은 작품들에서도 욕정의 충족을 자발적으로 포기하는 이야기가 나온다. 여기서 주인공은 여성인데, 그녀의 희생은 물론 도덕을 지키기 위한 것이다.

그러한 문학적, 도덕적 고결함을 체르니셰프스키가 끌고 들어온 것은 아니다. 로푸초프가 보여준 본보기는 사회적으로 확고한 틀이 잡힌 상황 안에 자리한 것이다. 베라가 남편의 거짓 편지를 받았을 때, 두 사람의 관계에 대해서는 이미 둘 사이의 대화가 끝나 있었고, 일상의 일들은 명확하게 정리되어 있었으며, 베라의 평일은 의무들로 가득 차 있었다. 그녀가 사랑한 키르사노프의 귀환이 조심스레 이루어지고, 부부 사이의 갈등에 대해서는 두 사람이 이미 솔직한 대화를 모두 나눈 뒤였다. 소설의 맨 앞에 나오는 자살극이 베라와 로푸초프의 잘 정돈된 소시민적 결혼생활을 갑작스럽게 깨뜨린다. 로푸초프는 모든 관계를 잘 저울질해 보고 정돈한 뒤에, 베라를 포기하기로 한 그의 결심을 어떻게든 성공시키려고 안간힘을 쓴다. 속임수는 단지 이성의 궁여지책일 뿐이다. 체르니셰프스키는 자신의 추리소설로 "새로운 인간"을 위한 예를 확립시켜 보인다. 소설의 모든 장면은 예시적이다. 브레히트의 작품들을 두고 교훈극이라고 할 수 있다면, 여기서는 교훈소설의 새로운 발견에 대한 이야기를 할 수 있을 것이다. 로푸초프는 등장하는 매 장면마다 교사 역할을 자처한다. 다만 그의 가르침은 종교적 인간형을 지향하는 것이 아니라, 실질적 인간을 지향한다. 그의 교훈은 형이상학이 아니다. 그것은 제도의 문제를 풀고자 하는 것이다.

그러므로 일상의 규칙에 대한 대화가 베라와 로푸초프 사이에서는 사랑의 맹세를 대체하며 그 소설을 부분적으로는 냉철하고, 부분적으로는 우스꽝스러운 일종의 사용설명서로 만들고 있다. 두 사람이 속한 시민계급의 인간들은 시적인 사랑의 언어를 잘 알지 못한다. 아름다운 말들 뒤에 숨어 있는 섹슈얼리티는 따라서 언급될 리도, 자유롭게 해방될 리도 없다. 슐레겔에게서처럼 "사랑에 빠졌을 때의 그 흥미로운 상황"이 체르니셰프스키에게서는 문제가 되지 않는다. 그보다는 오히려 둘이 함께하는 공동생활에서 영원히 반복되는 어떤 것이 권태로움으로 위협적이 된다. 손톱만큼의 낭만주의도 체르니셰프스키의 실용주의에 끼어들지 못한다. 결혼을 할 때에도 로푸초프는 신부의 착한 성품과 함께, 그가 그녀를 거기서 해방시켜주지 않는다면 그녀가 겪을 수밖에 없는 열악한 사회적 상황들을 고려하여 행동한다.

하지만 두 사람의 공동생활에서 지배적인 역할을 하는 것은 로푸초프가 아니라 베라다. 비록 로푸초프가 베라를 끊임없이 가르치려들기는 하지만, 베라가 남성적인 우정 같은 관계로 결혼생활을 이끌어갔던 것이다. "드미트리 세르게에비치(로푸초프) 씨, 괜찮으시다면, 제가 당신에게 앞으로 우리가 어떻게 함께 살아가게 될 것인지 대한, 완전히 남성적인 관점들을 말씀드리겠어요. 우리는 서로를 친구로 여기고 행동하게 될 거예요." 그랬기 때문에 베라가 유일하게 질투심을 느낀 상대는 로푸초프의 친구이자 또 다른 자아였던, 키르사노프였다. 그 남자가 결국 그녀의 두 번째 남편이 되지만. "나는 당신의 첫 번째 친구가 되고 싶어요. 아, 아직 당신에게 말하지 못했지만, 나는 당신이 사랑하는 키르사노프가 너무나 밉습니다!" 여기서 체르니셰프스키가 그의 "새로운 인간"에게 부여한 "이성적 이기주의"는 서서히 비이성적인 이기주의로 변한다. 그러나 로푸초프의 마음속에서 베라가 가장 큰 자리를 차지한다는 것이 확실해지고 나자, 그녀는 자신의 파트너와의 관계를 다른 좋은 친구들과의 관계와 마찬가지로 조금 거리를 두고 예의를 지키는 사이로 생각하게 된다. 삶의 건축학적 구조는 집의 구조에 그대로 반영된다. "첫째, 우리는 방을 두 개 쓸 거예요. 하나는 당신을 위한 것이고 다른 하나는 나를 위한 것이에요. 그리고 세 번째 방이 필요해요. 그곳에서 우리는 차를 마시고, 점심을 먹고, 손님들을 맞이하기도 할 거예요. 우리를 찾아오는 손님들은 당신만을 보러 오거나 나만을 찾아오는 사람이 아니라 우리 둘을 만나러 오는 사람이어야 해요. 둘째, 당신을 성가시게 하지 않기 위해서는, 내가 당신 방에 불쑥 들어서면 안 돼요. (…) 그건 당신도 마찬가지예요." 그들은 항상 "중립의 방"에서 만나고 이런저런 질문들로 서로를 괴롭히지 않는다. "나의 사랑하는 이여, 내게는 당신의 일들을 꼬치꼬치 캐물을 권리가 없어요. 어떤 일에 대해서 나에게 말하고 싶어지거나 혹은 꼭 말해야 한다고 느끼게 되면, 당신이 알아서 말씀하시겠지요. 그리고 그것은 나도 마찬가지입니다." 줄곧 함께 있어야 할 의무도 없다. "무엇인가 함께 처리해야 할 일이 있거나, 함께 휴식을 취하거나 유쾌한 시간을 보내기 위해 만나야 할 때는, 자연스럽게 그렇게 되겠지요."

부르주아 계급의 부부 침실은 바람직한 사랑의 밀도가 지속적으로 유지되어야 하는 장소다. 온종일 아무도 드나들지 않으며, 로맨틱한 이야기 혹은 잡담으로 가득 차 있고, 부부에게 육체적 사랑의 의무를 씌우는 이 방을 베라는 세 개로 해체하고 두 가지 결정의 가능성을 열어놓는다. 뒤로 물러서 헤어지기와 앞으로 나서서 만나기. 그것으로써 진하고 낭만적인 신혼의 사랑을 결혼이라는 공동생활과 혼동하는 위험천만한 일은 피하게 된다. 사랑은 더 이상 지속적인 의무가 아니라, 오히려 자유로운 선택을 위한 재배치이다. "새로운 인간"은 분위기 전환을 할 수 있는 휴식 장소가 풍부한 집의 풍경을 스스로 창조한다. 체르니셰프스키의 소설에서 행복은 언제나 행동의 자유와 결부되어 있다. 그 커플은 함께 산책하고, 함께 그들의 삶이 거쳐가야 하는 정거장들에 대해 이야기한다. 여기에는 무엇보다 하루하루의 경험들에 대한 이야기가 속한다. 체르니셰프스키는 부부가 저녁에 나누는 대화를 문학적 주체로 발견해냈다. 이 회동이 겉으로 드러나는 독립성을 내면으로 향하게 하면서, 혼인 서약을 매일 새롭게 한다. 마침내는 결혼에 *대해* 이야기되는 것이 아니라, 결혼 *안에서* 이야기되는 경지에 이른다.

체르니셰프스키는 고루한 관계들에 대한 그의 비판이 갖는 신선한 가치를 강조하기 위해 소설 속에 우스꽝스러운 장면을 삽입한다. 베라와 로푸초프는 어느 늙고 가난한 부부의 집에 묵게 되는데, 이 노부부가 이 "새로운 인간들"의 삶의 방식 앞에서 놀라움을 감추지 못한다. 노파가 그녀의 남편 귀에 속삭인다. "그러고 나더니 헤어져 각자 자기 방으로 들어가 책을 읽지 뭐예요. 남자는 또 뭔가 끼적이기도 하고요." 노파는 그 커플을 뚫어지게 관찰하며 때로는 남자가 아내를 위해 차를 끓이기도 한다는 것도 발견했을 것이다. 오랫동안 곰곰이 생각한 끝에 노인은 이 불쾌한 행동들에 대한 친절한 설명을 찾아내는 데 성공한다.

"페트로브나, 이런 이야기를 할 수 있을 거 같아. 그들은 어떤 특별한 종파에 속한 것임에 틀림없어. 세상에는 정말이지 갖가지 종파가 있으니까."

결혼생활의 일상을 행복하게 정돈할 수 있는 것은, 많은 결혼 실험에서 이미 드러나 있지만, 여성의 해방을 위한 전제조건이다. 베라는 일을 시작하고, 샤를 푸리에의 팔랑스테르[18] 스타일의 옷을 짓는 양장점을 차리는데, 그곳은 일터라기보다는 생활공동체다. 그녀는 사업 이윤을 노동자들과 공평하게 나누고, 공동의 주거지를 마련하고, 병이 난 사람을 간병한다. 종업원이 결혼하면 그들은 선물을 받고, 아이들은 아홉 살이 될 때까지 공동으로 양육된다. 공장 작업으로 인한 권태는 책 낭독이나 작가 강연 등을 통해 해소되기도 한다. 그리고 마침내 베라는 (훗날의 민중 연극무대를 예견하기라도 한 듯) 그녀의 종업원들을 위해 연극과 오페라 공연을 준비한다. 소설의 화자는 여기서 인류의 미래를 위한 희망을 찾아낸다.

"삶이 마땅히 흘러가야 할 곳으로, 지금 비로소 몇몇 사람들의 삶에서 실현되고 있지만 언젠가는 모두의 삶에서 구현될, 그런 방향으로 흘러가게 된다면, 세월이 조금 더 흐르면 인생은 훨씬 더 나아져 있을 것이다."

체르니셰프스키는 소설 속 인물들을 이상화했다는 이유로 여러 번 비난을 받았다. 그에 대하여 그는 다음과 같이 대답했다. "그들이 너무 높은 곳에 서 있는 것이 아니라, 당신들이 너무 낮은 곳에 머물러 있는 것입니다. (…) 그들이 구름 속을 떠다니는 것처럼 느껴지는 이유는 당신들이 지하창고에 웅크리고 있기 때문입니다."

18 팔랑스테르(phalanstère): 푸리에가 주창한 사회주의적 생활공동체.

그에게 비난을 퍼부었던 사람들 가운데 가장 유명한 인물은 도스토예프스키이다. 그는 청년 시절에 체르니셰프스키의 정치적 지향에 동조했었으나 나중에는 그 소설의 문학성을 폄하하면서 그것의 유토피아적 구상을 거부했다. 도스토예프스키는 그 소설의 등장인물들을 "피아노 건반"이라고 조롱하듯 명명했다. 즉 늘 똑같은 소리밖에 낼 줄 모르는 기계장치라는 것이다. 거기서 나아가 그는 체르니셰프스키에게 매우 상세한 문학적인 답변을 보내기도 했다. 1864년 그는 이 소설의 성과를 『지하 생활자의 수기』라는 작품으로 되받아쳤다. 『지하 생활자의 수기』는 학문적-기술적 진보에 대한 모든 희망이 거짓임을 증명하는 한 인간의 고백을 그린 작품이다.

그에 반해 톨스토이는 (그는 나중에 체르니셰프스키와는 또 다른 차원에서 몽상가가 되는데) 체르니셰프스키의 책이 그에게 어떤 인상을 주었는지 묻는 친구에게 다음과 같이 대답한다. "이 책은 힘과 영혼의 위대함의 발현이며 대담한 실험이다. (…) 이 책이 나의 내면에서 불러일으킨 전율을 당신에게 제대로 표현할 길이 없다."

톨스토이도 '동료애로 맺어지는 결혼'이라는, 체르니셰프스키의 제안에 나름의 대답을 했다. 『전쟁과 평화』의 에필로그에서, 체르니셰프스키의 소설에서와 마찬가지로, 두 커플은 하나의 생활공동체를 함께 꾸민다. 하지만 이 커플들에게 있어서는 동료애가 아니라 가족으로서 지켜야 하는 전통이 더 강하게 드러난다. 톨스토이에게 있어서 대안적 결혼이라는 것은 체르니셰프스키가 구상한 공산주의적 생활공동체에 대한 보수주의적 보충안일 뿐이다. 톨스토이는 "새로운 인간"의 "이성적 이기주의"가 결국은 땅을 소유한 귀족의 미덕에 다름 아니었다는 것을 증명하고자 한다. 가족의 유대 없는 땅이나 재산은 가꾸고 지키기 어려운 것이다. 체르니셰프스키의 소설로부터 톨스토이는 부부의 저녁 대화를 수용한다. 나타샤와 피에르 베주초프는 그러나 베라와 키르사노프처럼 일상에 대한 대화를 나누지 않는다. 그들은 가족들 사이의 정치적 긴장이나 진보적 프리메이슨인 매형에 반항하는 보수적인 니콜라이 로스토프의 무례한 언동에 대한 이야기를 나눈다.

체르니셰프스키의 『무엇을 할 것인가』는 독일어본 초판이 출간되기 8년 전인 1875년에 프랑스어로 번역되었다. 에밀 졸라는 소시민의 삶을 다룬 이 놀라운 소설에 당혹스러움을 느끼고 그에 대한 비평을 쓰기도 했다. 그리고 그가 "이 러시아인 여주인공을 프랑스식으로 변형해보려" 한다고 공개하기도 했다. 다작하는 작가이면서, 창작 속도도 남달랐던 그는 1877년 체르니셰프스키의 『무엇을 할 것인가』의 프랑스 버전 『목로주점』을 출판한다. 졸라는 그 소설에서 함께 행복을 누릴 수 있고, 서로를 위해 노력할 줄 아는 커플의 결혼생활을 묘사했다. 제르베즈는 옷감 공장을 경영하는 프랑스 버전의 베라이다. 소설가로서의 기질이 체르니셰프스키보다 훨씬 더 강했던 졸라는 유토피아 안으로 운명이 끼어든다면 소설 문법에 보다 충실해질 거라는 점을 잘 알고 있었다. 체르니셰프스키가 너무나도 확고하게 미래의 그림으로 제시했던 부부의 행복을 졸라는 파괴한다. 그리고 비정치적인 의미로, 그러나 비극적으로 알코올이라는 현대의 유령과 숙명에 승리를 안겨준다.

어쨌거나 졸라는 체르니셰프스키의 본래 의도를 잘 파악하고 있었다. 체르니셰프스키의 다른 반대자들 혹은 숭배자들은 사적인 삶의 개혁에 맞닥뜨리자마자 자신의 목표 뒤로 몸을 숨긴다. 체르니셰프스키가 가장 중요하게 생각했던 것은 일상이다. 사랑이 아니었다. 친밀한 감정이 유지될 거라는 희망이 있을 때라야 기대할 수 있는 지속적인 관계의 자리에 실용적인 판단에 따라 일시적으로 유지되는 관계가 들어선다. 체르니셰프스키는 사랑의 담론에, 육체적 접촉이라는 애정의 개념, 그럼에도 실용적인 일상을 깨뜨리지 않는 사랑의 개념을 도입한다. 베라가 키르사노프와 재혼하는 것은 에로틱한 열정 때문이 아니다. 그것은 로푸초프한테서는 느낄 수 없었던 애정을 그에게서 찾았기 때문이다. 애정은 차분한 사랑이며 절제를 아는 성욕으로서 일상에 편입되고, 일상을 밝게 바꾸어주기도 하는 것이다. 졸라의 제르베즈도 그녀의 남편에 대해 이러한 사랑을 품고 있다. 이 소박한 감정들은 소시민들에게 필요한 것이다. 사랑의 언어를 포기하고 열정의 파토스를 삼가하는 애정은 교양을 쌓지 못한 사람들의 결혼도 견고하게 할 수 있다. 체르니셰프스키의 소설은 거창한 감정을 겪어보지 않은 사람들에게서 '지성인의 결혼'을 가능하게 한다. 실제 삶은 완벽한 관심을 요구하는 것이기 때문이다.

『무엇을 할 것인가』는 지성적 엘리트들이 관철시키는 결혼이 아니라 모든 계층의 삶에서 가능한 '지성인의 결혼'을 모델로 제시했다.

브레히트의
'제3의 일'

브레히트는 두 번 결혼했고
(1922년부터 1927년까지는 마리안네 초프와, 1929년부터 그가 사망한 해
인 1956년까지는 헬레네 바이겔과 살았다) 연극의 미래 못지않게 인류의
미래에 대해 몰두했지만, 결혼의 이론에 대해서는 매우 드물게 한마디했
을 뿐이다. 그럼에도 불구하고 그는 '지성인의 결혼'이라는 프로젝트를
끝까지 생각하고, 그것을 몸소 살았던 사람이다. 『전환의 서(*Buch der
Wendung*)』는 (그의 생전에는 출간되지 못했으나) 브레히트가 그때그때 적
어두었던 아포리즘과 사고의 이미지들을 모은 책이다. 그 책의 마지막
장에는 체르니셰프스키가 구상한 결혼의 모델을 한층 발전시킨 사랑과
커플관계에 대한, 현대사회에 조금 더 어울리는 생각들이 기록되어 있다.
　　결혼에 대한 브레히트의 입장은 두 시기에 걸쳐 있다. 그사이에 그는

시민계층이 고수하는 제도로서의 결혼에 대해서는 단지 지나가는 말처럼 언급했을 뿐이다. 『가정 기도서(Hauspostille)』와 『바알(Baal)』을 쓸 때의 브레히트는 가능한 한 반부르주아적인 삶을 추구했으며 결혼에의 의무에 대해서는 어느 정도 여자들이 떠드는 대로 그냥 놔둔다. 그가 수없이 하고, 수없이 깼던 결혼의 약속들을 달리 설명할 길은 없을 것 같다. 그의 첫째 아들 프랑크를 낳은 파울라 반홀처(그는 그녀를 비라고 불렀다)에게 그가 결혼을 맹세했던 시점에 마리안네 초프(그녀와는 정말로 결혼까지 하게 되었다)는 그의 두 번째 아이를 임신하고 있었다. 그는 단지 아이 때문에 결혼을 하게 되었으며, 그 결혼은 곧 깰 거라고 말하며 첫 번째 여자친구를 안심시켰고, 그녀는 1920년에도 다시 한 번 그의 아이를 갖게 된다. 하지만 그 아이는 낳지 않고 유산시킨다. 연인들과 아내의 임신은 브레히트에게 별다른 인상을 주지 않은 것 같다. "작은 브레히트들은 그냥 자라게 내버려둬." 언젠가 한번은 그렇게 큰 소리로 내뱉었고, 그의 아이를 유산시킨 마리안네 초프에게 히스테리와 방약무인의 지경에 버금가는 비난을 퍼부었다. 이 낙태 사건 이후 그는 《저널》에 다음과 같은 글을 실었다. "나는 잔인하게도 그녀에게 프랑크(그와 비 사이의 첫 번째 아들)의 사진들을 보여주었다. 그녀는 크게 소리 내어 울었다. 나는 그녀가 불쌍하다고 생각했다." 몇 달 전 그녀가 오로지 그의 아이만을 갖고 싶다고 간청했기 때문에 그는 마치 존경받을 만한 희생이라도 치르는 양 그녀에게 자신의 생식 능력을 관대히 제공했다는 것이다. "아이는 그 어떤 다른 것보다 훌륭하다. 비록 결혼은 하지 않더라도 나는 그녀를 도와줄 것이다. 왜냐하면 나는 임시적인 존재이고, 어디로든 뛰쳐나갈 수 있는 폭을 가지고 있어야 하기 때문이다. 나는 아직도 자라고 있다." 그는 자녀에 대한 소망을 이렇게 강조했다. 마리안네 초프가 그에게서 벗어나기 위해 생각해냈던 다른 해결책도 그를 방해하지는 않은 것 같다. 그녀는 레히트(그녀의 충실한 숭배자)와 결혼하려고 생각하고 있으며 "나의 아이들을 모두 데려가려는 것" 같다고 브레히트는 《저널》에 썼다. 마리안네 초프가 착실한 시민계급 출신의 애인과 이 모험가 사이에서 끝까지 갈등하는 동안에도, 브레히트는 그녀를 속이고 있었다. 그는 헬레네 바이겔과 관계를 맺고 있었던 것이다. 그녀는 1924년 첫째 아들 슈테판을 출산했고, 1929년 그와 결혼하게 된다. 그 것으로 브레히트는 결혼 혹은 비혼 실험의 두 번째 단계를 시작한다.

복잡한 연애관계들은 (예컨대 거기에는 카스파르 네어나 아르놀트 브론넨과의 동성애적 관계도 꼽을 수 있는데) 젊은 날의 브레히트가 이 개인적인 관계들을 얼마나 하찮게 생각했는지를 보여준다. "사상보다 여자들이 훨씬 더 많았다."고 스스로의 여성 편력을 토로하며 마치 자책하는 듯한 제스처를 취하는 것은, 어쩐지 18세기 기사 이야기에나 나오는 빤한 농담 같다. 이 조숙했던 남자의 뻔뻔함은 '지성인의 결혼'의 역사를 요약한다. 남자들이 생각해낸 것을 실행에 옮기는 데 필요한 여자들은 언제 어디에나 있지 않았던가. 프리드리히 슐레겔은 여성성의 문화사를 카롤리네 슐레겔의 말 많은 삶의 굴곡들에 투영했다. 오토 그로스는 몬테베리타, 슈바빙, 그리고 하이델베르크 여성들을 유혹했고, 그것을 세계개혁에 기여하는 행동이라고 합리화했다. 사르트르는 보부아르가 짠 트리오 속으로 들어갔고 거기서 그의 실존주의 철학을 위한 경험적 배경을 얻었다. 남자들이 생각하고 마는 것을 여자들은 언제나 삶으로 살았다.

마리 루이제 플라이서는 브레히트와 사귀면서도 그와 거리를 둘 줄 아는, 몇몇 드문 여자들 가운데 하나였다. 그녀는 1963년 자신의 소설 「아방가르드(Avantgarde)」에서 다정함과 난폭함, 친절과 전술, 성실과 불성실이 혼재하는 이 인물의 헤아릴 수 없이 많은 단면들을 낱낱이 파헤쳤다. 플라이서는 그 모든 것들이 오로지 하나의 목표를 향하고 있다고 썼다. 그것은 연극과 문학의 진보라는 목표, 그리고 어쩌면 인류의 진보라는 목표에 기여하는 것이다. "그러나 브레히트의 저항력은 지나치게 강하다."라고 마리 루이제 플라이서는 썼다. "그는 그래야 할 필요가 있다면 언제든 순응한다. 그리고 일말의 가능성이 있다고 판단하면 아주 미미한 빵 부스러기라도 요구한다. 그 모든 것을 그는 생활력으로 이해했으며, 그것이 가장 우선적으로 따라야 할 계율이었다." 브레히트의 "생활력"은 사르트르의 철학적 실존주의가 실용적으로 변형된 것이나 다름없다. 브레히트와는 달리, 물론 사르트르는 그의 철학적 구상을 보부아르와 나누었다. 사르트르 역시 부르주아적이지는 않았다. 그는 사랑, 성실, 신뢰라는 가치들의 영역에 머물러 있었다. 믿음직함과 진정성이라는 것은, 그러나 젊은 날의 브레히트에게 부당한 자아부정을 요구하는 것처럼 보인다. 자기 자신에 대한 진실은 다른 사람들을 향한 거짓을 강제한다. 사르트르가 「실존주의는 휴머니즘인가」라는 논문에서 시도한 것 같은, 반부르주아적 실존에 대한 변명을 브레히트라면 결코 하지 않았을 것이다. 인정사정없는 냉정함은 그의 바이탈리즘(활력론)에 있어서 지고의 원칙이다. 바이탈리즘은 사르트르의 실존주의보다 더 현실에 밀착되어 있으며 사회적 조건들에 기울어져 있기 때문에, 그것을 그의 편의대로, 혹은 소위 인류의 평온이라는 것을 위해 가치폄하하거나 할 수는 없다.

청년 브레히트는 온갖 시도를 통해 부르주아적 전통이 고집하는 가치의 실체를 드러내고자 했다. 그에게 결혼이라는 제도는 너무 오래 사용해 더 이상 쓸 수 없는, 쓰레기통에 던져버려도 좋은 동전 같은 것이었다. 혼인이라는 의식만 그에게 아무 의미가 없었던 것이 아니라, 경솔한 결혼의 약속들도 아무 의무가 없는 것이었다. 무엇보다도, "생활력"이 문제가 될 때는, 결혼에 따라오는 감정들이 그를 불편하게 했다. 냉정은 이 가죽옷으로 몸을 감싼, 약간 초라한 처지에 빠진 슈퍼맨에게 센티멘털 문화에 대항할 수 있는 유일한 투쟁 수단이었다. 이토록 난처한 처지에 있을 때에도 그에게 여자들은 사회의 비밀스러운 영역의 거주자로서 중요한 의미를 지닌다. 그는 여자들에게 상처를 입힌다. 그가 얼마나 냉정하게 여자들의 구조 요청을 흘려들었는지, 스스로 혹은 다른 사람들이 약한 척하는 것을 얼마나 냉혹하게 거부했는지를 마리 루이제 플라이서가 「아방가르드」에 묘사해두었다. "무조건 일이 우선이다. 인간은 그렇게 중요하지 않다. 인간은 대체될 수 있다. 그는 그녀(여주인공 칠리, 그 인물 뒤에는 플라이서가 숨어 있었다)의 얼굴에다 대고 무미건조하게 말했다. 매우 의식적으로 그는 그녀의 마음에 상처를 주었다."

플라이서는 그녀의 희곡 『잉골슈타트의 연옥(Fegefeuer in Ingolstadt)』이 거두었던 성공을 이 장면에서 묘사한다. 성공은 그녀를 자신이 태어나고 자란 도시에서 이방인으로 만들었다. 그곳의 시민들이 그녀의 작품에 의해 비난받고 희화화되었다고 느꼈기 때문이다. 브레히트는 이 작품의 창작과 연출에 참여했지만, 그것으로 인해 그녀가 처하게 되는 곤경에 대해서는 아무런 관심도 기울이지 않았다. 브레히트는 감정 결핍과 지배욕으로 특징지어지는 남자 역할에 만족하고 있었다. "그는 앞으로 그가 쓰게 될 연극 작품을 정밀하게 구상해야 한다는 생각에 사로잡혀 있는 것처럼 보였다." 브레히트는 "일"을 고려하며 친구들을 선택했다. "그는 재능 있는 사람들을 자기 주위로 끌어들이는 재주를 타고났다. 그것이 바로 그가 부리는 마법이었다." 연극에 몰두할 때만큼은 이 자기중심적인 남자가 단 한 순간도 자신을 돌보지 않았다. "충돌을 거의 일으키지 않으면서 그는 이미 다른 사람들을 자기 사람으로 만들어두었다. 그는 거기서부터 어떤 일이 일어나게 될 것인지 탐욕스럽게 지켜보고 있었다." 어쨌거나 그는 팀의 리더로 머물렀다. 그리고 소설에 등장하는 칠리 같은 여자친구들은 그들의 자리를 이탈하면 안 되었다. "그의 방황과 성장의 과정에 그녀가 함께했으며, 그녀는 더할 나위 없이 훌륭하게 그가 던진 공을 받아냈다. 그는 포수 없이 작업하는 법이 없었다. 공들은 오직 그녀 때문에 되돌아왔다. 거기에 대해서는 그녀가 자랑할 필요도 없었다."

1920년대 초반 브레히트의 삶에 아직 스며 있던 불확실성, 전통의 파괴 뒤에 남은 공허함이 플라이서가 묘사한 그 시기부터 이미 내용으로 채워지고 있었다. 헬레네 바이겔과 함께 브레히트는 그의 여자관계에 있어서 두 번째 시대에 들어선 것이다. 그는 그녀와 일종의 동맹을 맺었고, 시민적 결혼 계약으로 그 결속에 법적 효력을 부여한다. 그 치밀함은 보부아르와 사르트르의 것에 결코 뒤지지 않는다. 이번에도 역시 아내가 브레히트가 사랑한 여자들, 그를 위해 노동했던 그 수많은 여자들의 중심에 있다. 브레히트가 그의 여성 파트너들에게 요구했던 관대함을 바이겔이 가장 충실하게 감내했던 것 같다. 플라이서는 그녀의 단편소설에서 자기 자신을 "칠리"로, 바이겔을 "폴리"로 등장시켰는데, 거기서 그녀는 바이겔의 탁월함에 대해 경탄해 마지않는다. "폴리는 영리했다. 폴리만이 그것을 해낼 수 있을 것이다. 칠리는 그 때문에 그녀를 질투할 수는 없었다. 그것은 곧 몰락을 의미할 테니까. 그것이 미묘하게 복잡한 지점이다. 그 누구도 그녀를 그녀의 자리에서 몰아내지는 않는다. 원칙적으로 그의 곁에는 특정한 이들을 위한 자리가 있었다. 그는 하나의 태양이었다. 그는 한 번에 여러 곳으로 손을 뻗을 수 있었다."

바이겔-브레히트 커플의 결혼생활에서는 감정에 대한 이야기가 별로 오가지 않았다. 일에 대해서는 할 말들이 많았다. 헬레네 바이겔에게 보낸 브레히트의 편지들은 삶을 어떻게 꾸려가야 할 것인가에 대한 지침들을 담고 있다. 그 이상은 아무것도 없다. 이 결혼생활에는 비교적 큰 갈등이 없었던 것 같다. 폐병을 앓았던 마가레테 슈테핀의 경우만 제외한다면 말이다. 헬레네 바이겔은 아이들의 건강을 염려하며 마가레테가 그들의 집에 드나드는 것을 허락하지 않았다. 공동 작업에 대해서라면 헬레네 바이겔과 베르톨트 브레히트는 서로 잘 조율하고 있었다. 브레히트가 세상을 떠난 뒤에도 베를린 앙상블의 활동에 맥이 끊어지는 일은 벌어지지 않았다. 헬레네 바이겔은 죽은 사람에 대해 미망인이 쓰는 책(이런 책은 언제나 살아남은 자의 복수 같은 성격을 띠게 마련이다)을 쓸 수는 없었을 것이다. 그녀는 베를린 앙상블에서의 활동을 묵묵히 계속해간다. 바이겔과 브레히트는 사르트르-보부아르 커플과 마찬가지로 '지성인의 결혼'의 이상을 실현시켰던 것 같다. 물론 그럼에도 불구하고, 그들은 한 쌍의 부부라기보다는 하나의 팀에 가까웠다.

"그것은 무엇보다도 우선은 일의 문제였다."라고 플라이서의 소설 속에서 보다 많은 사랑을 갈구했던 등장인물 칠리는 낙담한 채 인정한다. 바이겔과 브레히트가 맺고 있던 관계에서도 일은 중요했다. 브레히트가 여생을 그녀 곁에서 보낼 만큼, 다른 많은 여자들보다 단연 바이겔을 돋보이게 했던 것이 무엇인지를 플라이서는 본능적으로 파악하고 있었다. "여배우여야 했다. 그 여자를 통해서 그는 자신을 직접적으로 표현할 수 있었다. 그와 같은 남자에게 있어서는 그것이야말로 진정한 배필의 조건이었다. (…) 그것으로 그는 실제 무엇인가를 시작했고, 그것이 그를 앞으로 끌어갔다. 그가 비로소 자기 자신을 구체적으로 볼 수 있었기 때문이다. 그녀는 그의 눈앞에서 연극화될 수 있는 것과 그렇지 못한 것이 무엇인지 보여주었다. 그를 위해 무엇이든 가능한 것은 끄집어내었고, 이건 여기까지예요, 더 이상은 안 되는 거예요, 라고 경고할 줄 알았다. 그는 더 이상 어둠 속을 더듬거릴 필요가 없었다."

연극은 텍스트와 상연으로 구성된다. 브레히트는 텍스트를 썼고, 바이겔은 텍스트를 표현했다. 그녀는 작품의 일부이고 보충이었으며, 완성이라고도 할 수 있었다. 두 사람이 공동 작업을 통해 함께 영향을 주고받는 이상, 사랑에 대해서는 굳이 이야기할 필요가 없었다.

헬레네 바이겔과 함께 살면서, 특히 망명 기간 동안에, 브레히트는 수없이 많은 연애를 이어갔다. 브레히트의 애인들은 이 커플과 함께 지내거나 멀리 떨어지지 않은 가까운 곳에 살았다. 엘리자베트 하우프트만, 마가레테 슈테핀, 루트 베를라우, 그리고 망명지에서 돌아온 뒤에 사귄 이조트 킬리안을 꼽을 수 있다. 그들 모두 브레히트의 창작 작업에 관련된 일을 떠맡았다. 외국어로 된 책을 독일어로 번역하고, 그의 작품을 교정하고, 마가레테 슈테핀처럼 브레히트가 생각지 못한 곳에 구두점을 찍기도 하고, 공연을 기획하기도 하고, 연극에서 배역을 맡기도 했다. 그런 점에서 브레히트는 보부아르와 사르트르가 범했던 오류를 피할 수 있었다. 그들은 트리오에 섹스로 충족감을 주는 것 외에는 다른 어떤 역할도 해내지 못하는 어린 처녀들을 끌어들였던 것이다. 브레히트는 재능이 없는 여자는 결코 애인으로 선택하지 않았다. 플라이서의 소설 속 칠리가 자기 연민 속에서 했던 생각은 그가 맺었던 모든 관계에 들어맞았다. "그가 그녀에게서 구했던 것은 바로 재능이었다. 사랑은 단지 거기에 따라오는 것일 뿐이었다." 재능 있는 사람들을 이토록 고집스럽게 찾고 후원한 끝에, 한 작가의 경우로는 매우 드물게 '예술가 작업장'이 탄생한다. 존 퓌기[19]는 그의 논쟁적인 글에서 이것을 '브레히트 주식회사 (Brecht & Co.)'라는 타이틀로 불렀다. 이 명칭은 브레히트의 라이프스타일에 꼭 들어맞는 것이다. 브레히트를 "카리스마 넘치는, 비이성적 선동자" (이것 역시 "전적으로 이 세기의 일부분"이었지만)로 꼽은, 퓌기의 증오심 가득한 분석에 브레히트가 시도한 삶의 예외성에 대한 이해는 완전히 배제되어 있기는 하지만, 그의 예술적 작업을 둘러싼 분석은 일면 정확했다.

---

19 존 퓌기(John Fuegi): 미국의 독문학자. 1994년 브레히트 전기를 『브레히트 주식회사: 섹스, 정치 그리고 현대 드라마 만들어내기(*Brecht & Company: Sex, Politics and the Making of the Modern Drama*)』라는 제목으로 출간했다.

바이겔과 브레히트는 많은 여자 동료들을 거느린 경영자 부부였다. 그들의 "기업"에서 바이겔과 브레히트는 사랑에서와 마찬가지로 예술작품의 경제적 성격을 이용했다. 그것으로 브레히트는 바우하우스 건축에 비견될 만한 삶의 건축을 현실화시켰다. "형식은 기능을 좇는다."라는 신즉물주의적 콘셉트는 그의 언어와 그의 마음에 그대로 적용된다. 그의 잠언 중 하나를 변용해 말해본다면, 먼저 기능이 오고 그다음이 형식이다. 먼저 제작의 경제성과 이윤이 맞아야만 하고, 그러고 나서 아름다움과 사랑에 대해 떠들어야 한다. 바우하우스의 미학적 카테고리였던 기능성을 브레히트는 생활의 질로 만들었다.

브레히트의 예술가 작업장은 직원들이 그들의 작업을 통해 에로틱한 관계들을 형성해갔던 기업이다. '지성인의 결혼'은 그곳에서 지성적 일부다처제로 확대되었다. 공동 작업과 실적은 사랑의 지속에 대한 희망을 주체에서 끄집어내고, 그것을 일과 목표와 관련지어 객관화시킨다. 『전환의 서』에서 메-티는 '제3의 일'이라는 제목을 단 작은 장면에 등장해 사랑을 역사적 과제에 종속시키는 대사를 한다.

"만약 두 사람의 이해관계가 얽힌 제3의 일 앞에 놓여 있다면, 두 사람 사이의 관계는 좋은 것이다. 미-엔-레는 거기에 더 많은 사람들이 모여 있는 관계에서도 그렇다고 덧붙인다. 사람들이 공동으로 외적인 일에 전념하게 되면 그들 사이의 모든 일들은 그 일의 필요에 따라 더욱 쉽게 정돈된다. 함께 일을 하다가, 같이 한 양동이를 들다가, 남자와 여자의 손이 맞닿게 될 때 메-티가 기대하게 되는 좋은 일, 그것을 미-엔-레는 그들의 손이 역사의 바퀴를 돌리며 맞닿게 될 때 모든 민중을 위해 기대한다."

모든 창조의 시작점에는 두 사람이 서 있다. 그것이 한 예술작품의 시작이든 사회적 해방을 위한 운동이든 마찬가지다.

"사랑이 다른 창조물들과 완전한 조화를 이룰 때 최상에 도달한다. 그러고 나서야 친절은 모두의 것이 되고, 창조적 방식은 모두에게 유용한 것이 되며, 그들 모두가 생산적인 일을 뒷받침하게 된다."

브레히트는 일을 제일 우선적인 것으로, 사랑을 부수적인 것으로 만들었다. 결혼이 삶의 목표였던 부부가 그들의 근심들을 누군가와 함께 하고 있다는 소속감에 의존해 성찰했던, 그런 인생의 모델로서의 결혼은 "제3의 일"로 해체되었다. 그때까지는 부부가 그들의 친밀한 영역을 지키기 위해 경계를 지었던 사회적이고 보편적인 영역이 관계의 내용을 규정하게 되었다. 그때까지 결혼의 목표이자 그것이 지키는 영역이었던 가족이 명백하게 어떤 다른 대안을 요구하게 되었다. 슐레겔의 루친데와 율리우스는 그들의 관계가 갖는 의미를, 그것의 유일무이함을 친구들에게 보여줄 수 있는 데서 찾았다. 체르니셰프스키는 부부를 오직 공동체 속에서만 상상할 수 있었으며, 두 쌍의 부부를 하나의 주거, 그리고 작업 공동체로 묶었다. 브레히트는 가족을 자신의 반부르주아적 세계 구상 속에서 "단체"로 대체했다. 이 단체는 그 일원들이 서로에 대한 열정을 지니고 있으며, 동시에 같은 일에 매력을 느끼고 활동할 수 있는 하나의 제도이다. 그러나 이 집합체는 개개의 모나드의 합으로 이루어지는 것이 아니라, 두 사람과 두 사람의 관계들이 묶여 형성된다.

"단체는 개별자로 이루어지는 것이 아니라 가장 작은 단위들이 모여 태어난다. 때로는 단체의 결정에 따라 그 가장 작은 단위들은 서로 분리될 수도 있다. 하지만 그런 일이 일어나고 나면 최소 단위를 이룬 개별자들은 각자 새로운 최소 단위를 구성하기 위해 노력한다. 개별자는 최소 단위의 한 부분으로서 그만큼 강한 것이다."

두 사람으로 구성되는 "최소 단위"는 "일이 있는" 곳에서 형성된다. (…) 그것은 주변 세계에서 얻은 모든 경험을 하나의 냄비 속에 집어넣는다. 그것은 어떤 구성원보다도 영리하다." 여기서 우선 "최소 단위"라고 말하는 것은 결코 성별에 따른 정의가 아니다. 하지만 최상의 생산성을 보여주는 "최소 단위"는 서로 사랑하는 사람들이 이룬 공동체. 그들이 자유로이 선택한 환경은 자유로이 선택한 관계에 상응한다.

오직 단체의 틀 안에서, 그리고 그것의 기반으로서 가치를 띠는 유사-결혼 관계의 특징 가운데 하나는 그것이 지속되는 특별한 기간으로 나타난다. 이 지속성은 제도적으로 보장받지도 못하고 감정의 불변에 의지하는 것도 아니다. 오히려 "최소 단위"의 지속성은 거기서 태어나는 결과, "생산물", 공동 작업이 단체를 위해 산출하는 역사적 결실 같은 것으로 보장된다. 커플에게 그들이 결혼으로 맺어져 있다는 것을 인식시키는 것은 그들이 함께 일구어낸 어떤 일이다. 그것이 없는 관계라면, 사랑은 마치 한 번도 존재하지 않았던 것처럼 금세 사라져버린다.

"겉에서 보기만 해도 사랑하는 사람들은 무엇인가를 생산하고 있는 사람처럼 보인다. 그것도 무엇인가 고상한 질서를 만들어내는 사람들처럼. 사랑을 하고 있는 사람들은 열정과 저돌성을 보여준다. 그들은 온유하지만 약하지는 않다. 그들은 언제나 할 수 있는 한 다정한 행동을 하려 한다. 그들은 사랑을 쌓고, 거기에 어떤 역사적인 의미를 부여한다. 마치 역사의 기록으로 정당한 평가를 받고자 하는 것처럼."

메-티는 '3인칭으로 살다'라는 제목이 붙은 한 챕터에서 학생들에게 각자 자기 자신의 역사가가 되어보라고 추천한다. 그들이 하게 될 모든 일들을 "마치 한 권의 전기를 완성하기 위해 기록하듯" 꼼꼼히 적어간다면, 누구나 보다 조심스럽게 철저한 기준들을 지켜가며 살게 될 거라고 한다. 브레히트와 바이겔 같은 커플에게 있어서는 후대까지 전해진 그들의 결혼서약서가 그들을 두고 한번쯤 쓰일 법한 전기일 것이다. 그들의 결혼서약서는 그들이 극장에서 함께 거두었던 성공이었을 뿐, 사회적으로 유효한, 호적사무소에서 서명한 혼인증명서 같은 것이 아니었다.

어쩌면 그것으로 한 권의 책이 편집될 수도 있었을 일종의 일기장인, 브레히트의『전환의 서』는 그의 직접적인 체험들에 대한 성찰들을, 가공하지 않은 채 가감 없이 담고 있다. 그 안에서 커플관계에 대한 부분들은 1933년과 1940년에 브레히트가 로트 베를라우와 가졌던 관계에 대한 글이다. 이 텍스트에서 그는 단체와 관련된, 물론 감정적 교류가 강조되는 작업 공동체의 프로그램을 구체적으로 보여주고 있다. 브레히트에게는 감각의 자유나 여성해방운동이 문제가 되지 않는다. 오히려 그에게는 두 사람이 나눈 사랑의 결과가 그 커플에게 어떤 의미를 갖는지가 더 중요하다.

"육체적 쾌락에 대해 많은 이야기를 할 수도 있겠지만, 나는 그에 대해서는 이야기하지 않을 것이다. 별로 할 말도 없는 사랑에 대해서도 마찬가지다. 이 두 개의 현상으로 세상은 굴러가는 것 같다. 하지만 그 사랑이라는 것은 다시 잘 분류하여 관찰해야 할 것이다. 왜냐하면 그것도 하나의 생산품이기 때문이다. 사랑은 사랑을 하는 사람들과 사랑을 받는 사람들을 변화시킨다. 좋은 쪽으로든, 나쁜 쪽으로든."

브레히트는 파트너 사이에 존재할 수 있는 지성적 거리를 성찰하고, 그것에 정당한 의미를 부여한 첫 번째 사람이다. "제3의 일"은 다양한 차원에서 그 역할을 다하고 있다. 어쨌거나 그것은 관계를 결속시키는 역할도 여전히 하고 있다. 그로써 새로운 커플관계의 조건으로 전제되는 지성은 엘리트적이고 정신적인 차원에서 벗어나 보편적으로 누구에게나 가능한, 자신의 의지로 결정하면 누구라도 획득할 수 있는 것이 된다. 종종 한 창작물은 오직 한 사람의 빛나는 역량에서 비롯되는 것으로 보이기도 한다.

"나의 작품에서 풍경을 묘사하며 덧붙인 그 22행은 아마도 그녀(애인) 없이는 쓰이지 않았을 것이다. 물론 우리 둘이 풍경에 대한 이야기를 나눈 적은 한 번도 없다. (…) 물론 나는 그녀가 몸을 움직이는 방식도 내 시의 구조에 적용했다."

여기서 브레히트는 자신의 작품을 아내에게 바치는, 그저 그녀가 거기 살아 있기 때문이라는 것 이외에 다른 어떤 헌정의 사유도 대지 못하는 전통적인 남편의 역할로 뒷걸음치는 것처럼 보이기도 한다. 하지만 혁명의 아우라가 루트 베를라우라는 여인을 에워싸고 있지 않았다면, 그가 이와 같은 헌사를 바칠 수는 없었을 것이다. 공산주의자였던 루트 베를라우는 시민전쟁이 벌어지는 동안 오랜 시간을 스페인에 머물렀다. 그곳에서 그녀가 취했던 태도로부터 브레히트는 "신뢰"가 무엇인지 제대로 배우게 되었다. 신뢰는 모든 지성적 관계에 꼭 필요한 것이다. 특히 파트너들이 서로 떨어져 일을 하거나 "제3의 일"로 함께 무엇인가를 도모해야 할 때.

"제3의 일"은 이미 오래전부터 커플들을 결속시켜왔다. 예컨대 가족의 체면, 돈, 살림살이, 자녀. 하지만 브레히트의 창작 공동체는 미래를 향하고 있었으며, 규격대로 짜 맞춘 반복이 아닌 창작품들을 내놓았다. 마치 세대에서 세대로 이어져가는 흐름처럼. 브레히트 주식회사는 새로운 아이디어, 새로운 형식들, 새로운 연극들을 만들어내었다. 아내들, 연인들, 자녀들, 그리고 친구들로 구성된 브레히트의 지성적 창작 공동체는 가치를 확신할 수 있는 일에 시간을 바쳤다. 브레히트의 작업장은 모든 가능한 능력들을 하나로 결속시켰다. 다만 그들의 자아실현을 위해 두 사람 이외에 더 필요한 "제3의 일"이 무엇이어야 하는지는 스스로 결정해야 했을 것이다.

위
기

결 혼 과 갈 등,

그 리 고 투 쟁

"남자와 여자 사이에서 발생하는

특별한 문제이고 아니고를 떠나서,

결혼의 기술도 하나의 기술로서

한 쌍이 된 두 사람이 해결해야 하는 과제이다."

— 헤르만 그라프 카이절링

'결혼의 책'으로부터

　　"인생의 진짜 어려움들은 결혼을 하면서 끝나는 것이 아니라, 결혼과 함께 비로소 시작된다." 헤르만 그라프 카이절링(Hermann Graf Keyserling)은 1925년 『결혼의 책』에서 그렇게 단언하고 있다. 그는 "그럼에도 불구하고 시대를 초월해 어디에서나 흔히 일어날 수 있는 결혼의 불행이, 마음속에 있는 결혼에 대한 아름다운 이상을 훼손시킨 일은 아직 어느 세대에서도 일어나지 않았다."라고 말을 이어갔다. 카이절링은 바로 그렇기 때문에 "결혼이라는 문제를 제대로 제기하여" 깊이 성찰해보고 싶어졌다고 『결혼의 책』 서문에서 말하고 있다.

　　카이절링은 '살롱철학자'로 저평가되어왔다. 오히려 기행문학 작가로서 독자들에게 인지도가 더 높았다. 그는 1920년 다름슈타트에 '지혜의

학교'를 설립했고, 그곳에서 개최하는 연간 심포지엄에 칼 구스타프 융, 라빈드라나트 타고르(Rabindranath Tagore) 같은 당대의 저명한 학자들을 초청하여 시대와 밀접한 문제들을 놓고 토론을 벌였다. 그가 출간한 『결혼의 책』은 여러 필자가 기고한 글들을 편집한 책이다. 여러 '지혜로운' 인사들과의 교류는 카이절링이 민속학, 중국학, 심리학 분야의 학자들과 작가들(그 가운데는 토마스 만과 리카르다 후흐[1]도 있었다)의 글을 모아 책을 펴내는 데 도움이 되었다. 여기 모인 사람들은 각자의 관점에서 "결혼이라는 문제를 제대로 제기하며" 그에 대한 깨달음과 해법을 찾으려고 했다. 다양한 국가와 문화와 계급, 그리고 연령대에 걸쳐 결혼이라는 관습이 어떻게 반영되어 있는가를 관찰하는 일은, 유럽의 부르주아 계급이 구상해놓은 결혼의 익숙한 형식이 상대적인 것임을 인식하게 해주었다. 특히 자유로운 파트너 선택이 허용되는 '사랑의 결혼'에 대해 회의적인 의견들이 제기되었다.

카이절링의 『결혼의 책』은, 20세기 초 성관계의 급진적인 변화를 외쳤던 책들이 열광적인 분위기를 띠었던 것과 비교했을 때, 차분한 논조를 장점으로 들 수 있는 책이다. 이 책은 유토피아에 도취된 감상 대신에 회

---

1 리카르다 후흐(Ricarda Huch, 1864~ 1947): 독일의 시인·소설가·사학자. 프로이센 아카데미의 최초의 여성 회원.

의적이면서 절제되어 있는 태도를 취한다. 그리고 한 발짝 뒤로 물러서서 문제를 관찰하는 그러한 태도는, 좀 더 많은 교양 계층이 이 주제에 대해 토론할 수 있게끔 만들었다. 카이절링의 책으로 인해 지성인들의 실험이 의식 있는 시민들에게까지 확대된 것이다.

상대주의적 입장과 비판적 시각에도 불구하고, 카이절링의 세대 역시 결혼이 가져다주는 행복에 대한 희망을 절대로 놓지 않았다. 그 확고한 믿음은 희망을 위한 약속을 갈구하도록 철학자들을 부추겼다. "결혼은 칸트적 의미에서 '선험적'이라 할 수 있는, 현존의 자연스러운 카테고리 가운데 하나이다." 카이절링의 책이 총각, 독신남, 미망인, 노처녀 등을 부정적인 주변 현상으로 가치 폄하하고 있는 것을 보면, 사회를 구성하는 '원형'으로서의 결혼을 어떻게 정의하고 있었는지 알 수 있다.

그는 결혼이 인간의 세 가지 욕구를 결합시킨다고 보았다. 번식, 사랑, 그리고 자기 보존의 욕구. 이 세 가지 의도들은 서로 모순되고, 목표를 실현하는 데 서로 도움이 되지도 않는다. 첫 번째 욕구는 종족의 유지를 목표로 한다. 두 번째는 함께하는 행복을, 세 번째는 고독을 추구한다. 이렇게 다른 목적을 가진 힘들이 서로 영향을 주고받으며 어떤 "긴장된 상태"를 만들어내는데, 그것이 바로 "결혼에 있어서 최우선적으로, 그리고 마지막까지 끝내 문제가 되는" 지점이라고 보았다. 결혼이 근본적으로 비극적인 제도가 되고 마는 것은 바로 이런 긴장 때문이라는 것이다.

카이절링은 결혼의 개혁을 외쳤던 사람들이 주장한 에로틱한 행복에 대한 약속을 차근차근 논리적으로 비판한다. 갈망이란, 그것이 에로틱한 것이든 감정적으로 격렬한 것이든 간에, 일단 충족되고 나면 사라져버린다는 것이다. "결혼으로 이끌었던 동기들은 곧 무대 뒤로 사라져버린다." 카이절링은 시대와 영원을 초월한 두 영혼의 결합에 대한 낭만적인 희망을 교정한다. 국가, 교회, 문학에 의해 포장된 이 공생 관계에 대한 믿음을 깨끗이 없애주는 것이다. 그 대신 자기 의지를 고집하며 서로에게 탐닉하고 있는 공상가들을 위해 그는 더 나은 메타포를 하나 찾는다. 만약 결혼관계라는 것이 성립한다면, 그것은 "타원처럼 생긴 힘의 자장 범위"를 닮았을 것이다. "그 안에는 두 개의 독립된 초점이 있는데, 그들은 결코 서로 만나지 않으며, 절대로 융합될 수도 없다. 그들의 극적 긴장관계는 타원이 타원으로 존재하는 한 사라지지 않는다." 결혼의 가치는 바로 이 두 개의 초점에 있다.

한 인간은 파트너를 통해서 자신이 속한 사회의 첫 번째 대표자를 마주하게 되고, 그 속에서 근본적으로 다름을 경험하고, 또 세계에 대한 자신의 위치와 입장을 정의할 줄 알게 된다. 카이절링이 엮은 이 책은 결혼을 회의적으로 바라보고자 했던 시도였음에도 불구하고, 그 안에 실린 글들은 모두 결혼이라는 제도를 정당화하고자 한다. 토마스 만은 심지어 결혼을, 약간 과장스러울 정도로, 찬양하기까지 했다. 결혼은 지극히 현실적인 것들 속에서 모험에 나서는 것이며, 인간들만이 할 수 있는 시도이며, 살면서 갖게 되는 감정과 꿈을 투철하게 실현시키는 일이라고 그는 말했다. 또 "인생을 긍정하는 이 용감함"으로 결혼에 나서는 것은 모든 도덕성과 사회성이 깃든 심리학적 공식이라고 보았다.

카이절링의 저서 외에도 결혼이라는 낡은 형식의 바람직하지 못한 점들에 대해 의문을 제기하는 목소리들이 있었다. 성과학의 학문적 기반을 다졌던 이반 블로흐(Iwan Bloch)는 결혼의 사회적 필요성을 강조한다.

"순수한 인류학적 관점에서 볼 때 (…) 결혼생활은 섹스의 변화를 추구하는 인간의 욕구를 전혀 만족시키지 못하는, 전적으로 인위적인 구조처럼 보인다. (…) 그러나 그것은 오로지 육체적, 감각적 관계에만 주목한 것으로, 정신적이고 윤리적인 내용을 지닌 문화적 이상으로서의 결혼은 고려하지 않은 시각이다."

결혼에 회의적인 태도를 고수하면서도 결혼을 포기할 수는 없었던 시대정신은, 이 결혼이라는 삶의 방식을 현대 의식에 걸맞게 적용할 지성적인 구상을 꺼내 들었다. 그것은 결혼제도의 위기를 초래한 억압의 문제를 해결하려는 구원의 시도였다. 카이절링은 현대적 처세술에서 어떤 가능성을 발견한다. "남자와 여자 사이에서 발생하는 특별한 문제이고 아니고를 떠나서, 결혼의 기술도 하나의 기술로서 한 쌍이 된 두 사람이 해결해야 하는 과제이다." 그는 이 결혼이라는 예술작품을 성공적으로 만들기 위한 첫 번째 전제는 "거리"이며, 두 번째 전제는 "완벽한 동등함"이라고 했다. 물론 여자가 "모험이나 일삼고 책임을 지는 데는 소극적인 종자들"인 남자보다 훨씬 더 훌륭한 "결혼의 예술가"이긴 하지만 말이다. 사랑의 격정에서 솟아난 수사학이 노래하는 바와는 다르게 '거리'는 결혼생활에서 사라져서는 안 된다. 오히려 잘 유지되도록 관리해야 하는 것이다. 현대에 와서 점점 더 복잡해지고 있는 결혼이라는 제도의 특성은 상호 이해에 있어서 갈수록 보다 높은 수준을 요구한다. "그러므로 미래의 결혼은 과거의 그 어느 때보다 더 새침한 성격을 띠게 될 것이다." 카이절링은 여성의 직업 활동이 늘어나고 교육 수준이 높은 개인들이 점점 더 많아지는 사회, 유동성이 보다 증가된 사회를 전제하고 있다. 따라서 그가 생각하는 모델은 '지성인의 결혼'에 다가서 있는 것이다. "모든 사람이 꼭 결혼을 해야 하는 것은 아니다. 그리고 결혼은 점점 더 그 고유한 의미를 찾은 사람들에게만 의미 있는 일이 되어갈 것이다. 그것은 무엇이든 고도로 발달할수록 당면하게 되는 일이다."

카이절링의 미학적 요구들은 결혼생활이 사라진 사회를 가리키고 있다. 결혼이 하나의 예술작품이 되어야 한다면, 그것은 어떤 흔치 않은 재능을 필요로 할 것이다.

"결혼관계의 유일무이성에서 볼 때, 그로부터 추론할 수 있는 것은 결국, 결혼이 진보하면 할수록 그것이 이성 간의 유일한 관계로 간주되는 일은 점점 더 늘어나기는커녕, 점점 더 드물어질 거라는 점이다."

믿음의 결합도 거부하고, "다층적인 관점에서 노마드[2]적인" 산업화된 인류의 태도가 "결혼의 썰물"을 가져왔다. 결혼생활이 순조롭지 못하면,

"서로에게 구속되어 숨이 막혀 죽어가는 것보다는 이혼을 하는 것이 더 낫다."고 말하고 있는 것이다.

카이절링이 쓴 글의 도입부에서 '선험적'이라는 카테고리로 설명되었던 결혼은, 그 끝에 이르러서는 이제 단지 사람과 사람 사이의 여러 심도 깊은 교제 유형들 가운데 하나로 이해될 뿐이다. '지성인의 결혼'이라는 프로젝트는 하나의 이상적인 상태를 창조하고자 했다. 카이절링은 이러한 이상적인 상태가 현실에서는 이루어질 수 없음을 안타깝게 생각한다. 그러나 그는 이상적인 상태의 가치를 그것의 유일무이성에서 찾지 않는다. 그는 그것의 현대성에 주목한다. 많은 커플관계들이 보여주고 있듯이 결혼이라는 제도를 오로지 두 사람의 능력과 의지로만 지탱하려는 시도는 커플이 된 두 사람에게 과도한 부담이 되고 만다는 것이다.

그는 결혼을 혁명적으로 새롭게 규정하고자 했던 시도들 속에 내재한 위험은 결혼을 둘러싼 실험들이 분명하게 보여주고 있다고 말한다. 카이절링은 거기서 현실을 겨냥한다. 이미 결혼에 대한 지성적인 구상들이 보여주었듯이, 결혼이라는 관계의 밀접함은, 그것이 순조로울 때는 지극한 행복을 주지만, 제대로 굴러가지 않을 때는 불행하기 그지없는

---

2 프랑스 철학자 질 들뢰즈(Gilles Deleuze)의 저서 『차이와 반복』에 나오는 용어로, 유목민 또는 유랑자를 뜻한다. 공간적인 이동만을 전제로 하는 것이 아니라 한 자리에 머물면서도 특정한 가치와 삶의 방식에 얽매이지 않고 새로운 자아를 찾아가는 것을 뜻하는 철학 개념이다.

광기로 이어지기 때문이다. 어마어마한 약속으로 시작된 커플 관계들이 보여주었듯이, 그 실험이 도달한 뜻밖의 결과는 의미심장하게도 개인적인 위기인 것이다.

질투의 감정

　　　　　　　　　　　　　　사람과 사람 사이의 충돌은,
예의라는 규범들로 조율된다. 하지만 결혼생활에는 그러한 배려들이 빠
져 있다. 그래서 상대에게 품게 되는 반감들이 제어할 수 없이 강하게 부
딪친다. 심각해질 수 있는 갈등들은, 오로지 두 사람이 함께 계획을 세
우고 행동하는 범위 안에서만 해결될 수 있다. 파트너 중 한 사람이 (이
것은 미묘한 차이인데) 다른 한 사람보다 전통을 선호하거나 혹은 전통
의 단절을 선호하면, 그들의 평화는 위협받게 된다.

　질투는 일종의 뜨거운 감정이다. 자연스럽게 작동하는 인간의 심리
가운데 하나로 그것이 머무를 때는 별 문제가 없다. 그러나 그것이 결혼
생활 안에서 전통과 현대의 갈등 같은 문제 사이에 던져질 때는 극복하
기 힘든 장애물이 될 수 있다. 전통적인 결혼생활은 질투를 조정했었다.

이중도덕은 남편들에게 충분한 자유를 허용했다. 남편은 아내의 투정을 (아내가 자유를 달라는 희망사항을 피력할 때와 마찬가지로) 귓등으로 들어 넘겨도 되었다. 이중도덕은 남편의 외도를 용서했다. 그 근거로 내세웠던 것은, 여자들이란 본성적으로 섹스에 관심이 없으니 남편들이 다른 여자를 찾는 것 말고 달리 어떤 방도가 있겠느냐는 것이었다. 그들의 성적 충동을 만족시키는 일에 서슴없이 나설 만큼, 충분히 '저급한' 여자들 말이다. 순진하고 때 타지 않은 아내에게는 이런 문제에 한해서라면 관용을 기대할 수 있었던 것이다.

여성의 성욕을 인정하기 시작하면서부터 질투는 사라졌다. 물론 남성과 여성 모두에게서. 아내는 부부관계를 넘어서는 에로틱한 욕구들에 대해 남편에게 고백할 수 있었다. 그리고 그것을 충분히 옹호할 수 있었다. 남편 또한 그런 욕구가 허용되는 한에서는 마찬가지로 아내의 인내심을 기대할 수 있었다. 에로티시즘에 대한 관용이 '지성인의 결혼'에 도덕적 기본 원칙이 된 것이다. 사랑과 섹스에 대한 개방적인 대화를 주도하는 모임(여성들은 이런 모임을 통해 남성들과 동등하게 논쟁하는 법을 배웠다)에서는 질투라는 현상에 대해 격렬한 토론을 벌였다. 막스 베버는 아스코나에서 오토 그로스의 부인인 프리다 그로스를 만났던 일에 대해 아내에게 다음과 같이 이야기했다.

"그녀는 거의 미칠 지경에 이르러 있었소. 완전히 '탈진'해 있었다고 말해야 할 정도로. 그 어떤 연민도 남아 있지 않았소. 그리고 그녀가 고백한바, 정신적으로 너무나 끔찍한 고통을 주는 저 일부다처제까지. 누구나 시작은 다 똑같아요. 그녀는 남편의 까다로운 요구들을 더 이상은 들어줄 수가 없다고 했소. 정신적으로 완전히 피폐해져 있었고, 남편이 무조건 '다른 것'을 원한다고 말하더군."

게다가 에른스트 프릭(Ernst Frick)—1911년부터 프리다 그로스의 애인이었고, 프리다는 그의 아이를 셋이나 낳았다—은 질투를 벗어난, 정말로 '자유로운', 내적으로 해방된 사랑이 실현될 미래 사회에 대한 '종교적 믿음'을 대변하는 사람이었다고 막스 베버는 아내에게 전했다. 그리고 프리다 그로스가 스스로 그녀의 행동을 이론화하고 있었고, 그것이 혹 "사랑의 유별난 변덕"은 아니냐는 베버의 물음에 그녀는 거침없이 다음과 같이 대답했다고 한다. "그래요, 이건 정말 끔찍하고 절망적인 거예요."

성욕의 충족으로 이어졌던 희망은 그렇게 아무 성과 없이 끝난다. 겉으로는 구원처럼 보였던 것이 내면에서는 질환으로 받아들여졌던 것이다. 소위 "섹스의 반도덕주의자들"과 "결혼의 프로테스탄트들"에게서도. 남자들도 그때부터 질투를 알게 되었다. 오토 그로스조차도 질투의 감정으로부터 결코 자유롭지 않았다. 엘제 야페가 다른 남자에게로 마음을 돌렸을 때, 그는 질투심을 들키지 않기 위해 전통적인 주군의 제스처를 보이며 도피했다. "내 느낌에, 그녀는 한 배에 주군과 하인을 다 태우려는 것 같다. *하지만 그녀는 그에게 '네'라고 대답하면서 동시에 나에*

게도 '네'라고 대답할 수는 없다." 그들에게 주어진 사명에 부응하기 위한 시도로, 몇몇 "결혼의 프로테스탄트들"은 약물의 힘을 빌려 어떤 비정상적인 상태에 빠지기도 했다. 시민사회로부터의 그와 같은 퇴장은 취기 속에서 일어났고, 그럼으로써 고통과 가책을 낳았다.

리베르티나주에 대해 부정적으로 생각했던 또 하나의 진보적인 그룹은 여권론자들이었다. 그들은 에로티시즘의 자유를 둘러싼 투쟁에서 여자들은 출발 지점에서부터 불리했다는 것을 숙지하고 있었다. 남자들이 짜놓은 거대한 계획의 뒤편에서 여자들은 미미한 동인(動因)들을 추측하고만 있었던 것이다. 헬레네 랑에[3]는 "전체적으로 고찰했을 때, 짐을 짊어지는 것은 자연스럽게 여자들의 몫"이었다고 단언한다. "저 지극히 개인적인, 온 존재가 걸린 위대한 사랑은 '일시적인 결혼'은 바라지 않는다. '일시적인 결혼'을 요청하는 것은 '소심한 열정, 감각적 도취, 교체에 대한 흥미, 순간적인 정욕, 의리 없는 이기주의'일 뿐이다."

마리안네 베버는 친구 엘제 야페의 자유로운 삶을 이해하려고 노력했고, 엘제의 자유가 그녀의 삶을 침범했을 때에도, 질투로 인한 고통을 꿋꿋하게 견뎌냈다. "몸이 저지르는 부정(不貞)이 결정적인 것이라는, 그

---

3 헬레네 랑에(Helene Lange, 1848~
1930): 교육자이자 페미니스트.

거야말로 결혼을 무너뜨리는 사건이라는 기존의 견해는 경험에 의해 반박당하고 있다." 육체관계를 자유롭게 갖는 데 따르는 위험이 그 자유의 가치를 높이는 꼴이 되고 있다. (이것은 의심할 여지도 없이 그녀가 남편을 두고 하는 말이다.) "예컨대 내면적인 요소를 충분히 갖춘 한 남자가 그의 정신과 영혼의 발화들을 끊임없이 애인들에게 바친다면, 자기 존재를 걸고 그 남자 안에 뿌리 내린 그의 아내는 남편이 감각적 욕구의 해소를 위해 이따금 외도를 저지르는 것보다 훨씬 더 심각한 고통을 느낄 것이다." 의미 없는 외도와 부담을 느껴야 하는 관계, 즉 일시적인 탈선과 본질적으로 소원해진 관계를 구분하는 것은 마리안네 베버의 새로운 정리다.

부르주아들은 그들이 갖춰야 할 교양의 모델로, 그릇이 큰 남자들이 따라야 할 하나의 전형을 정립했다. 여자들은 여기에 결혼의 기술과 결혼생활에 필요한 관용을 완벽하게 구현했던 한 쌍의 커플을 예로 든다. 그들은 카롤리네 폰 훔볼트(Caroline von Humboldt)와 빌헬름 폰 훔볼트(Wilhelm von Humboldt) 부부이다. 훔볼트의 자손 가운데 한 명인, 안나 폰 지도프(Anna von Sydow)가 그들 사이의 서신 교환을 일곱 권짜리 선집으로 묶어 1906년에 출판한 것은 결코 우연이 아니다. 바로 그 시절이 전통적인 결혼생활에 대한 논쟁이 격렬하게 일어났던 때이기 때문이다. 후에 마리안네 베버의 친구가 된 게르트루트 보이머[4]는 "카롤리네와 빌헬름 폰 훔볼트의 결혼은 우리에게 남편과 아내의 가장 완벽한 관계를 보여주고 있다. 어디서도 찾아볼 수 없었던 그들의 평등한 관계는, 한 사람을 다른 사람의 지도자이자 동반자로 만들고 있다."라고 말했다. "카롤리네 폰 훔볼트로부터 삶이, 내면의 움직임이, 피와 힘이 솟아나와 그들의 공존 속으로 흘러갔다. 그녀는 고갈되지 않는 온화함을 지니고 있었다. 그것은 빌헬름 폰 훔볼트의 사상을 빠짐없이 포용하고도 남았다. 그는 그대로 그녀 곁에 정신세계를 구축했다. 환하고 아름다운, 널찍하게 터를 잡은 집 같은 하나의 세상을." 보이머는 카롤리네 폰 훔볼트의 자유연애를 공허한 미사여구로 치장하며 어떤 내적 본성의 풍요로움으로 설명하려 한다. "그녀는 빛을 발하기 위해 창조되었다. 그녀의 여성적인 영혼은 한 사람과의 관계 안에서만 소진되기에는 너무도 풍요롭고 뜨겁게 타오르고 있었다." 보이머는 당혹감으로 눈이 동그래진 부르주아들 앞에 이 자유로운 부부의 기념상을 세웠다. "그들 두 사람은 목을 죄는 것 같은 이 갑갑한 소유욕, 소심한 불안과 병적인 질투 너머에 나란히 서 있었다. 그들은 결코 해체할 수 없는 내적 결합으로 묶여 있다는 것을 무조건적으로 확신하고 있었다, 결혼생활에 있어서도 부모 역할에 있어서도." 하지만 그 화사한 수식들은 (그런 수사는 무언가를

---

4 게르트루트 보이머(Gertrud Bäumer, 1873~1954): 독일 페미니스트 운동가.

선명하게 드러내기보다는 안개 속에 흐릿하게 감추고 있는데) 신경에 몹시 거슬리는 질투심, 관용을 다짐한 마음에 갑작스럽게 엄습하곤 하는 질투심을 해결할 방법을 어느 누구도 알지 못한다는 것을 보여주는 증거이다.

마리안네 베버는 훔볼트 커플의 삶을 조심스럽게 해명해보려 했다. "훔볼트 부부는 동등하게 소양을 갖춘 두 사람에게 어울리는 현명함을 지녔다. 그들은 서로를 지켜주었고, 때로는 상대를 완전히 풀어주었다. 또 그를 통해 그들이 삶에서 누릴 수 있었던 헤아릴 길 없는 풍족함에 대해서는 서로에게 감사했다. 카롤리네와 빌헬름 폰 훔볼트 부부의 삶은 우정으로 결합한 부부에게 있어서는 관용이 최고의 덕목이라고 말해준다. 그것은 이성 관계에 있어서는, 괴테와 실러의 동상만큼이나 기념비적인 것이다.

사르트르와 나름 귀족 집안의 딸이었던 보부아르가 아직 귀족주의적인 전통이 살아 있었던 파리에서 상호 계약하에 행했던 외도는 어느 정도는 마찰 없이 굴러갔다. 모범적인 관용이라면, 비타 색빌웨스트와 해럴드 니콜슨 부부도 여실히 보여주었다. 비타 역시 에로티시즘에 대한 관용을 너무나 당연하게 여기던 귀족 가문 출신이었다. 사랑이 아니라 관습에 따라 맺어진 부부 사이에는 부정(不貞)이란 것이 존재할 수 없다. 정절을 지키는 일이 당연한 것으로 기대되는 경우라면 물론 부정이란 말을 꺼낼 수도 있을 것이다. 하지만 비타 색빌웨스트의 리베르티나주는,

출신 배경으로부터 자연스럽게 이어받은 교양 프로그램에 따른 것일 뿐이었다. 그녀의 할아버지인 색빌 경은 스페인 출신 무희와 함께 살았다. 그녀의 어머니의 정부는 존 머레이 스코트 경이었다. 그녀의 여자친구 바이올렛 트레퓨시스의 어머니 알리스 케플러는 영국 왕의 첩이었다. 버지니아 울프, 바이올렛 트레퓨시스와 그녀의 동성애적 관계는 온 유럽을 떠들썩하게 했지만 정작 그녀에게는 조금도 특별한 일이 아니었을지 모른다. 그녀의 남편 해럴드 니콜슨(그는 옛 귀족주의 전통에 따라 성장했고, 동성애나 새 시대의 계율 같은 것과는 거리가 멀었다)에게 질투는 익숙한 감정이 아니었다. 하지만 시민사회에서 성장한 그가 아내에게 자연스럽게 품었던 애착으로 인해 그 역시 아내의 외도로 인한 마음의 고통을 겪어야 했다. 그는 1919년 2월 3일에 여자친구와 함께 유럽으로 도망간 아내에게 편지를 썼다. "당신이 나를 떠나가고 있다는 느낌이 들어요. 내가 당신에게 얼마나 헌신하고 싶은지, 어떤 의미의 정절을 바치고 싶어 하는지 당신은 모를 거요. 당신이 하고 있는 일을 두고, 그릇되었다거나 부당하다고 말할 수는 없을 것이오. 나는 당신을 미칠 듯이 사랑하오. 바로 그 모든 일들 *때문에*."

두 사람 모두 동성애자였기에, 그들은 결혼이라는 제도 안에서 결혼을 배반하는 연애를 하면서도 성실한 우정으로 묶일 수 있었다. 니콜슨은 혼외 연애에 따르는 결과들을 처리하기 위해 심지어 시민적인 정절의 맹세를 이용했다. 상대의 부정(不貞)에 대해 질투로 반응하기 마련인 사랑, 그 사랑이 부정의 상처를 치유하는 치료제가 된다.

"당신에 대한 나의 사랑은 믿어도 된다는 걸 당신도 알 것이오. 내가 모든 것을 이해할 수 있다는 것도. 당신이 지금 아름다운 곳에 가 있을 거라는 생각을 하면 희한하게도 나는 대리만족을 느끼기까지 한다오. 당신이 즐거워하고 있다는 사실로 즐거움을 삼을 수 있는, 그런 사람으로 나를 생각해주오."

시몬 드 보부아르에게 사르트르가 했던 말이 문득 떠오른다. "나의 또 다른 부분이여, 기쁨을 느끼는(l'autre part de moi, s'amuse)." 파트너의 부정한 행위들에도 불구하고 결혼을 지속하게 만드는 것은 무관심이 아니다. 그것은 관능적인 소통 안에서 다 고갈되어버리는 것이 아닌, 어떤 특별한 친밀함이다. 보부아르와 사르트르 혹은 색빌웨스트와 니콜슨 같은 커플들은 서로 양립할 수 없는 듯 보이는 것들 사이에서 균형을 이루었다. 그들의 결합은 사회적 정절 위에 기반을 두고 있었지만, 그것이 반드시 성적인 정절도 지켜야 한다는 의미는 아니었다.

파트너와의
경쟁

            '지성인의 결혼'은
남자들의 발명품이다. 여성들이 이 관계에 함께하게 된 계기는 제각기
다르다. 오토 그로스와 그러한 관계를 맺었던 여자들은 그의 제자들이
었고, 브레히트의 경우에는 타자를 쳐주던 비서들이었다. 베버의 곁에는
그의 명성을 소비하는 여자들이 있었고, 말러에게는 미망인들과 상속녀
들이 있었다. 파울 레[5], 니체, 릴케, 프로이트 등 걸출한 남자들을 애인
으로 두었던 루 안드레아스 살로메(Lou Anderas Salomé)가 그녀의 첫 번째

---

5 파울 레 (Paul Rée, 1849~1911): 독일
의 윤리학자.

책『신을 얻기 위한 투쟁(*Im Kampf um Gott)*』을 하인리히 루(Heinrich Lou)라는 필명으로 출간했을 때, 냉소주의적인 니체는 그녀의 여성적 글쓰기에 대해 다음과 같은 성차별적 격려를 표현했다. "이 여자를 매혹시키는 것이 저 '영원히 여성적인 것'이 아니라고 한다면, 그것은 아마도 '영원히 남성적인 것'이리라."

사르트르와 같은 조건하에 대학에서 학업을 시작했던 시몬 드 보부아르도 그녀의 자서전에서, 명망을 얻은 남자 곁에 머물고자 하는 "지성적 기생"에 대한 자괴감을 표현했다. 그녀도 나중에 명성을 얻게 되지만, 그것은 그녀가 남성들의 철학적, 미학적 토론에서 한 발짝 물러나 여성적인 주제들에 제한하여 집중했기에 성취할 수 있었던 결과였을 뿐이다. 말하자면 그것은 맨 앞줄이기는 하지만, 마치 교회에서 여자들만 앉는 블록의 맨 앞줄과 같은 자리였던 셈이다.

에로티시즘에 대한 여성들의 각성은 여성들의 정신적 열등감에 대한 통찰과 밀접하게 연관되어 있었다. 지적 열등감은 성적인 문제와 얽혀 있는 질투심보다 고약한 감정은 아니었지만, 여자들이 남자들과 맺어야 하는 관계에 지속적인 부담으로 작용했다. '지성인의 결혼'이 목표로 했던 양성 간의 평등은 남자와 여자를 일종의 경쟁 상태에 내던졌는데, 남자들이 차지한 우위를 여자들이 따라잡기는 어려웠다. 기껏해야 그것을 교육적으로 활용할 수 있었을 뿐이다. 지성적인 균형을 이루어내는 일은, 말하자면 '지성인의 결혼'에서 가장 본질적인 문제였지만, 동시에 가장 성취하기 어려운 목표였다.

내밀한 관계 속에서 벌어지게 된, 전에 없던 그와 같은 경쟁은 기존의 결혼생활에 자리 잡고 있던 지배 관계를 뒤엎었다. 과거의 결혼생활에서는, 두 사람의 과제를 나누었고 남성적 벌이와 여성적 살림을 확연히 구분했었다. 그러므로 그 사이에 충돌이 일어나는 일은 극히 드물었다. 그러나 이제는 "제3의 일"(그것의 내용은 결혼의 새로운 상을 제시하는 것이었다)을 위한 규정들을 비로소 새롭게 정립해야 했다. 물론 두 사람이 함께.

지성적인 커플이 되는 것은 일종의 회사를 설립하는 것과 같다. 이 '회사'의 내부에서 일어나는 실적 비교는 정신적 경쟁과 에로틱한 경쟁이 교차되면서 점점 더 어려워지고 첨예화된다. 성욕 자체가 경쟁의 한 종목이 된다. 스포츠의 한 종목처럼 수학적 사고—누가 얼마나 많이, 얼마나 오래, 얼마나 자주 등의 문제가 중요시되는—가 끼어든다. 일반적으로 인간의 기본적인 정서로 받아들여졌던, 때로는 고뇌 어린 열정의 증거로 칭송되기도 했던 질투는, 스포츠 경기로 따지자면 근력을 겨루는 문제 같은 것이 되어버린다. 일반적인 견해에 따르면 질투는, 수동적으로 느끼게 되는 감정이며 매우 정열적인 사랑에 속하는 감정이다. 경쟁은 파트너들을 능동적으로 결부시킨다. 에로틱한 질투와 경쟁의 능동성이 일체가 되면서, 새로운 결혼의 모델을 이루어간다.

질투에서 경쟁으로 넘어가는 예는, 이사도라 던컨의 자서전에서 찾을 수 있다. 그녀 같은 보헤미안 여성은 결혼생활에서 유발되는 경쟁심을 스스로 거부했으며 보다 비판적인 사고로 양성 간의 공동생활에서 나타나는 새로운 질서를 관찰했다. 그녀는 어려운 상황들을 우아하게 극복하는 법을 알고 있었다. 질투심이 몰려올 때면 그녀는 그것을 애정 문제가 아니라 직업적 난제로 파악했다.

"밤이 되어 내가 사랑하는 그 남자가, 그를 경외의 눈빛으로 바라보는 다른 여자들 앞에서 예술적 퍼포먼스들을 펼쳐놓는 모습을 볼 때면, 나는 그가 완벽할 정도로 아름다워 보였다. 크레이그[6]의 그 비전들."

던컨은 사랑의 광기 때문에 괴로워한 적은 없었다. 그녀에게 문제가 되었던 것은 정신적 배반이었다. 질투심은 자기보존 충동을 더욱 강화시켰다. "크레이그와 나의 예술 사이에서 무엇을 선택해야 할 것인가, 오직 그 한 가지는 내게 분명했다." 자기 자신을 다시 일으켜 세우기 위해 그녀는 "유사치료제가 될 수단", 즉 젊은 남자를 찾았다. "잘생기고, 선량하고, 젊고, 금발을 휘날리며 옷도 근사하게 입는" 남자, 그녀 앞에 서서 "친구들은 나를 대물이라고 부르죠."라고 말하는 남자. 그런 대물은 그녀에게 그다지 강렬한 인상을 남기지는 않았다. 그로써 그녀는 자기

---

6 고든 크레이그(Edward Gordon Craig, 1872~1966): 영국의 무대 미술가, 판화가.

자신과 세상에 대고, 열등감이 문제가 되는 경우에 자유로운 성관계가 어느 정도 영혼에 위안을 줄 수 있는 것인가를 증명했다.

여성들이 갖춘 교양의 수준이 높아지는 것은 남자들을 불안하게 했다. 자신의 위치에서 밀려날 걱정 같은 것은 하지 않아도 되었음에도 불구하고 남자들은 지금까지보다 훨씬 더 엄격하게 경계했다. 조지 엘리엇의 소설『미들마치』는 여성이 각성된 지성을 갖추는 것이 결혼 실패의 모티프가 될 수 있음을 인식한 작품이다. 주인공 도로시어는 학식이 높은 캐소본과 결혼한다. 그녀는 정신적 가르침을 원하고 있었기 때문이다. 그러나 정신적 가르침이야말로 캐소본이 그녀에게 끝까지 주지 않았던 것이었다. 여자들이 대학에 입학할 수 없었던 시절, 야심 있는 여자들은 학식 있는 남자들이 여는 개인 강습을 찾아다니거나 결혼한 남자가 자신의 교사가 되어주기를 바랐다. 결혼을 신분 상승의 기회로 이해했던 것이다. 그러고는 남편의 우월함이 허상으로 밝혀지는 순간 불행의 나락으로 떨어졌다. 그녀 자신의 열등한 지경을 어떻게 해도 벗어날 수 없다는 것을 깨달았을 때 느껴야 했던 불행만큼이나 치명적인 불행으로.

모든 남자들이 다 캐소본 같았던 것은 아니었다. 대부분은 아내의 자아실현을 후원했고 매니저 역할을 기꺼이 떠맡는 경우도 적지 않았다. 앞에서 언급했던 칸딘스키는 여자친구였던 가브리엘레 뮌터에게 이렇게 맹세했다. "당신이 작업을 지속하기를, 그리고 당신의 작품들이 점점 더 훌륭해지기를 내가 얼마나 간절히 바라고 있는지!" 칸딘스키뿐만 아니다. 존 스튜어트 밀은 많은 저서들 속에서 그의 동반자 해리엣 테일러[7]와의 공동 작업을 언급한다. 레너드 울프는, 재정적 어려움에 처했을 때 버지니아 울프가 작가 생활을 계속할 수 있도록 자신의 문학적 야망을 포기했다. "버지니아가 계속해서 소설들을 쓰고 《타임스 리터러리 서플리먼트(The Times Literary Supplement)》[8]를 위해 평론을 집필하는 것은 당연한 일이다. 나는 소설 창작을 그만두기로 결심했다. 이제부터는 기사를 써서 내가 이 일로 돈을 얼마나 벌 수 있을지 시험해볼 생각이다."

헌신은, 그 은혜를 받을 사람이 자존심을 고집한다면, 결국 모욕감을 주는 일이 될 수도 있다. 후고 발[9]은 그의 아내 에미 헤닝스[10]에게 도움을 주면서 스스로를 있는 대로 낮춰야 했다. "당신은 그 누구도 아닌 바로 나의 것이오. 당신 없이 산다는 것은 나에게 아무 의미가 없소. 당신은 언젠가 당신의 위대한 책으로 세상을 뒤엎을 것이오. 사랑스러운 에멜리(Emmely). 나는 있는 힘껏 당신을 도우려 하오. 당신이 나를 도와주었던 것처럼."

후고 발은 자신이 일구어낸 교육적 성과에 대해 대단한 자부심을 갖

---

7 해리엣 테일러(Harriet Taylor, 1807~1858): 그녀는 남편인 존 테일러(John Taylor)와 함께 자유주의적인 유니테리언주의(Unitarianism) 활동을 하였으며 급진적인 정치사상을 지니고 여성의 참정권 운동 등을 벌였다.

8 《타임스》의 서평 섹션.

9 후고 발(Hugo Ball, 1886~1927): 독일의 작가. 헤르만 헤세의 『헤르만 헤세, 그의 생애와 작품(Hermann Hesse. Sein Leben und Werk)』의 저자.

10 에미 헤닝스(Emmy Hennings, 1885~1948): 시인이자 행위예술가.

게 되었다. 한 여자친구에게 보내는 편지에서 그는 에미 헤닝스에 대해 다음과 같이 썼다. "내가 편지에 썼던가? 《베를리너 타게스차이퉁》과 《베르너 분트》에서 그녀의 작품을 다루었다는 것 말이야. 그녀는 정말 탐욕스러워 보일 정도로 배움에 열중하고 있어. 문학이란 것이 그녀에게는 아직 생소하기 그지없을 텐데. 머지않아 그녀가 나를 앞지르게 될 거야." 이 부르주아 출신 남편에게는 아내가 곧 그의 긍지였다. 하지만 그 긍지가 자신의 경쟁자가 될 수도 있다는 것을 남편들이 깨닫게 된 것은 꽤 오랜 시간이 흐른 뒤였다.

남편들이 보여준 이와 같은 아량은, 19세기 여성 예술가들에게 남편이나 (파니 헨젤[11]의 경우처럼) 아버지가 직업 금지령을 내린 것과는 대조적이다. 경쟁관계도 쉽사리 형성되었다. 여제자가 스승을 따라잡는 순간 바로 경쟁자가 되기 때문이다.

하인리히 포겔러[12]는 모더존[13] 부부에게서 그런 사례를 발견했다. "파울라의 초기 작업들 가운데 여러 그림들이 (…) 오토의 예술에 영향을 받아 풍부한 표현 기법들을 보여준다. 파울라의 그림들이 이 막대한 영향으로부터 독립하고, 리얼리즘적 개성이 두드러진 독자적인 스타일

---

11 파니 헨젤(Fanny Hensel, 1805~1847): 독일의 피아니스트이자 작곡가.

12 하인리히 포겔러(Heinrich Vogler, 1872~1942): 독일의 화가이자 북디자이너. 바르켄호프에 예술인 마을 볼프스베데를 세웠다.

13 파울라 모더존 베커(Paula Modersohn Becker, 1876~1907): 독일의 표현주의 화가. 그녀의 남편은 오토 모더존(Otto Modersohn)이다.

을 갖추게 되면서, 두 사람 사이에 갈등이 시작되었고 끝내는 돌이킬 수 없이 멀어지고 말았다."

구스타브 말러는 약혼녀에게 작곡을 그만둘 것을 강요하는 편지를 쓴 적이 있는데, 그 편지에서 그의 어투는 지나치게 독선적이었다. 그의 약혼녀 알마 신들러는 당시 아직 쳄린스키의 제자일 뿐이었다. 말러는 그녀가 삶을 아름답게 펼쳐나가는 것은 마땅한 일이지만 "그것이 왜 하필 악보여야 하느냐?"고 그녀에게 말했다. 1901년 12월 20일, 말러는 약혼녀에게 다음과 같은 편지를 썼다.

"두 사람 모두 작곡을 하는 부부라니, 생각할 수도 없는 일이지 않소? 그 희한한 경쟁관계가 얼마나 우스꽝스러워질지, 나중엔 우리가 서로의 얼굴에 먹칠을 하는 일이 벌어지고 말 것을 짐작이나 하오? (…) 하지만 당신이 나의 바람대로 되고자 한다면 우리가 행복해질 수 있는 길이 있소. 그것은 당신이 나의 동료가 아니라 아내가 되는 것이오. 이것만은 확실하오!"[14]

알마 신들러는 처음엔 격양된 반응을 보였다.

"심장이 멎는 것 같다……. 나의 음악을 포기하고, 던져버리라니. 지

<hr>

[14] 알마 신들러는 구스타프 말러와 알게 된 직후였던 1901년 12월 3일, 그녀의 일기에 다음과 같이 기록하고 있다. "한 가지가 나를 몹시 고통스럽게 한다. 말러가 내 작업을 격려해줄까. 그는 나의 예술을 지지할까. 그가 알렉스(쳄린스키)처럼 그것에 애정을 갖게 될까. 알렉스는 정말 솔직한 애정을 표현해주지 않는가." – 원주

금까지 나는 오직 그것을 위해 살아왔다. 머릿속에 처음 떠오른 생각은 그에게 편지를 써서 청혼을 거절하는 것이었다. 눈물이 쏟아지는 것을 참을 수 없었다. 그 순간 내가 그를 사랑하고 있다는 것을 깨달았기 때문이다. 반은 넋이 나간 채 외출복을 갈아입었다. 그리고 울면서 지그프리트를 만나러 갔다! 그 이야기를 털어놓자 폴락은 격분했다. 그가 그런 말을 했다는 것이 믿기지 않는다는 것이었다. 누군가 내 가슴에 차가운 주먹을 쑤셔 넣어 심장을 끄집어내는 것 같은 기분이었다.”

말러가 경쟁에 대한 불안 때문에 그런 편지를 썼는지, 아니면 빈에서 명성을 누리던 작곡가이자 지휘자로서 아마추어에 불과한 여자를 곁에 두는 것이 부담스러웠던 것인지 가리는 일은 중요하지 않다. 여기서 돌아보아야 할 것은 그의 약혼녀에게 엄습했던 절망이다.

“1903년 여름, 나는 내가 쓴 곡을 다시 연주했다. 나의 피아노 소나타, 나의 수많은 가곡들. 그 느낌이 다시 찾아왔다. 이거다! 이거다! 이거다! 다시 작곡을 하고 싶다. 내가 지금 꾸며서 보여주고 있는 나의 모습은 속임수일 뿐이다. 나에게는 나의 예술이 필요하다!”

어쨌거나 말러의 행동으로 추측할 수 있는 것은 그가 다른 무엇보다도 약혼녀의 자립을 두려워했다는 사실이다. 그는 모든 부분에서 그녀의 삶을 제한했다. 적어도 알마 신들러는 그렇게 기억하고 있었다.

“그 사람은 나에게 세상을 살맛나지 않는 곳으로, 심지어 혐오스러운 곳으로 만들었다! 다시 말하면, 그는 의도적으로 그렇게 했던 것이다.

돈? 쓸모없는 것! 옷? 쓸모없는 것! 아름다움? 쓸모없는 것! 오로지 영혼만이 소중하다는 것이다! 이제는 그가 왜 그랬는지 알 것 같다. 그는 나의 유년시절과 아름다움에 대해 겁을 먹고 있었던 것이다. 그래서 나를, 그를 위협하지 않는 존재로 만들고자 했던 것이다."

작곡을 금지당한 알마는 남편이 뒤채에서 작업에 열중하는 것을 지켜보는 일이 다른 여자를 만나 바람을 피우는 것을 바라보는 일과 다르지 않다는 사실을 깨달았다.

"그날도 나는 오전 내내 혼자였다. 구스타프가 작업실에서 돌아올 때까지. 그는 작업에서 받은 활기로 가득했으며 무척 행복해하고 있었다. 나는 참을 수가 없었다. 다시 눈물이 쏟아졌다. 시기심에서 쏟아지는 눈물이었다. 그는 끔찍할 정도로 솔직해졌다. 그는 나에게 더 이상 그를 사랑하지 않느냐고 묻는다. (…) 그 질문을, 얼마나 많이 나 스스로에게 던져야 했던가!"

결국 그녀는 행복해지기 위해 스스로를 설득하고, 희생을 바친 남자를 떠받들게 된다.

"그 대신 나는 현명한 인도자를, 결코 끝나지 않을 대화를 누리게 되는 것이다. 이 천재의 앞길에 놓인 돌들을 내가 치워주어야 한다는 사명감이 마음속 깊은 곳에서부터 차올랐다!"

하지만 자기 기만은 오래가지 않았다. 희생은 곧 자기 자신을 훼손하는 일로 여겨졌다.

"사람들이 나의 날개를 꺾어버린 것 같은 기분이 때때로 찾아오곤 한다. 구스타프, 당신은 왜 나처럼 기꺼이 하늘을 날고 싶어 하는 화려한 새를 당신에게 꽁꽁 묶어두려고 하나요? 당신에게는 차분한 회색빛 새가 훨씬 더 도움이 될 텐데!"

그녀는 결국 자신의 예술적 감성과 삶의 행복을 망가뜨린 말러에게 등을 돌린다.

"1905년 1월 (…) 구스타프의 가곡의 밤 시연. 청중을 사로잡음. 나의 길에서 비켜선 이후 나는 음악을 들어도 더 이상 마음이 움직이지 않는다. (…) 그것은 내가 들어온 구스타프 말러의 음악들 가운데 가히 최상의 것이라 할 만하다."

이사도라 던컨의 경우와 비슷하게, 혹은 소설 속 주인공인 도로시어 캐소본처럼, 그녀는 남자들(코코슈카[15]와 그로피우스[16])과 에로틱한 관계를 맺음으로써 우울증에서 도피한다. 말러가 세상을 떠난 뒤에는 베르펠[17]과 재혼한다. 베르펠은 그녀를 음악가로 인정해주었다. 알마 말러 베르펠은 그가 일기장에 썼던 글을 후에 자신의 자서전에 재인용한다.

"나를 대할 때 보면 알마는 언제나 거의 본능적으로 나를 이해하고

---

15 오스카 코코슈카(Oskar Kokoschka, 1886-1980): 오스트리아의 화가이자 극작가.

16 발터 그로피우스(Walter Gropius, 1883~1969): 미국의 건축가.

17 프란츠 베르펠(Franz Werfel, 1890 ~1945): 독일의 소설가.

있었다. 그녀는 나의 투정뿐만 아니라 변명도 다 받아주었다. 그녀의 시각은 날카로웠고 명료했다. 내 몸의 모든 기관들을 꿰뚫어보고 있었다. 나는 그녀의 못된 부분과 착한 부분을 다 믿었다. 특히 못된 부분을. (…) 그녀는 정말로 나에게 어마어마한 영향을 미치고 있었다. (…) 그녀는 모든 면에서 나보다 훨씬 많은 것을 가진 사람이었다. 재능과 끈기, 자기 자신의 지침, 그 모두를 더 많이 가진 사람. 그렇기에 나는 나의 사랑 안에서 그녀를 결코 죽일 수 없었다. 왜냐하면 그것은 나의 사랑과 상관없이 독립적으로 언제까지나 존속하는 것이었기 때문이다."

알마 말러 베르펠이 그녀의 일기에 나중에 덧붙인 글은 (그것은 그녀의 삶을 요약하는 글이기도 하다) 프로이트의 정신분석이 성했던 빈 출신에 수준 높은 교육을 받은 이 여성이 언제나 찾아 헤매었던 것, 그러나 끝내 찾지 못했던 것이 '지성인의 결혼'이었다는 것을 보여주고 있다. (물론 지적으로 탁월한 사람과의 결혼을 꿈꾸었다는 뜻은 아니다.) 인생의 황혼에 이르렀을 때 그녀는 자기 자신에게 이렇게 묻고 있었다.

"어떻게 내가 이 인간들의 두뇌 속에서 평온에 이를 수 있었는지, 그것이 늘 궁금했었다. (…) 그리고 그 모든 감각적이고 육체적인 것들의 몰락이라니! 이제 내가 이 인간들에 대해 알고 있는 것이라고는 그들이 남긴 정신적 유산들뿐이다.—나의 뇌 속에 각인되어 있는 유산들."

남자 대 여자의
투쟁

"그녀의 증오심은 이 세상의 것이 아니었다. 그녀가 그를 증오하는 데 특정한 이유가 있었던 것은 아니다 (…) 그녀와 그의 관계는 어떤 극단에 이르렀고, 어떤 언어로도 설명할 수 없는 것이었다. 그를 향한 그녀의 증오는 그만큼 순수하고 찬란한 것이었다."

데이비드 허버트 로렌스의 소설 『사랑하는 여인들(*Women in Love*)』(1920)에 나오는 두 자매 가운데 한 명인 구드룬은 사랑하는 남자를 파괴하기 위해 자신의 온 에너지를 모은다. 이 현대판 펜테질레아[18]의 애증은 결혼 혹은 커플관계를 힘들게 만드는 질투나 경쟁이라는 문제를 넘어선 것이다. 그것은 단순한 반감, 자신을 던져버리고자 했던 자기 욕망에 대한 저항일 뿐이다. 구드룬의 저항에는 명백한 근거가 없다. 사랑은 갑자기

혐오가 되고, 경외하는 마음은 반항심이 된다.

애증은 남성이냐 여성이냐의 문제나 어떤 상황에 달려 있는 것이 아니다. 그것은 소설 속에서나 실제 삶에서나 갑자기 덮쳐온다. 그리고 두 사람의 사이가 밀접하면 밀접할수록 애증은 더욱더 격렬해져 두 사람을 적으로 만들기도 한다. '남자 대 여자의 투쟁'은 19세기, 그리고 20세기의 한 장면이다. 헵벨, 입센, 스트린드베리는 그것을 효과적으로 무대 위에 재연했다. 이 투쟁은 결혼이라는 관습적 제도의 개혁과도 연관되는 것 같다. 복종에 대한 저항은 자유의 가능성에서 태어났다. 남자 대 여자의 투쟁에 어떤 특별한 이유가 있어야 하는 것은 아니다. 사랑이 증오로 변하는 것은 남자와 여자라는 존재의 원초적인 불균형에서 비롯된다. 그것은 결합에 대한 욕망이나 의욕 부진의 경우도 마찬가지다. 한마디로, 피상적인 동기들만으로도 투쟁은 얼마든지 촉발될 수 있다.

로렌스의 소설은 그러한 관능적 파괴 욕구에 대한 흔치 않은 심리학적 연구서이며, 실제 경험 없이는 절대 쓰일 수 없는 책이다. 1920년에 출간된 이 소설은 로렌스가 프리다 위클리와 결혼한 직후에 구상한 작품이다. 프리다 위클리는 로렌스의 스승이었던 위클리 교수의 부인이었

18 독일 작가 하인리히 폰 클라이스트의 작품 『펜테질레아(*Penthesilea*)』에 나오는 여주인공 이름. 아마존의 여왕인 펜테질레아는 적군의 장수인 아킬레스를 사랑했지만 나중에는 그를 죽일 만큼 증오하게 된다.

고, 나중에는 그녀의 자매 엘제 야페에 이어 오토 그로스의 애인이 되기도 했다. 프리다 위클리가 젊은 로렌스에게 오토 그로스의 자유로운 사상을 심어주었던 것이다. 하이델베르크에서 형성되었던 개혁 사상의 영향을 받아 로렌스는 1914년 학창시절의 스승인 맥로드(A. W. McLord)에게 다음과 같은 편지를 쓴다.

"예술을 다시 살아나게 하는 유일한 원천은, 예술을 남자와 여자의 공동 작품으로 만드는 것이라고 생각합니다. 그러기 위해서는 남자들이 여자들에게 헌신할 수 있는 용기, 여자들 앞에서 가식을 집어던질 수 있는 용기, 여자들을 통해 자기 자신을 변화시킬 수 있는 용기를 더 많이 그러모아야 한다고 생각합니다."

여성에게 기꺼이 몸을 낮추려는 이 젊은 날의 각오는, 그러나 오래 지속되지 않았다. 이미 1918년 로렌스는 프리다와의 관계에 대해 회의적인 말들을 하고 있었다.

"분명 어떤 부분에 있어서 프리다는 모든 것을 집어삼키는 어미다. 두 사람 사이의 섹스가 일단 이런 길로 접어들고 나면 제자리로 되돌아간다는 것은 끔찍하게 어려운 일이다. 우리가 자기 자신을 되찾지 못한다면, 우리에게 남은 것은 죽음뿐이다. 그런데도 프리다는 내가 턱없이 긍정적인 생각만 하는, 시대에 뒤처진 사람이라고 말한다. 여자는 남자의 우위를 어느 정도 인정할 줄 알아야 한다고 생각한다. 그리고 남자는 그의 지위를 받아들일 줄 알아야 한다. (…) 결론적으로, 여자들은 무조건 복종할 줄 알아야 한다는 것이다. 나도 어쩔 수가 없다. 여하튼 나는 그렇게 생각한다. 프리다는 그렇지 않을 것이다. 그러니 우리에겐 전투만이 남는다."

『사랑에 빠진 여자』는 오토 그로스의 에로티시즘 선언에 대한 하나의 답변, 그에 대한 하이델베르크 그룹의 토론 결과이자 공식적인 입장으로 간주할 수 있다. 로렌스는 이 소설의 도입부를 리히트호펜 자매, 즉 엘제와 프리다의 관계에 대한 암시로 열고 있다. 엘제와 프리다는 각각 하이델베르크와 슈바빙에서 결혼의 새로운 개념을 둘러싸고 적극적인 토론을 펼친 바 있으며 둘 다 오토 그로스와 새로운 관계를 실험했었다. 소설의 배경이 영국이기는 하지만, 주인공인 두 자매는 영국 여자라고 여겨질 만한 특징들이 없으며 이름도 독일식 이름인 우줄라와 구드룬이라고 붙여졌다.

그들은 소설 도입부에서 결혼을 해야 하는가, 하지 않는 편이 나은가에 대해 이야기를 나눈다. 전통적인 방식의 결혼과 새로운 방식의 결혼이 갖는 장점과 단점을 하나하나 따져본 뒤엔 각각의 결합 방식에 대해 모두 냉소적인 입장에 머문다. 이 두 인물의 대화뿐만 아니라 이어서 그들이 각자의 남자친구와 나누는 대화 속에서도 결혼이 주제가 된다. 실험의 조건에 포함되는 각각의 요소들처럼 두 쌍의 커플은 서로를 상대화한다. 불륜을 다룬 소설들이 예외 없이 한 쌍의 남녀가 빚는 거대한 비극에만 집중하는 데 반해, 로렌스는 그의 소설을 구조적인 차원에서부터 이미 토론 자료가 될 수 있도록 썼다.

이 소설의 거의 모든 장면 장면은, 결혼에 부정적이고 반항적인 이 등장인물들을 길들일 수 있을 것인가, 길들인다면 그것은 어떤 방법을 통해 가능한가를 다루고 있다. 첫 장면에서 소설 전체를 관통하는 메시지를 단단히 심고 있다. 수많은 독백들까지 포함해서 보면, 로렌스의 작품은 압도적으로 대화로 구성되어 있다. 사랑과 결혼에 대한 새로운 구상에는 워낙 대화의 형식이 필요하기도 하지만, 끝을 모르는 토론이 이 소설의 기본 공식이다. 커플들의 갈등이 언어 공격으로 표출되고 있는 것이다.

그들의 대화는 대부분 다정한 어조로 시작된다. 의미 없는 말들을 스치다 보면 어느새 마음 밑바닥을 흐르던 감정들을 솟구치게 만드는, 새로운 관념들이 드러나 있다. 주체의 가능성으로서의 자유에서, 내면의 혼란으로서의 자유가 등장한다. 등장인물들이 독백 속으로 물러선다는 것은, 다음에 이어질 논쟁을 위해 무장을 가다듬고 있다는 뜻이다. "그는 늑대다." 두 자매 중 한 명인 구드룬은 미래의 애인을 처음 만나게 되는 장면에서 그렇게 확신한다. 그 말을 통해 두 사람의 관계는 자연의 폭력이 맞부딪치게 되는 전장으로 암시된다. 공정함을 가리는 원칙 같은 것들은 그 커플의 대화 안에서는 점점 더 훼손되어간다. 처음에는 "나의 젊은 영웅"이라며 경외를 바치다가 나중에는 증오하게 되는 남자를 향한 구드룬의 무기는 조롱, 냉소, 말 비꼬기, 의식적인 오해, 뜨겁거나 차

가운 감상주의였다. 감정의 절제는 말의 무절제 속에서 사라져버리고, 마침내 그녀의 연인은 그 말들로 인해 죽을 만큼 고통을 당한다.

소설의 도입부를 이끄는, 결혼이라는 결합에 대한 토론은 헌신과 고문이 교차하는 가학적인 행위인 동시에 피학적인 쾌락으로까지 치닫는다. 로렌스는 하이델베르크 그룹의 토론에서 '지성인의 결혼'이 무엇보다도 언어의 창조물―언어가 감정을 지배하는 한에 있어서는 성공적일 수 있는 창조물―이라는 것을 배웠다. 그러나 동시에 언어는 그것이 더 이상 지배할 수 없는 감정을 풀어놓아버리고 만다. 언어가 사상과 행동을 이끌지 못하는 곳에서, 사상과 행동은 해체되고 마는 것이다.

남자 대 여자의 투쟁은 하이델베르크의 아카데믹한 분위기에서는 전혀 생각할 수 없었을 것이라고 말해도 좋을 듯하다. 그럼에도 막스 베버는 그의 저서 『중간고찰』에서 사랑으로부터 비롯되는 증오와 잔혹한 행동들을 성적인 열정의 본질적 에너지로 보았다.

"잔혹한 행동은 투쟁이 벌어지는 한 상황으로, 열정에 필연적으로 따르는 것이다. 그것은 제삼자에 대한 질투와 독점적인 소유욕으로만 설명할 수 있는 것도 아니고, 그것들에 특히 더 빚지고 있다고 말할 수도 없다. 그것은 오히려 가장 내밀한 어떤 것과 관련된 것이다. 그 잔혹한 충동에 휩쓸린 사람조차 결코 알아차리지 못하도록 영혼을 훼손하는 것은 보다 복잡하고 정교한 일이다. 왜냐하면 그것은 자기 자신조차 기만하는 어떤 만족감을 다른 사람에게 투영시키는 지극히 인간적인 몰입이 일어나는 순간이기 때문이다."

　결혼생활을 시작하기도 전에 결혼이 깨지면서 파국을 겪게 되는, 소설 속 등장인물 구드룬과 제럴드 같은 이야기는 실제 삶에서도 얼마든지 볼 수 있다. 톨스토이와 소피아 톨스타야의 경우가 그렇다. 그들은 비록 전통적인 결혼으로 결합되었지만, 그들 사이의 갈등은 온 세상이 다 알 만큼 떠들썩했다. 톨스토이의 『크로이처 소나타(Kreutzer Sonata)』는 한 커플의 불화를 자세히 묘사했다. 그 소설에는 남편이 아닌 다른 남자에게 열정적인 애정을 기울이게 되는 여자가 등장한다. 그리고 질투라는 감정도 매우 흥미롭게 다루고 있다. 하지만 이런 것들은 단지 소설을 이루는 많은 요소들 가운데 하나로 기능할 뿐이다. 이 소설에서 가장 큰 틀을 이루고 있는 것은 '파괴를 멈출 수 없는 분노'이다. 톨스토이는 그의 소설 속 인물들에게 세계문학사에 유례가 없던, 무한한 증오를 부여했다. 이 소설이 톨스토이 자신의 결혼생활에 대한 자전적 이야기로 큰 성공을 거두자, 소피아 톨스타야는 그녀 나름대로 그들의 싸움을 대중에게 공개하려고 했다. 그녀의 단편소설 「죄에 대한 하나의 질문」은—유감스럽게도 그 작품은 그녀가 사망한 뒤 출간되었다.—남편의 소설에 대한 그녀의 답변이었다. 이 부부의 성 대결은 그렇게 이중적인 방식으로 대중에게 가닿았다. 한 문학작품을 위한 소재로서, 그리고 두 사람의 작품들이 펼친 경쟁으로서.

　1920년대 꿈의 커플인 젤다와 스콧 피츠제럴드는 (그들은 파티 문화로 미국과 유럽을 깜짝 놀라게 하기도 했는데) 사랑의 증오를 소설처럼 대대적인 방식으로 보여준 또 하나의 예이다. 그들의 퇴장은 그들의 등장이 그랬던 것과 마찬가지로 매우 스펙터클했다.

끝내 두 사람의 몰락을 초래하고 말았던, 그들의 성 대결은 애초에는 어린아이들의 장난처럼 시작되었다. 1920년 젤다는 스콧 피츠제럴드에게 편지를 썼다. 그를 알게 된 지 얼마 되지 않았을 때였다.

"그리고 나는 언제까지나 당신과 함께, 무척, 무척이나 행복할 거예요. 우리 둘이 일주일에 한 번쯤 으레 툭탁거릴 때는 제외하고 말이지요. 하지만 그럴 때조차도 사실 나는 즐겁답니다. 당신이 흥분하고 머리끝까지 화가 난 모습을 바라보는 내 마음은 평온하면서도 뿌듯해요. 당신도 그렇게 생각하든, 그렇지 않든, 그건 나와는 아무 상관이 없어요. 어쨌든 나는 그러니까요."

물론 이 말을 듣고 모든 것을 판단할 수는 없다. 그들 커플은 오로지 화려한 것을 원했다. 그들의 불행조차도 광기와 방탕이 쏟아내는 광채에 둘러싸여 있었다. 어쨌든 그들은 미국식 시몬 드 보부아르와 사르트르였다. 젤다와 스콧 피츠제럴드는 단순한 즐거움에서 시작했고, 언제라도 헤어질 준비가 되어 있었다.

젤다와 스콧 피츠제럴드, 두 사람 다 소설가였지만, 고민할 가치가 있는 "제삼자"가 그들 사이에는 없었다. 그들이 한 쌍의 커플로 존재한다는 것, 그것의 의미 자체가 그들을 묶어두는 것이었다. 두 사람이 함께 있는 매혹적인 모습, 스스로 연출하는 아름다운 외양이 파트너에게 주는 긍정적인 효과로 계산되었다. 그들이 서로 계약을 맺기는 했지만, 그것은 오직 외부로 드러나는 미적 전시 효과와 관련된 것이었다. "우리는 스스로가 주인공이라고 생각해야만 한다고 믿었다. 그것에 대해서는 '플라자 그릴'에서 서로 합의했다." 젤다는 그것을 그들의 "계약"이라고 명명했다. 젤다 피츠제럴드는 마음속에 거울을 한 개 지니고 사는 것처럼 보였다. 그 거울 속에서 그녀는 그녀의 파트너와 함께 눈부신 한 쌍의 커플로 세상에 비치고 있었다. 그녀가 보고 있는 거울 속의 그림은 그녀에게 스콧 피츠제럴드와 함께하는 것을 삶의 궁극적인 목표로 인식하게 만들었다. "우리는 둘 다 소문을 몰고 다니는 사람들이고, 눈부시고 화려한 모습을 갖춘 사람들이다. 우리가 갖는 이런 이미지에 디테일은 생략되어 있다. 하지만 나는 알고 있다. 우리는 서로 잘 어울리는 색채를 띠고 있으며, 우리가 함께 인생이라는 갤러리에 나란히 걸리게 된다면 무척 근사해 보일 것임을."

1920년대의 황금기와 1930년대의 비참함이 고스란히 체현되어 있던, 이 눈에 띄는 커플은 두 번의 세계대전이 초래한 경제 굴곡에 따라 행복과 불행 사이를 오락가락하다가 결국 스콧 피츠제럴드의 알코올 중독과 젤다의 정신병으로 내리막에 치닫는다. 보부아르와 사르트르에게는 그들이 함께했던 '트리오' 실험이 낳은 "지옥기계"에서 탈출할 수 있는 가능성이 남아 있었다. 그에 반해 젤다는 짧았던 결혼의 행복에 뒤따른 파국에서 끝내 벗어나지 못했다. 그리고 정신병원에 갇혀 지옥을 겪어야 했다. "혼자 그렇게 멀리까지 가 있었기 때문에 나는 내게 남아 있는 길도 끝까지 걸어갈 수 있을 거라고 생각했다. 그러나 만약 스코티(젤다와 피츠제럴드의 딸)가 이런 지옥을 건너가야 한다면, 그런 일은 절대로 일어나지 않기를 바랐다. 만약 내가 신이라면 누군가에게 그와 같은 고통을 주는 것에 대해 그 어떤 변명이나 이유도 찾을 수 없을 것이다."

로렌스가 그의 소설 속 부부로 하여금 주고받게 했던 격렬한 언어의 폭행은 젤다와 피츠제럴드 사이에서도 그대로 반복되었다. 그들이 상대를 향해 쏘아댄 공격들은 (별거로 인해 떨어져 살았기 때문에) 편지에 차곡차곡 모았다가 한꺼번에 발송되었다. 젤다가 정신병원으로 이송되었을 때, 그들은 각자 신앙고백에 가까운 편지를 썼고 상대에게 공소장으로 보냈다. 1930년 여름에 쓰인 스콧 피츠제럴드의 편지는 6장이었고, 같은 해 9월 쓰인 젤다의 편지는 16장이었다. 두 통의 편지를 보면 한 문장 한 문장마다 지루한 비난과 한탄의 말들이 이어졌으며, 그 문장들이 꼬리에 꼬리를 물고 말싸움이 되고 있었다. 두 편의 글 모두가 결혼 생활에서 엿볼 수 있는 매우 전형적인 언쟁의 형식을 띠고 있었다. 스콧 피츠제럴드는 항상 "당신은 ……그랬지, 당신은 ……했었지."라는 시비조로 말을 꺼내고 있다. 젤다의 병렬적인 단문들은 대부분 격한 토로로 시작된다. "거기는 파리였어. (…) 그리고 우리는 (…) 에 있었지. (…) 그때 톰 스미스가 (…) 그러고 나서는 (…)." 스콧 피츠제럴드는 그들의 관계를 되돌아보며 그것은 "영원히 끝나지 않는, 소모적인 말싸움"이었다고 말했다. "우리는 단 한 번도 서로에게 도움이 되거나 만족을 주지 못했다." 그는 자기연민 속으로 도피하고 만다. "나는 끔찍하게도 운이 나빴다. 예측할 수 없는 요소들이 곳곳에 포진하고 있는 이 전투에서 점잖은 신사 행세를 해야 했던 것이다."

이 전투에서 자기보존과 자기파괴라는 동물적 에너지들은 결혼의 결과로 백일하에 드러났다. 결혼의 개념에 대해서는 어떤 토론도 이뤄지지 않았고, 다만 시대에 적응한 채 결혼을 체험했을 뿐이다. 미처 인식하지 못했던 무의식들은 언어로 튀어나왔고 하는 말마다 왜곡시켰다. 서로를 향한 열광은 젤다와 스콧 피츠제럴드를 맹목적인 자기파괴로 몰아갔고, 자기파괴는 결국 '지성인의 결혼'이 실패하여 병적인 형태가 되었을 때 나타날 수 있는 모든 증상들을 제시했다. 말하자면 질투, 그리고 경쟁 말이다. 연애 사건과 질투는 이 커플의 인상적인 등장에서부터 함께했던 것들이다. 여자친구 혹은 숨겨둔 애인과 관련된 스캔들이 없었다면, 그들이 대중 앞에서 과시했던, 그러나 실상 사생활에서는 끊임없는 다툼을 촉발시켰던 자유가 아무런 빛도 발하지 못했을 것이기 때문이다. 그러나 보다 더 본질적인 문제는 두 사람 사이에서 점점 더 심해진 경쟁이었다. 젤다는 유명한 작가 곁에 존재하는 액세서리로서의 역할에 만족하지 못했다. 그녀는 우선 무용가로서 독립적인 생활을 꿈꾸었고, 그다음엔 글을 쓰기 시작했다. 그렇게 만인에게 공개된 경쟁은 관계의 파괴로 이어질 수밖에 없었다. 왜냐하면 두 사람이 똑같은 소재를 가지고 있었기 때문이다. 그들의 삶이라는 소재.

스콧 피츠제럴드가 『밤은 부드러워(*Tender is Night*)』라는 소설에 그들 부부가 유럽에서 보냈던 날들을 가져다 쓰는 동안, 젤다는 스콧의 에이전트에게 같은 소재를 작품화한 자신의 소설 『왈츠를 청해도 될까요』를 보냈다. 스콧 피츠제럴드는 오랜 시간이 지난 후에, 여러 번 망설인 끝에 젤다의 소설이 출간될 수 있도록 도와주었다. 그럼에도 불구하고 그는 젤다의 이 첫 번째 도발에 신사적으로 대응하지 못했다. 비록 그 자신은 어디까지나 신사적으로 보이고 싶어 하기는 했지만 말이다. 정신병원에서 쓰인 작품에 대해서 그는 전혀 알지 못했다. 젤다가 마치 그의 원고는 세상에 존재하지 않는 양 소설을 썼다는 사실이 그를 분노하게 했다.

"누가 뭐라고 하든 내가 써둔 5만 단어는 존재한다. 젤다도 그 사실을 알고 있다. 그리고 그녀가 쓴 소설의 상당한 부분은 그것을 문자 그대로 모방한 것이다. 리듬감, 소재, 구체적인 표현들과 대화들까지."

그는 그토록 공개적으로 펼쳐졌던 경쟁 속에서 오로지 파괴적인 공격만을 보았다. 불리한 처지에 놓여 있던 한 인간이 스스로를 구원하기 위해 시도했던 노력을 그는 보지 못했다. "맙소사, 나의 책들은 그녀 또한 전설로 만들어주었다. 그리고 이 얄팍한 초상 속에서 그녀가 유일하게 의도했던 것은 나를 아무것도 아닌 존재로 만들어버리는 것이었다." 그들의 삶으로부터 문학작품을 창조한 방식, 그들이 공통적으로 취했던 그 방식을 두 사람 모두 "집 안에서 표절하기"라고 명명했던 것이다.

보부아르와 사르트르는 어째서 이와 같은 비난을 서로에게 퍼붓지 않았을까, 하는 질문이 남는다. 두 쌍의 커플이 보여주는 유사성은 분명하다. 보부아르와 사르트르 커플도 그들이 함께한 삶을 문학작품의 소재로 삼지 않았던가. 젤다와 스콧 피츠제럴드처럼 그들이 갈라서지 않은 이유 가운데 하나는 보부아르와 사르트르가 공유한 삶 자체가 이미 하나의 문학작품이었고, 그에 따라 끊임없이 토론에 붙여졌기 때문일 것이다. 그들 두 사람의 작품들은 또 다른 토론의 동기로 언제나 환영받았던 것이다. 보부아르와 사르트르는 그들의 파트너십을 출판물로 기꺼이 제시했다. 그에 반해 젤다와 스콧 피츠제럴드는 그들의 파트너십을 예술적 사건으로 보았다. 그들은 서로 말을 피하며 살았다. 무엇보다도 그들은 막 손아귀에서 빠져나가려고 하는 인생을 놓치지 않기 위한 성찰에 쏟아야 할 노력을 소홀히 했다.

보부아르와 사르트르, 젤다와 스콧 피츠제럴드는 각각 '지성인의 결혼'이 시도한 삶의 극단적인 양극을 대표하고 있다. 한쪽은 그들이 서슴없이 행했던 자유로운 성생활로 인해 오히려 일생 동안 금욕에 대한 강박관념에 사로잡혀 있었고, 다른 한쪽은 새로운 삶의 형태에서 오직 쾌락과 명성만을 원했다. 어쨌거나 '지성인의 결혼'은 행복의 가능성만큼이나 불행의 가능성도 확대했던 것이다.

지 금   우 리 가

선   택   하   는

결   혼

"사람들은 저 아래에서 천둥치는 소리를 내며 문 하나가 성 안으로 쓰러지는 소리를 들었다." 이것으로 종말을 맞이한 것이, 입센의 드라마 주인공인 노라가 매여 있던 전통적인 결혼만은 아니었다. 이 작품이 출간된 1879년, 결혼이라는 제도가 존속될 것인지 이미 의심스러운 단계에 접어들고 있었고, '지성인의 결혼'은 현대인들이 맺는 관계들 가운데 하나로서 오랫동안 함께하는 커플에 대한 희망을 심어주는 마지막 시도로 인식되고 있었다. 입센의 연극은 연극을 보러 온 여성 관객들에게 부르주아식 결혼제도에 대한 저항을 미리 예언해주었다. 프란치스카 레벤틀로프는 청소년 시절에 이미 입센에 열광하고 있었다. 그녀는 고향 도시인 뤼벡에서 친구들과 함께 입센 클럽을 만들었다. 그 시절에 가깝게 지내던 친구인 에마누엘 펠

링(Emanuel Fehling)에게 보냈던 그녀의 편지들은 특히, 관습으로부터 벗어나 있던 그 노르웨이 해방가를 칭송하고 있었다. "입센을 위해서라면 나는 개종이라도 할 거야."

그녀는 그에게 보낸, 1890년 6월 2일자 편지에 그렇게 썼다. 그녀는 그 이전에도 입센을 숭상하는 이유를 그에게 또렷하게 밝힌 바 있었다. "내가 입센에게서 가장 좋아하는 점은, 여성과 결혼에 대해 고결하고 아름다운 견해를 가졌다는 것이다. 우리가 살고 있는 이 사회에서는 내면적으로 함께 공존하고 있는 남편과 아내를 실제로는 거의 찾아볼 수 없다." 루 안드레아스 살로메는 1892년 그녀의 저서『헨릭 입센의 여성 인물들』속에서 입센의 드라마를 산문으로 다시 풀어서 써놓았다. 입센이 주장했던 여성해방을 간접적으로나마 경험하려는 여성 독자들을 위해서였다. "노라는 그녀의 잠 속, (…) 어둡고, 불길한 꿈속에서 진실한 결혼의 기적으로 발을 내딛었다." 입센에 열광하는 남녀 추종자들을 통해 보헤미안들 사이에서와 마찬가지로 부르주아들 사이에게도 결혼, 사랑, 성생활에 있어서의 개인적 독립을 추구하는 사상이 확대되었다. 〈여자에겐 왜 애인이 있으면 안 되나요〉라는 노래로 당시 꽤 많은 사람들을 열광시켰던 오페라 가수 프리치 마사리(Fritzi Massary)는 알마 말러 베르펠과 어느 날 오후 내내 그들의 연애 사건들로 이야기꽃을 피운 뒤, 다음과 같은 결론을 내리렸다. "뒤돌아보면, 요컨대 나는 요즘 시민계급의 처녀들이 경험하는 것만큼도 경험하지 못했다는 거야."

20세기에 접어들고 나서는 "처녀"들도 결혼이라는 제도가 평등, 이해, 그리고 개방성이라는 토대를 요구하고 있다는 것을 알게 되었다. 지성인들만의 프로그램이었던 것이 이제는 대중적인 경향이 되어 있었다. 지성적인 커플들이 결혼의 모델을 앞서 체험했다면, 이제는 그것을 모든 사람들이 요구하고 있었다. 독일에서는 오늘날에도 청년층의 4분의 3이 아직 결혼을 하고 있다. 그러나 물론 그들의 결합은, 한때 급진적이라고 평가되었던 결혼개혁가들이 세워놓은 원칙들이 적용된 조건하에서 이루어진다. 그 조건들이란 서로 간의 배려, 이해, 공동의 관심사, 여성의 교육 확대와 직업 활동을 인정하는 것이다. 결혼이라는 관계의 성립을 위한 이와 같은 근본 조건은 '사랑'이라는 관념 아래 요약된다. 기나긴 전통을 가지고 있지만 그다지 믿을 것은 못 되는 '사랑'이라는 감정 말이다. 2003년 《노이어 취리허 차이퉁》에 실린 한 기사는 사랑에 대해 다음과 같이 해석했다. "사랑은 부부 사이를 단단히 묶어주는 요소이다. 그리고 또한 그들을 갈라서게 만드는 요소이기도 하다. 1979년부터 1994년 사이에만 이혼율은 세 배가 증가했다." 이혼율이 그처럼 증가한 원인은 결혼이라는 제도가 경직된 사랑의 개념에 얽매여 있기 때문일 것이다. 두 사람이 지속적인 결합 상태를 유지하면서도 서로 자유롭기를 추구하는, 현대적 결혼생활 자체에 내재하고 있는 패러독스는 그러한 자유에서 비롯되는 요구들이 일상적인 것이 되어갈수록 점점 더 분명하게 겉으로 드러나게 되었다. 이혼은 전위적인 역할을 자처했던 사람들이 기꺼이 감수하고자 했던 고통들을 일거에 사라지게 할 수 있는 수단이었다.

그러나 어쨌든 사회 분위기는 법률 자체보다도 뒤떨어진 채 오랫동안 변하지 않았다. 이혼의 자유에 대한 법률적 보장들이 사회적으로 받아들여지기까지는 긴 시간이 필요했다. 20세기 초에도 이혼한 여자는 실패한 존재로 간주되었다. 1950년대까지도 이혼은 남자의 경력에 걸림돌이 되었다. (주의회 의원, 은행 임원들, 주임 의사들은 공적으로 성실하게 가정을 지키는 남자여야 했다.) 20세기 말에 이르면서 높은 이혼율은 국가적인 고민거리가 된다. 미디어들 역시 국가를 지탱하는, 결혼이라는 제도의 위기를 두고 우려를 쏟아내기 시작한다. 오늘날 대부분의 이혼에는 경제적 불이익들이 따른다. 그럼에도 불구하고 증가하는 이혼에 대해 염세적인 입장만을 고수할 수는 없다. 두 쌍 중 한 쌍이 이혼을 하고,[1] 이혼을 하는 커플은 양쪽 모두 이혼을 행복에 이르기 위한 새 출발로 생각한다.

수많은 결혼들이 명백한 실패로 끝났음에도 불구하고 오늘날 이혼한 남자의 80퍼센트가 재혼을 하고, 이혼한 여자들 가운데 72퍼센트가 또

---

1 1884년에는 29만 쌍이 결혼하고 1,657쌍이 이혼했다. 100년 뒤인 1984년에는 27만 쌍이 결혼하고 10만 6,000쌍이 이혼했다. —원주

다시 결혼을 결심한다. '지성인의 결혼'은 하나의 일부일처제가 끝나면 새로운 일부일처제가 시작되는 형식으로 변화된다. 여기에 현대적인 결혼의 진정한 특성이 비로소 드러난다. 그것은 본질적으로 하나의 실험이며, 실험이란 결코 끝을 맺을 수 없으며, 다시금 반복되기 마련이다.

'지성인의 결혼'이라는 규격화된 관념이 도달한 대중성은 역사를 되짚어가며 한때 도발을 시도했던 이들을 선구자로, 과격함이 넘쳤던 인물들은 혜안을 가진 투사로 만들었다. 선구적이었던 구상은 이와 같은 개개인들이 생각해냈던 것이다. 그들이 속한 사회는 그것을 단지 시험해보고 통속화했으며 일상에 적용시켰다. 의학, 경제학, 공학에 있어서 나타나는 변화의 신드롬은 한곳으로 모였다. 그리하여 시민사회의 가장 은밀한 곳에서 일어나는 혁명은 사회 구성원 모두에게 영향을 미칠 수 있게 되었다. 평균 수명이 길어지면서 오늘날 커플이 되는 사람들에게는 (죽음이 그때그때 알아서 최악으로 치달은 사이를 갈라놓았던) 이전과는 다른 인내심이 요구된다. 그럼에도 오늘날 젊은 커플은 결혼을 할 때, 그들이 40~50년은 지속되어야 할 사랑을 맹세하고 있다는 사실을 대부분 인식하지 못한다. 파트너에게 찾아오는 다양한 변화도 위기의 원인이 된다. 파트너 사이의 동등한 권리를 존중한다는 커플들 사이에서도 마찬가지다. 오늘날에는 경제적 상황, 직업, 지식, 기호, 취미들이 예전보다 빠르게 변화한다. 따라서 결혼 초기에 서로 잘 맞았던 부부도 시간의 흐름에 따라, 그리고 사회적 차별화로 인해 사생활이나 직업 활동에서 점점 멀어져갈 가능성이 농후하다. 그 밖에도 오늘날 남자들과 여자들은, 공식적인 학교 교육과는 거의 상관이 없는, 매우 다양한 조건들 하에 결혼을 한다. 남자들은 결혼을 하게 되면 일반적으로 인생에 대해 나름의 특별한 관점을 갖추게 되고, 직업에서의 성공을 목표로 삼는다. 여자들은 결혼생활을 위해 필요한 것들을 익히며 성장하고, 그들의 발전이 종종 결혼을 벗어나버릴 정도가 되기도 한다. 이혼의 발단은 대부분 여성에게서 비롯된다.

이제는 자녀들도 더 이상 결혼생활을 지속하게 만드는 요소가 되어주지 못한다. 가정의 따스함과 가정적인 분위기가 아이들의 성장에 결정적인 요인이라는 주장은 더 이상 관철되기 어렵다. 유치원, 보육원이 중심이 되는 시대, 직장에 다니며 혼자 아이를 키우는 어머니, 아버지들이 수없이 많은 시대가 되었기 때문이다. '지성인의 결혼'을 둘러싼 토론이 활발하게 일어났던 시대부터 이미 자녀 문제는 논의의 대상조차 되지 못했다. 실험적인 결혼생활을 시도했던 커플들 사이에는 대부분 아이가 없었다. 헬레네 슈퇴커[2]는 다음과 같은 도발적인 질문을 던지기도 했다. "플라톤과 예수 그리스도와 니체에게 자식이 없었다고 해서 그들의

---

2 헬레네 슈퇴커(Helene Stöcker, 1869
~1943): 독일의 페미니스트.

삶이 헛되었다고 말할 수 있는가?" 자녀를 갖는 문제가 선택 사항이 되
자마자, 학문과 의학의 발전 없이는 생각할 수 없었던 현대인의 결혼은
매력적인 장점을 확보하게 된다. 즉 피임약 없이는 '지성인의 결혼'이란
프로그램이 그 누구에게도 가능하지 않았던 것이다. 다시 말하면 생물
학적 결과들이 파트너 사이의 지성적인 관계를 넘어 결정권을 행사하는
일은 더 이상 일어나지 않았다. 많은 남성들이 자기 자신에게 맞는 여자
를 찾듯이, 그만큼 많은 아버지들이 그들의 아이를 위한 여자를 찾기도
한다. 리하르트 데멜은 1903년 그의 몽상적인 "로만체 형식의 소설"에서
『두 사람』으로부터 받은 영향을 다음과 같이 드러내고 있다. 여자가 다
른 남자와의 사이에서 낳은 아이를 함께 나눌 수 있는 행복으로 받아들
이는 것. 이때 요구되는 것은, 성적인 해방을 위해 목소리를 높였을 때와
마찬가지로, 격정적으로 고양된 언어이다. 친부와 친자 사이 이외에는
인정하지 않았던, 그 금기를 깨고 우연으로 맺어진 부모자식의 인연 또
한 지성적으로, 그리고 현실적으로 극복할 수 있는 문제로 설명하기 위
해서는 그만큼 힘이 들어간 언어가 필요했던 것이다. 이 작품의 여성 인
물은 그녀의 죄를 고해하고, 남편은 그녀에게 면죄부를 준다.

그대가 낳은 아이는
그대의 영혼의 짐이 아니니,
오, 보시오, 우주는 얼마나 밝게 빛나고 있는지!

아이는 모든 것 주위에 하나의 광채이니.

차가운 바다 한가운데에서도 그대가 나와 함께 노를 저으면

그대의 따스함은 나의 마음속에 빛을 발하고

나의 따스함이 그대의 마음속에 빛을 발할 것이오.

그 따스함이 낯선 아이를 신성하게 하며,

그대는 나의 아이를 낳을 것이오.

그대가 나에게 광채를 가져다주었으니,

그대는 나를 아이로 만들어주었소.

핏줄에 대한 집착은 사라지고, 사생아는 합법화되었다. '지성인의 결혼'에 상응하게 '지성적인 부모의 자격'도 발전한 것이다. 삶을 둘러싼 개혁의 시기에 많은 부부들이 그런 실험에 참여했는데, 그 가운데는 하이데거 부부도 있었다. 그들의 둘째아들 헤르만은 (그는 훗날 하이데거의 저작들을 편찬하게 되는데) "다른 남자"의 아이였다. 하이데거는 그의 아내 엘프리데(Elfriede)를 침착하게 대하며 그녀가 느낄 기쁨에 공감하고자 했다. 그는 아이가 태어나기 직전에 이렇게 말했다.

"내가 당신을 얼마나 잘 이해하고 있는지 당신도 알 것이오. 당신이 내게 조금 더 가까이 다가온 것 같은 기분을 점점 더 강하게 느끼고 있다오." 그러고는 산모의 건강을 걱정하며 병원으로 편지를 보낸다. "결혼에 대해서 이야기되는 것들이 얼마나 허황되고, 진실하지 못하며, 센

티멘털한 것인지 거듭 생각하게 되오. 그리고 우리는 지금 우리의 삶에서 하나의 새로운 형식을 완성해가고 있는 것은 아닐까 생각하오. 어떤 특정한 의도나 계획에 따른 것이 아니라, 오직 우리가 어디에서나 진정성을 관철시키는 것으로 도달할 수 있는 새로운 형식 말이오." 그리고 그는 다정한 질문으로 편지를 끝낸다. "아이는 어떻게 생겼소? 아이가 누구를 닮았는지 무척 궁금하오."

시간이 흐르고 흘러 이제는 국가가 아버지 대신 보살피는 역할을 떠맡았다. 그와 동시에 여성은 직장생활을 가능하게 하는 또 다른 결혼, 일종의 정치적 결혼을 받아들인다. 이제는 직업을 가진 여성이 너무나 일상적인 현상이 되었기 때문에 20세기 중반까지만 해도 직업이 있는 여자를 향했던 반감 따위는 망각 속에 묻혔다. '일을 해야 한다는 것'은 이전 세대의 여자들에게는 이혼당한 것에 버금갈 만큼 수치스러운 일이었다. 19세기 초까지만 해도 파니 레발트[3] 같은 경우, 그녀의 아버지가 딸이 글 쓰는 일로 돈을 번다는 사실 때문에, 집안 친척들이나 사회적으로 친분 관계가 있는 사람들 앞에서 얼굴을 들기 어려웠던 상황에 대해 보고한 바 있다.

[3] 파니 레발트(Fanny Lewald, 1811~1889):
독일 작가.

"*내가 독립적으로 나를 먹여 살리고 있다는 사실*을 아버지는 나의 여동생들에게도 숨기셨다. 왜냐하면 자신의 딸이 자립했다는 것이 아버지에게는 낯부끄러운 일이었기 때문이다. 아버지가 돌아가시고 난 뒤에야 알게 된 사실인데, 나의 여동생들은 아버지가 내 생활비의 대부분을 대주고 있다고 믿고 있었다. 고상하고, 한때는 그토록 진실했던 장부로서 아버지는 이런 환상을 고집할 수밖에 없었던 것이다. 그렇지 않고, 서른 살 먹은 재능 많은 딸이 스스로 밥벌이를 해야 할 지경에 처해 있다는 것을 실토해야 했다면, 한 집안의 가장으로서 아버지가 갖추어야 했던 권위에 말할 수 없는 상처를 입었을 것이다. 그와 같았던 아버지가 다른 한편으로는 나에게 밥벌이를 허락했고, 내가 하는 일들을 보며 기뻐했다. 아버지는 시인과 소설가라는 직업에 경외심을 가지고 있었으며, 아버지의 아들들이 존경받은 자리에서 독립적으로 활동하는 것을 자랑스러워했다."

20세기 중반에 이르러서도 돈을 잘 버는 남편을 가진 딸들이 직업을 갖고 일하는 것을 그 어머니 세대는 의아하게 생각했다. 엘리 호이스 크나프[4]가 직업을 가진 여성의 양면성에 대한 사회적 이해를 촉구하며

---

4 엘리 호이스 크나프(Elly Heuss-Knapp, 1881~1952): 독일의 정치가이며 작가. 독일의 대통령으로 두 번이나 재직하였던 테오도어 호이스의 부인이다.

1911년 베를린에서 열었던 전시의 제목은 '집 안, 그리고 직장에서의 여자'였다.

집안일의 변화들은 결혼생활에서 점점 더 실험적인 상황을 낳았다. 집 안에 묶여 있는 전업주부가 마치 남아도는 존재처럼 인식되는 사태가 벌어졌기 때문이다. 아우구스트 베벨은 여성해방에 대한 희망을 미국이라는 나라에 걸었다. 미국에서 여자들이 집안일로부터 해방되고, 독립적인 일을 가질 수 있었던 것은 "중앙난방"과 수도관, 세탁기의 도입으로 가능했다. 한편 이러한 도구들은 여자들에게 남는 시간을 누리게 한 대신, 권위를 빼앗아갔다. 기계가 집안일을 돌보는 일꾼들을 대체하게 되면서, 그들을 부리며 집 안에서 획득할 수 있었던 아내의 권위(남편들이 직장이나 사회생활에서 누리는 것과 대등한 권위)는 사라졌다. '불만에 찬 아내'는 기술 진보가 낳은 하나의 현상이다. 그들은 일꾼들에게 내리는 명령으로 집안일을 다스리는 것이 아니라, 스위치를 누르는 일로 처리한다. 그럼으로써 집안일은 기계조작이 되고, 주부는 노동자와 같은 처지가 되었다. 명예는 오직 시민계급에 속한 남편의 영역에서만 획득할 수 있었다. 따라서 여성해방을 위한 공격들도 오직 그의 영토에서만 일어난다. 하찮은 일로 격하되었던 집안일을 너그러운 웃음으로 대하는 일이 가능해진 다음에야 비로소 드높은 자리에 위치했던 남자들이 집안일에서 직업적 긴장을 풀 수 있는 방식을 발견하게 되었고, 마침내 집안일에 대한 편견은 사라지고, 중립적인 일거리로 인식되었다. 오늘날 결혼생활의 평화는 남편이 식기세척기에 그릇들을 정리해 넣고, 아내가 세척이 끝난 식기들을 꺼내는 풍경 안에 존재한다.

새로운 형식의 관계는 생활 풍경에도 변화를 가져왔다. 관계 실험들은 집안에 무질서를 가져왔다. 현대 커플들의 생활에 공통으로 나타나는 지저분함은 문제적이다. 특정한 기능에 맞추어 공간을 정리정돈하는 것, 생활에 필요한 기구들이 있을 자리를 정확하게 지정해두는 것 등을, 그들은 포기했다. 미학적 직감이 전통에서 비롯되는 임의적인 느낌들을 보존하고 그것을 현대적 입장들과 뒤섞는 것처럼, 그들의 취향은 이미 지나가버린 것과 새로운 스타일을 고스란히 다 인내하고 있다. 그들이 사는 집은 여러 느낌들과 스타일들이 널려 있는 벼룩시장이다. 로렌스는 『사랑에 빠진 여인』이라는 소설에서 그가 살았던 시대의 스타일에 붙일 수 있는 이름을 '임시조치'라고 했다. 소설 속에서 제럴드는 그의 여자친구에게 말한다. "그대를 둘러싸고 있는 것들은 스케치에 머물러야 하오. 그대처럼 끊임없이 형성되어가는 상태에 있어야 하오. 그럼으로써 그대가 결코 그 안에 갇히지 않을 수 있도록, 결코 외적인 것에 지배를 당하지 않도록."

개인적인 자유에는 함께 거주하는 집 안에서도 고독에 틀어박힐 수 있는 가능성이 따른다. 보부아르와 사르트르는 이미 그 시대에 각자 자신의 집에서 살았다. 파울라 모더존 베커는 당차게 자신만의 방을 요구했다. 그것은 버지니아 울프가 『자기만의 방』에서 글을 쓰는 여자를 위해 요구했던 방이며, 체르니셰프스키 커플이 『무엇을 할 것인가』 속에서 그들 둘 사이의 계약으로 받아들였던, 그런 방이었다. "파울라는 오토와의 결혼 이후에도 그녀의 예술 작업을 위해 지푸라기로 짠 지붕을 얹은 농가에 있는 작은 방을 계속 사용했다. 그것은 오토와 합의한 일이었고, 모든 사람들이 그녀의 바람을 존중했다." 여행을 좋아했던 루 안드레아스 살로메의 말을 믿어보면, 지성적인 커플들은 그들이 함께 소유하는 집에서 마치 다양한 대륙에 걸쳐 사는 것처럼 살고 있다.

안드레아스 살로메가 결혼생활에서 누린 행복은 (그녀의 주변을 맴돌았던 그 숱한 남자들은 아마 제대로 짐작도 못했을 테지만) 바로 파트너와의 거리에 있었다. 거리는 카이저링 백작이 이미 결혼생활의 최상 계명으로 지적했던 것이다.

"그것은 그냥 저절로 그렇게 되어갔다. 어떤 것을 갈망하고, 그러면서 동시에 온전히 혼자 있는 것. (…) '떠넘김'이라고 사람들이 말할 수 있는, 그 어떤 것도 우리 사이에서는 거의 일어나지 않았다. (…) 우리는 이미 나이 들 만큼 나이 든 사람들이었으므로, 다른 사람이 아닌 내가 날마다 신경 써야 하는 일들을 가지고 남편에게 도움을 요청하는 일은 거의 없었다. 그런 일로 남편에게 도움을 받는 건 마치 내가 일본이나 오스트레일리아에서부터 날아와야 하는 상황만큼 번거로운 일이라고 생각했다. 그러니까 만약 그런 일이 일어난다 해도, 그것은 나에게는 아직 너무 머나먼 대륙에서 일어나는 일처럼 여겨졌다."

오늘날 많은 부부들이 일본과 오스트레일리아 사이를 시계추처럼 왕복하며 살아간다. 뮌헨과 뒤셀도르프, 혹은 프랑크푸르트와 슈투트가르트 사이를 오가며 사는 커플들은 당연히 더 많다. 멀리 떨어져 살아야 하는 부부는 '지성인의 결혼'의 장점들, 즉 자유와 신뢰 없이는 살아가지 못한다. 파트너 사이의 결속감은 그들의 집, 함께하는 공간 등으로 정의할 수 있는 것이 아니다.

직업생활에는 움직임이 따른다. 업무들은 점점 더 전문화되어가고 있다. 결혼을 한 사이면서도 서로 멀리 떨어져 사는 것은 한동안은 근사한 일일 수 있다. 하지만 이 상태는 곧 일상이 되어버린다. 오래지 않아 주말 부부로 사는 것도 그저 평범한 일이 되어버리고, 같이 산다는 것이 자기 일 같지 않게 느껴진다. 결혼반지는 (어쨌든 격세유전이라 하지 않을 수 없게) 휴대전화가 대체한다. 휴대전화는 그 소유자로 하여금 그가 결혼했다는 사실을 결코 잊지 못하도록 한다.

떨어져 사는 부부가 행복하지 않다 해도, 그런 결혼의 형식은 다시 되풀이된다. 새로운 장소가 제공된다는 것은 만남이 가능한 새로운 파트너들도 풍성해진다는 의미다. 이동성은 결혼개혁을 통해 도입된 삶의 구상들에 가장 중요한 전제조건들 가운데 하나이다. 새로운 삶의 구상에서는 가문의 유래도, 가문의 번창도 고려되지 않는다. 이미 20세기 초에 이주와 관련된 근소한 변화들이 커플관계가 달라지게 만들고 있었다. "핀란드에서는 자전거 한 대면 무리에서 벗어나 가고 싶은 곳은 어디까지든 갈 수 있었으며 그것으로 구혼할 수 있는 행동반경도 충분히 넓었다." 자기 집을 떠나지 않는 사람은 신문을 읽으면서 최소한 잠재적인 신부감을 찾을 수 있었다. 게오르크 지멜은 구혼 광고를 "가장 위대한 문화의 전도자 가운데 하나"라고 말했으며, 그 안에서 구혼의 민주화를 위한 기회가 있다고 보았다. "구혼 광고의 완전한 형식이 이러한 관계들의 불확실한 우연을 이성적인 것으로 만들 수 있을 거라는 사실에는 의심의 여지가 없다. (…) 구혼 광고는 욕망들을 적절하게 충족시킬 수 있는 보다 나은 기회를 개인에게 마련해주며 (…) 욕망들이 점점 더 개인화하면 할수록, 그것은 광고를 잠재적 구혼 상대의 범위 확장으로서 절대 없어서는 안 되는 것으로 만든다." 지금은 이런 시장이 신문에서 인터넷으로 옮겨갔다.

관능적 욕구들을 현실화할 수 있는 기회들은 그사이 셀 수 없이 많아졌다. 그리고 그 모든 기회들이 거의 동등한 권리를 갖는다. 결혼이 가졌던 우선권 같은 것은 더 이상 존재하지 않는다. 그러나 아직도 결혼에 대한 애착을 잃지 않은 경우도 있다. 다른 어느 시대도 아닌 바로 오늘날 이런 태도를 지킬 수 있다는 것, 이것이야말로 놀랄 만한 일이다. 매스미디어들은 결혼에 대한 전통적인 이상형, 가족, 부모상 등에 여전히 경외를 표하려고 무던히 애쓰고 있다. 왕족들이 나라를 다스리는 일은 이제 없지만, 그들은 여전히 순진한 소녀들의 감정과, 현실에 환멸을 느끼는 주부들의 마음을 지배하고 있다. 영국의 왕세자 부부였던 다이애

나와 찰스는 이런 관점에서는 잘못된 투자였지만, 어쩌면 그들을 바라보는 사람들의 의식 속에 결혼의 행복과 불행을 가르는 어떤 기준의 전환을 가져왔는지도 모른다.

이 왕세자 부부가 표상해야 했던 행복한 부부의 표준은 결국 무너지고 그들의 관계는 명예롭지 못한 이야기들로 얼룩지며 대중매체들이 적나라한 현실에 코를 들이밀도록 만들었다. 전통적인 부부상에 광채를 부여하려던 왕가의 마지막 기회는 그렇게 실패로 끝났다. 그 뒤로 대중매체들이 입맛을 다시며 달려드는 것은 오히려 유명인의 애정사가 되었다. 결혼에 대한 이야기는 점점 사회학이 다루어야 하는 어떤 특정한 문제로 인식되고 있다.

지난 수십 년 동안 수많은 비속어들이 결혼이라는 사전에서 사라졌다. 그와 관련된 언어가 정화되었다는 것은 파트너를 일컫는 다양한 관계들을 휴머니즘의 관점에서 바라볼 수 있게 되었음을 말해준다. 그에 반해 감정을 교환하는 관계의 다양한 가능성들을 지칭하는 새로운 개념들이 나타났다. 동거, 파트너, 반려자, 동반자, 생활공동체, 계약결혼 등. 단지 결혼이라는 말만으로는 더 이상 의미할 것이 없는 것처럼 보인다. 거기에 어떤 형용사가 덧붙여지느냐에 따라 어떤 종류의 관계가 문제되고 있는 것인지 드러난다. 삶의 파트너로서의 결합인지, 동지들의 결합인지, 전통적인 부부 역할에 충실한 결합인지, 아니면 지성적인 합의를 모색하고 있는 결합인지.

결혼은 이제 더 이상 강요할 수 있는 일이 아니다. 결혼을 해야만 획득할 수 있었던, 오직 결혼 안에서만 가능했던 모든 것들을 그사이 다른 곳에서도 찾을 수 있게 되었기 때문이다. 성생활, 자녀교육, 주거 공동체, 사회적 접촉 등. 식당과 작은 술집들, 유치원과 탁아소, 독신자들의 거주지와 주거 공동체, 도시의 축제와 동호인들의 파티가 예전에는 부부들이 담당했던 전통적인 과제를 넘겨받았다. 그들이 공개적으로 표방하고 있는 사회 단위의 형태는 가족이 아니다. (결혼한 여자들이 카페로, 미술관으로, 레스토랑으로 아기들을 데리고 나와 내보이는 일이 어째서 이처럼 유행하고 있는지 생각해보라.) 문제는 그룹이다. 그 그룹의 구성원은 독신자들, 아이들, 미망인들, 퇴직자들, 혼자 남겨진 아내들, 누구든 될 수 있다. 일단 인간은 한 사회의 일원으로 태어나면, 요람에서 무덤까지 그룹들 안에서 보살핌을 받으며 지식을 얻고 타인과 소통하는 법을 터득한다. 그러는 사이 그는 또한 여러 지도자에게 의지하게 된다. 때로는 선생님이, 때로는 박물관 학예사가, 때로는 여행 가이드가 지도자가 되어준다. 한 쌍의 커플이 아니라 하나의 그룹이 사회를 구성하는 가장 작은 단위인 것이다. 물론 그런 그룹들은 어느 한 시기에 즐거움을 공유할 뿐이며, 그 이상의 어떤 의무를 지지는 않는다. 모범적인 그룹은 당연히 책임감을 가지고 함께 일하는 팀이어야 한다. 한 팀으로서의 삶은 어쨌거나 꽤 많은 시간과 파트너로서의 집중을 요구한다. 팀으로 존재하는 관계에서도 에로틱한 관계들은 형성될 수 있다. 우정도, 토론 서

클도, 동호인 그룹도 가능하다. 어쨌든 그들은 단독자로 존재하는 개체를 잠시도 가만히 내버려두지 않고 바쁘게 만들어준다. 누군가와 커플이 되는 순간부터 그러하듯이 말할 수 없이 다양한 사건들로.

'지성인의 결혼'을 둘러싼 실험들은 행복에 이르는 길 위에 있는 사회를 보여준다. 그들이 지향하고 있는 행복은 쉽게 얻을 수 있는 것이 아니다. 이 힘겨운 역사적 시도는 결혼 형태의 변화뿐만 아니라 모든 삶의 영역에서 하나의 새로운 개방성을 가져왔다. 실험 자체가 이제 하나의 라이프스타일이 되었다. 제도로서의 결혼은 이미 명망을 잃어버렸다. 남자든 여자든 결혼을 하지 않았다는 것이 심각한 결점이 되지는 않는다. 그러나 파트너와의 내면적 유대는, 일단 그것을 받아들이게 되면, 점점 더 친밀해지고 보다 많은 책임감을 요구하는 것이 되고 있다.

자발적인 결정에 따른 결혼이 희소해질수록, 희소성은 결혼에 그 고유한 격정을 가져다준다. 결혼의 행복은 드물기에 소중하다.

결혼의 환상과
현실 사이에서

한넬로레 슐라퍼는 독일의 경우 20세기의 이혼율이 19세기와 비교하여 거의 70배 이상 증가했고, 1979년과 1994년 사이에도 이혼율은 3배가 되었으며, 급기야 현대에는 결혼이 의무가 아닌 선택이 된 상황에까지 이르고 있음을 지적하고 있다. 이러한 상황은 독일의 경우만은 아닐 것이다.

저자는 이혼율 증가의 원인을 19세기 말부터 시작된 여성의 교육과 더불어 여성의 자의식의 발달에 있다고 분석하고 있다. 저자는 이혼율의 증가를 구태의연한 결혼제도의 문제점에 있다고 보고, 일반인들에게는 잘 알려지지 않은 지성인, 특히 결혼제도에 도발적으로 도전했던 인물들의 예와 그러한 현실을 반영하는 문학작품들, 지성사의 주요 인물의 결혼생활을 분석하는 방법으로, 결혼의 의미와 변해가는 부부간의 역학

관계 그리고 현대인의 결혼의 양상들에 대해 독자들로 하여금 성찰하게 한다.

저자가 제시하는 '지성인의 결혼'의 양상들 중 첫 번째 경우인 오토 그로스의 결혼 구상과 사회학의 거장인 막스 베버 부부의 결혼생활의 내막은 독자들을 혼란에 빠지게 할 것이다. 거기다가 일반인에게도 그 철학적 유명세와 독특한 동거 생활로 잘 알려졌던 사르트르와 보부아르의 삶의 실상은 독자를 더욱 패닉 상태에 빠지게 한다. 아우구스트 빌헬름 슐레겔과 마리안네 슐레겔의 결혼의 이야기는 당대의 시민들에게도 파장을 일으켰던 스캔들이지만 지금도 놀라울 따름이다. 브레히트의 결혼생활과 여성 편력의 역사는 독문학 전공자들에게는 어느 정도 알려져 있지만, 이 저서는 더욱 면밀하게 파헤치고 있다. 저자는 19세기에는 인정받지 못한 자유연애와 '지성인의 결혼' 형태가 현대에는 일반화되었다는 논리를 바탕으로, 이러한 인물들의 놀라운 결혼관과 삶의 방식이 결혼의 의무만이 아닌 인간의 진정한 행복 추구 혹은 인간 내면에 대한 이해에 일조했음을 주장한다.

그 외 문예학자인 저자는 결혼생활을 주제로 한 문학사의 주요한 작품들인 테오도르 폰타네의 『라둘테라』, 조지 엘리엇의 『미들마치』, 프리드리히 슐레겔의 『루친데』, 체르니셰프스키의 『무엇을 할 것인가』 등을 분석하며, 독자로 하여금 다양한 결혼의 양상들과 부부간의 심리를 여성의 입장을 크게 반영하면서 살펴보게 하고, 문학 연구자들에게 하나의 방향을 제시하기도 한다. 특히 결혼성찰서인 카이절링의 『결혼의 책』을 통해 진정한 결혼생활의 의미에 대해 동시대 철학자들과 함께 성찰하게 한다. 그리고 지성사 속의 주요 인물들인 이사도라 던컨, 『위대한 개츠비』의 저자 스콧 피츠제럴드, 작곡가 구스타프 말러 등 유명인들의 결혼생활과 연관되어 나타났던 부부간의 질투, 경쟁, 투쟁의 예들을 설명하여, 지성인들뿐만 아니라 일반인 부부에게서도 일어날 수 있는 심리적 갈등과 내면생활을 다시 한 번 생각하게 한다.

저자는 지성인들의 삶과 문학작품 속에 나타나는 결혼생활의 의미를 정의하기 위해, 편지, 일기, 자서전 그리고 문학작품 등 광범위한 독서를 통해 결혼생활의 의미를 성찰하고 있다. 특히 지성화 과정에서 인식 능력이 강화된 여성들의 입장에서 이제까지 여성이 감내해야 했던 결혼생활에서의 다양한 목소리를 더욱 강조한다. 또한 저자는 결혼에 대한 카이절링의 성찰로부터 부부관계에 대한 현명한 답을 찾아낸다. 그에 따르면, 부부의 관계는 절대로 융합될 수 없는 두 개의 독립된 초점이 존재하는 타원형의 힘의 영역이다. 저자는 카이절링과 그 외에 많은 예시들로부터 방향을 도출해낸다. 타원형의 초점에서 절대로 만날 수 없는 두 초점인 부부들은 서로 간의 배려, 이해, 신뢰, 공동의 관심사, 여성의 교육과 직업 활동을 인정하는 데서부터 출발해야 한다고.

이 책을 번역하면서 여러 지성인들의 내면적 삶을 접하게 되니, 그들의 학문과 작품 세계가 더욱 살갑게 여겨진다. 많은 어려움이나 갈등을 아우른 삶을 영위하면서도(오히려 그렇기 때문에) 인간의 삶과 인간관계에 대해 놀라운 작품들을 남긴 이들의 선지적인 능력이 놀라울 뿐이다. 또한 이 책은 작가들에게는 문학적인 콘텐트를 제공할 수 있을 것이라는 생각이 든다. 결혼의 행복이 드물기에 더욱 소중하다는 작가의 마지막 말이 머릿속에 맴돈다.

2012년 봄

김선형

지성인의 결혼

초판 1쇄 2012년 5월 4일

지은이 | 한넬로레 슐라퍼
옮긴이 | 김선형

발행인 | 김우석
제작총괄 | 손장환
편집장 | 원미선
책임편집 | 박민주
편집 | 박성근
표지 디자인 | 권오경
본문 디자인 | 권오경, 박라엽
마케팅 | 공태훈, 신영병
저작권 | 안수진
인쇄 | 미래프린팅

발행처 | 중앙북스㈜
등록 | 2007년 2월 13일 (제2-4561호)
주소 | (100-732) 서울시 중구 순화동 2-6번지
전화 | 1588-0950
홈페이지 | www.joongangbooks.co.kr

ISBN 978-89-278-0328-7 03850